에덴의 언어
The language of Eden

하늘의 언어, 땅의 언어

# 에덴의 언어

**초판 1쇄 발행** 2021년 4월 12일

**지은이** ｜ 김준수
**펴낸이** ｜ 김준수

**펴낸곳** ｜ 북쎈
**등 록** ｜ 제2018-000031호
**주 소** ｜ 서울특별시 양천구 지양로 15길 24, 101-311
**전 화** ｜ 02-6093-0999
**이메일** ｜ bookssen@naver.com

**기 획** ｜ 이명희
**디자인** ｜ 참디자인

**ISBN** 979-11-971578-2-0 (03800)

**북쎈** 북쎈은,
좋은 책을 만들어
우리가 사는 공동체를 한층 아름답고
행복하게 만드는 데 최선을 다하는 출판사입니다.
북쎈은 여러분에게 활짝 열려 있습니다.
북쎈과 함께 건강하고 행복하세요.

하늘의 언어, 땅의 언어

# 에덴의 언어

김준수 지음

북센

## 프롤로그
Prologue

언어는 우리 삶에서 공기와도 같은 것입니다. 언어가 없는 인간은 상상조차 할 수 없습니다. 언어가 있음으로 해서 인류는 문명을 이루고 지구의 지배자가 될 수 있었습니다.

언어! 언어란 언제 어디에서 어떻게 생겼을까요? 그것은 진화의 산물일까요, 아니면 신의 선물일까요? 만일 아담과 하와가 최초의 인간이고 그들이 사용했던 언어가 신의 선물이라면, 에덴의 언어는 지금도 존재하는 걸까요? 혹시 히브리어에 그 자취가 묻어 있는 건 아닐까요? 종말이 있다면 에덴의 언어는 그때 회복될까요? 에덴동산의 파라다이스어는 과연 천국의 언어일까요? 종교의 언어는 과학의 언어와 통합이 가능할까요? 언어적 인간은 어떻게 살아야 할까요?

이 책은 위와 같은 골치 아픈 질문들에 대해 인문학적, 신학적으로 답변하는 에세이 형식의 인문 교양서입니다. 인간은 말을 하고 글을 씁니다. 말과 글은 언어입니다. 말은 음성 언어이고, 글은 문자 언어이지요. 언어는 인간을 다른 동물들과 구별 짓게 하는 두드러진 특징입니다. 지구상의 모든 생명 있는 동물들 중 오직 인간만이 언어를 사용하고 있습니다. 인간만이 언어로 생각하고, 소통하고, 사회를 이루어 나가 지구의 주인이 되었습니다.

그렇다면 인간의 이러한 언어의 기원은 무엇일까요? 궁금하지 않으세요? 언어의 기원에 관한 논의는 오래된 주제들 가운데 하나입니다. 그것은 아직도 풀리지 않은 수수께끼입니다. 언어학을 비롯한 학문은 언어의 기원과 발전을 진화생물학적 관점에서 접근하고 있습니다. 언어는 까마득한 오래전, 그러니까 수십, 수백만, 아니 어쩌면 수천만 년 전 원숭이에서 갈라져 나온 인류의 조상이 사용하던 원시 언어가 점차 발전해 왔거나, 아니면 진화하는 어느 순간 한 인류 개체에게서 갑작스런 돌연변이가 일어나 생겨났다고 합니다. 곧 '생각하는 인간'(Homo sapiens)이 '말하는 인간'(Homo loquens)으로 진화해 고귀한 영성을 지닌 존재인 만물의 영장靈長이 되었다는 거죠.

이에 반해 기독교와 유대교의 성서는 언어가 신의 선물이라고 말하고 있습니다. 성서에 나타난 창조주 신은 '말씀하시는 하나님'입니다. 성서를 읽는 기독교인들은, 언어는 말씀하시는 신이 자기의 형상과 모양대로 창조된 인간에게 주신 특별한 선물로 받아들이고 있습니다. 신이 인간에게 언어를 주신 것은 인간이 신과 인격적인 교제를 할 수 있게 하고, 인간과 인간이 서로 소통해 민족을 이루어 "생육하고 번성하여 땅에 가득하라"는 신의 축복의 명령을 실현하게 하려는 수단이라는 거죠.

성서가 말하는 인류 최초의 인간은 아담과 하와입니다. 우리는 엄마의 뱃속에서 나와 젖과 우유를 먹고 자라며 언어를 배운 사람들입니다. 하지만 아담과 하와는 출생 배경이 그들의 후손들과는 전혀 딴판인 사람들입니다. 놀랍게도 그들은 신이 직접 창조했다고 성서는 말하고 있습니다. 성서는 이중의 언어를 사용하고 있습니다. 아담은 하나님의 말씀으로 창조되었지만, 하와는 하나님의 말씀과 손으로 창조되었다네요.

흥미롭게도, 우리는 출생한 해가 한 살입니다. 아담과 하와도 지구라는 땅덩어리에 처음 모습을 드러냈을 때 역시 한 살이었습니다. 하지만 아담과 하와의 체구와 인지발달 정도는 우리와는 완전히 다릅니다. 우리는 전혀 말을 하지 못하는 갓난아기이지만, 아담 부부는 능숙하게 말을 구사할 줄 아는 청년입니다. 신기하지 않아요? 우스갯소리 같은 이야기이지만, 천만에요! 성서에 나오는 이야기입니다. 그렇다면 언어의 기원은 언어학이 말하는 기원설이 맞나요, 아니면 성서가 말하는 신의 선물설이 맞나요?

우리는 21세기를 사는 현대인입니다. 현대인은 모두가 과학도입니다. 하지만 많은 지성적인 현대인들 가운데는 신학도들도 꽤 많습니다. 그들은 과학인이면서 동시에 신학인입니다. 그들이 보기에, 과학도 진리이고 종교도 진리라는 걸까요? 과학의 언어와 종교의 언어 두 영역은 서로를 존중해야 한다는 걸까요?

건강하고 균형 잡힌 세계관은 과학과 종교가 충돌하는 지점이 아니라, 상호 양보와 타협으로 절묘하게 통합하는 어떤 지점입니다. 그렇다면 과학의 언어와 종교의 언어는 서로 배타하고 경원하는 관계가 아닌, 우아하고 절제하는 오케스트라처럼 서로 협력하고 조화하는 관계여야 합니다. 이 시대를 사는 모든 사람들이 이러한 열린 세계관, 확트인 세계관을 가지고 살아갈 때 우리네 삶은 더욱 벅차고 풍성해지며, 우리가 모여 사는 이 공동체도 행복과 평화가 넘치며 질서와 정의가 담보될 거라고 확신합니다.

이 책은 모두 11장으로 구성되어 있습니다. 1장부터 9장까지는 본문입니다. 이 아홉 장에는 에덴의 언어의 정체와 발자취를 인문학적, 신학적으로 접근한 후, 지구상의 수많은 언어들 가운데 어떤 언어가 에덴의 언어에 가까운지를 살펴보고, 우리에게 언어는 과연 무엇인지를 다룬 내용이 수록되어 있습니다. 나머지 2장은 부록입니다. 이 두 장은 에덴의 언어 사색과 탐구에 도움이 될 예민한 주제인 '창조와 진화', '과학과 종교'를 다룬 부록입니다.

나는 이 책이 독자에게 몽환적인 이야기로 들리지 않기를 바랍니다. 일체의 편견과 고정관념을 내려놓고 열린 마음으로 이 책을 읽는다면 신과 인간, 과학과 종교, 일반사와 구속사, 세상과 교회, 삶과 죽음, 현세와 내세에 대한 통찰력과 영감을 얻게 되리라 믿습니다. 그러한 통찰력과 영감은 이 세계와 인간 그리고 역사와 문화에 대한 눈을 더 크게 열어줘, 이 아름다운 지구와 인류를 가슴에 품으며 의미 있고 풍성한 삶을 살게 해줄 것입니다.

말을 하고, 글을 쓰고, 읽는다는 것은 우리 생애에 더할 나위 없는 축복입니다. 좋은 언어를 갈망하는 그대! 복 많이 받으십시오. 그리고 받은 복들을 유감없이 이웃들에게 나눠 주십시오. 그런 당신에게 신의 가호와 축복이 있기를 바랍니다. 감사합니다.

2021년 2월 14일

지은이 김 준 수

# 01
## 이 책의
## 독서 가이드

이 책은 인간의 언어의 기원, 의미, 목적 등을 주로 인문학적으로 다루기 때문에 언어를 중심으로 거기로부터 파생하는 여러 가지 주제들을 다뤄 나갈 것이다. 이런 주제들을 다루는 데 있어 계속해서 나오는 단어들이 있다. 에덴, 아담, 신, 인간, 인류, 창조, 진화, 과학, 종교, 문화 같은 키워드이다.

# 이 책의 독서 가이드

이 책을 흥미롭고 유익하게 읽으려면?

## 인류 최초의 언어

지구상에는 870만 종의 동물이 살고 있다고 한다. 과학자들은 아직 밝혀내지 못한 동물이 1,000만 종쯤 된다고 추정한다. 육지에 사는 동물 86%, 바다에 사는 물고기 91%는 아직 발견되지 않았단다. 발견되지 않았으니 그것들이 어떻게 생겼고, 특징이 무엇인지 설명할 엄두조차 내지 못하는 것은 당연하다.

한데 여태까지 발견한 수많은 동물들에게 일일이 이름을 지어 주는 인간의 어휘 창조 능력은 놀랍다. 사람도 저마다 이름이 있다. 하지만 모든 사람들의 생물학적 이름은 '사람'이다. 지구상의 사람을 통틀어 인간 혹은 인류라고 한다. '인간'은 간혹 한 사람을 지칭할 때도 있다. 사람의 학명學名은 호모 사피엔스(Homo sapiens)다. 인류학에서 '호모 사피엔스'란 현생인류를 가리키는데, 그것은 '슬기로운/지혜로운 사람'

지구상에는 870만 종의 동물이 살고 있다고 한다. 아담은 에덴동산의 동물들에게 일일이 이름을 지어 주었다. 그것은 사물의 본질에 대한 명확한 표현이었다. 사진 좌로부터 우로 호랑이, 곰, 토끼, 기린이 보인다. 호랑이는 곰이 될 수 없고, 곰은 호랑이가 될 수 없다. 성서는 남자는 여자가 될 수 없고, 여자는 남자가 될 수 없다고 말한다. 처음부터 남자는 남자고, 여자는 여자로 창조되었다.


이란 뜻을 지니고 있다.

　　모든 만물은 제각기 이름을 갖고 있다. 구약성서 창세기에 따르면, 인류 최초의 사람은 '아담'이다. '아담'은 '사람'이란 뜻이다. 아담은 어느 날 하늘에서 뚝 떨어졌거나 땅에서 갑자기 솟아난 사람이 아니라, 조물주인 신이 자기의 모양과 형상을 따라 창조한 사람이다. 다시 말해 성서가 말하는 사람은 신의 모습과 성품을 쏙 빼닮은 인간이다. 그 인간을 포함한 천상천하의 우주만물을 만드신 창조자의 이름은 '야훼'(YHWH)이시다.

지구상에는 현재 7,000개가 넘는 언어들이 있다. 사람에게 조상이 있듯이 언어들에게도 조상이 있을 것이다. 조어祖語 말이다. 서로 관련이 있는 언어들을 역사적으로 거슬러 올라가면 어떤 시점에서 하나의 유일한 언어를 만나는데, 그 언어를 조어라고 한다. 비교언어학에서 조어(Proto-language)는 공통의 역사언어학적 조상을 갖는 여러 언어들의 조상 언어를 가리킨다.

하지만 구약성서 창세기는 인간의 언어가 신에게서 비롯되었다는 것을 강하게 시사해 주고 있다. 혹 인류의 언어를 신의 선물로 여기지 않더라도, 창세기는 사물에 고유한 이름이 붙게 된 것은 아담이 에덴동산에 있는 동물들의 이름을 지어준 데서 비롯되었다고 알린다. 기독교인들은 만물에 명칭이 부여된 역사적, 신학적 배경을 "아담이 각 생물을 부르는 것이 곧 그 이름이 되었다"고 하는 창세기 2장 19절에서 찾는다. 이것은 생물학자들에게 한 생물을 다른 생물과 구별하게 하는 통찰력을 제공했고, 자연철학에서 인간과 세계를 이해하는 중요한 창이 되어 왔다.

성서는 신의 언어를 창조의 언어라고 말한다. 신이 창조한 만물에는 언어적 본질이 내재되어 있다. 최초의 인간인 아담은 신의 인도로 동물의 존재 앞에 서서 그 존재를 식별하였고, 존재마다 그 안에 담긴 본질을 드러내는 이름을 지어 주었다. 사물은 고유한 이름을 얻음으로써 비로소 의사소통이 가능하게 되었고, 존재의 본질로서 마법처럼 자기 자신을 전달하게 되었다. 그게 바로 '아담의 언어'(Adamic language)다. 아담은 고대의 아름다운 정원인 에덴동산에서 살았으므로, 아담이 사용한 언어는 '에덴의 언어'(The language of Eden)다. 아담의 아내는 하와였다. 신이 창조하신 인류 최초의 남자와 여자는 완전한 언어 능력을 가지고 부부끼리 대화하고 어떤 형태로든 신과도 소통했다.

흥미롭게도, 우리 시대의 전설적인 대중가수인 미국의 밥 딜런은 창세기 2장 19절에 영감을 받아 언어의 기원에 대해 노래했다. 저항 가수인 밥 딜런은 부르는 노래마다 시와 철학적인 정신이 깃들어 있다 해서 2016년 노벨 문학상을 수상했다. 밥 딜런이 언어의 기원에 대해 부른 노래의 제목은 **인간은 모든 동물들에게 이름을 지어 주었다네**(Man Gave Names to All the Animals)이다. 이 노래는 딜런의 1979년 음반 **느림보 기차가 온다**(Slow Train Coming)에 수록된 곡이다. 딜런은 이 노래를 레게(Reggae)로 불렀다. 레게는 1960년대 후반 자메이카에서 발전한 음악 장르다. 이 노래의 첫 부분은 다음과 같다.

Man gave names to all the animals

사람은 모든 동물들에게 이름을 지어 주었다네

In the beginning, in the beginning

태초에, 태초에

Man gave names to all the animals

사람은 모든 동물들에게 이름을 지어 주었다네

In the beginning,  long time ago.

태초에,  먼 옛날에

He saw an animal that liked to growl

그는 으르렁거리는 걸 좋아하는 동물을 보았다네

Big furry paws and he liked to howl

큰 털 있는 발에 울부짖는 걸 좋아하고

Great big furry back and furry hair

등에 난 엄청난 털과 머리털

"Ah,  think I'll call it a bear."

"아, 곰이라고 불러야겠다."


강박과 약박의 리듬을 타는 이 노래는 어른보다는 어린이들에게 인기
가 높았다. 그런데 이 노래의 끝 부분은 불길한 전조를 암시하고 있다.


유리처럼 미끈한 동물을 보았다네

풀숲으로 스르르 미끄러지는

그는 그자가 호수 근처의 나무 근처로 사라지는 것을 보았다네.


딜런은 동물들의 이름을 붙여준 사람이 '아담'이라고 밝히지는 않
았다. 명시적인 언급이 없지만 '그'(He)는 분명히 아담이다. '그녀'(She)는
아담의 동반자요 조력자인 하와를 가리킨다. 아담을 지칭하는 단어는
'사람'(Man)과 '그'(He)다. 그런데 이 노래의 마지막 부분에는 또 하나의

17세기 바로크를 대표하는 벨기에 화가 파울 루벤스가 그린 〈인간의 타락〉(The Fall of Man). 역동성, 강렬한 색채, 관능미가 돋보이는 그림이다. 마치 사람 모양으로 분장한 뱀(사탄)이 금단의 열매를 하와에게 먹으라고 유혹하고, 그것을 본 아담은 못이기는 척 어정쩡한 태도를 보인다. 파울 루벤스는 이 그림을 스페인 마드리드에 체류하면서(1628-1629) 그렸다고 한다.

'그'가 등장한다. '그'는 단 한 번 등장하는데, 목적어인 '그자'(him)로 나온다. '그자'는 뱀으로 분장한 사탄이 틀림없다.

독자들은 잘 알겠지만, 루시퍼가 그의 영혼을 뱀에 집어넣어 하와에게 금단의 열매를 먹도록 유혹한 바로 그 동물이다. 하와는 사탄의 집요한 꾐에 빠져 신과의 약속을 저버리고 금단의 열매를 사탄에게서 받아먹고 그것을 남편인 아담에게도 먹으라고 권유했다. 그것은 끔찍한 인류 불행의 화근이 되었다.

성서는 아담과 하와가 신의 명령을 어기고 동산 한 가운데에 있는 선과 악을 알게 하는 나무의 열매를 먹은 것을 '타락'이라고 했고, 그러한 행위를 '원죄'라고 한다. '원죄'는 아담과 하와에게만 머물지 않고 그의 자손들에게까지 대대로 이어지는 죄를 말한다. 곧 후대의 인류에게 전가된 죄다. 아담과 하와는 죄를 지은 결과 에덴 동쪽으로 쫓겨났다.

지금 우리의 관심은 아담과 하와의 언어다. 까마득한 저 옛날, 신의 영광이 충만한 아름다운 에덴동산에서 살았다는 아담과 하와가 사용했던 언어와, 그리고 그 동산에서 추방된 후 그들이 지구상의 어디에선가 살면서 계속해서 사용했던 언어 말이다. 아담과 하와는 에덴에서 쫓겨났어도, 그들이 에덴에서 사용했던 언어는 어떤 식으로든 에덴 동쪽에서도 남아 있었을 것이다.

그 언어는 1,100년쯤 후인 노아 시대 대홍수 때까지는 존속했을 것이다. 대홍수는 홍수 이전의 세계와 홍수 이후의 세계로 나뉘게 하였다. 대홍수가 있은 지 750년이라는 세월이 흘렀다. 바벨탑을 쌓은 인류는 서로 말귀를 알아듣지 못하는 언어의 혼란으로 민족들이 갈라져 지구 곳곳에 흩어지게 되었다. 그런 와중에 에덴의 언어는 어떻게 보전되었을까? 에덴의 언어는 소멸된 것인가, 아니면 히브리어나 다른 언어로 그 자취가 이어져 내려왔나?

바벨탑 사건이 있은 지 수백 년이 지나 이스라엘의 조상 아브라함이 역사의 무대에 등장했다. 그는 도대체 무슨 언어를 사용했을까? 그리고 이집트에서 탈출한 이스라엘 민족의 공용어는 뭐였을까? 모세가 기록했다는 오경의 문자는 히브리어였을까? 히브리어는 언제까지 사용되었나? 우리가 만일 말씀하시는 인격적인 신의 형상대로 창조되었고 그분의 성품이 우리 영혼에 깃들어 있다면 우리의 언어는 품격이 있어야 하지 않을까?

### 독서할 때 항시 염두에 둘 질문들

이 책은 이 같은 언어의 기원과 언어를 주제로 자연과 인간과 신에 대한 인문학적, 신학적인 흥미진진한 이야기들로 가득 차 있다. 흔히 이런 이야기는 딱딱하게 보인다. 하지만 주의 깊게 읽다보면 독자들은 기대 이상의 영적, 지적 정보들을 얻을 것이다. 나는 이런 골치 아프고 복잡한 주제들에 대해 독자들이 자유롭고 홀가분한 마음으로 지적 탐색을 할 수 있도록 비교적 쉽고 간결한 문체로 글을 써 나갈 것이다.

이 책은 인간의 언어의 기원, 의미, 목적 등을 주로 인문학적으로 다루기 때문에 언어를 중심으로 거기로부터 파생하는 여러 가지 주제들을 다뤄 나갈 것이다. 이런 주제들을 다루는 데 있어 계속해서 나오는 단어들이 있다. 에덴, 아담, 신, 인간, 인류, 창조, 진화, 과학, 종교, 문화 같은 키워드이다. 이런 키워드들은 독서에 긴장과 탄력을 불러일으켜 줄 것이다. 이런 키워드들과 함께 아래 물음들을 항시 염두에 두고 책을 읽는다면 틀림없이 이 책은 독자의 지적·영적 호기심을 만족시키고 세계관을 한층 넓혀 주는 데 일조할 것이다. 그리고 두고두고 삶에 자양분이 되는 인상적인 양서로 독서가의 기억에 남을 것이다. 이런 질문들이다.

Q. 인간의 언어는 언제부터 생겼는가? 인간의 언어는 신이 준 것인가, 아니면 장구한 시간이 흐르면서 차츰 발전해 온 진화의 산물인가?

Q. 아담은 인류 최초의 사람인가, 아니면 허구의 인물인가?

Q. 만일 아담이 인류 최초의 사람이라면 그가 사용한 언어는 오늘날 우리가 사용하는 것과 같은 지적이고 세련된 언어인가, 아니면 미개한 원시 언어인가?

Q. 만일 아담이 발달한 언어를 사용했다면 그가 사용한 언어는 히브리어인가, 히브리어의 모태가 되는 언어인가, 아니면 신이 사용하는 천상의 언어인가?

Q. 이 우주는 신이 창조한 것인가, 아니면 저절로 생겨난 것인가?

Q. 지구는 언제 생겨났는가? 성서가 말하는 만 년 전인가, 아니면 과학자들이 말하는 45억 년 전인가?

Q. 인간을 포함한 생명체는 창조의 현상인가, 아니면 진화의 현상인가?

Q. 만일 생명체가 진화하고 있다면 신은 그 진화 과정에 개입하고 있는가, 아니면 개입하지 않고 있는가?

Q. 인간이 지구 위에 맨 처음 나타난 것은 1만 년 전쯤인가, 아니면 수십만 혹은 수백만 년 전인가? 인간의 조상은 처음부터 인간인가, 아니면 원숭이나 침팬지인가?

Q. 종교와 과학은 전혀 다른 영역인가? 종교를 과학이라고 할 수 있는가? 그 반대로 과학을 종교라고 할 수 있는가? 만일 종교와 과학이 공통점이 있다면 두 영역은 통합이 가능하다는 건가? 과학과 종교가 통합의 여지가 있다면 그것은 부분적인 통합에 그치는 것인가, 아니면 완전한 통합의 수준에까지 이를 수 있는 건가?

필자는 이런 질문 형식들을 모두 11장(본문 9장, 부록 2장)에 담아 답변하려고 한다. 치열하되 즐거운 마음으로 한 장 한 장 읽어나간다면 이 책은 신선한 충격이 될 것이다.

자, 이제부터 여러분을 '한 번도 경험하지 못한' 신비롭고 낭만적인 에덴의 언어 탐구여행 특급 열차에 모신다. 즐거운 여행이 되시라.

# 02
## 아아, 언어!

언어는 약속이다. 언어는 질서다. 그리고 언어는 창조다. 언어는 역사와 사회 속에서 규칙
있는 질서로서 존재하며, 현재의 질서에 안주하지 않고 끊임없이 새로운 단어와 문장을
만들어 내는 창조적 에너지를 자체 내에 지니고 있다.

# 아아, 언어!

인간으로 태어나 말을 하고 글을 쓴다는 건
얼마나 감사한 일인가!

## 말하는 인간, 글 짓는 인간

### 말―입 밖으로 튀어 내어 공기를 갈라내는 소리

언어! 우리 삶의 곁에 공기처럼 늘 따라다니고 붙어 있는 것이지만, 별 생각 없이 지나쳐 버린 단어다. 우리는 생각과 행동을 말과 문자로 표현한다. 오늘도 우리는 의미를 전달하고 기록하기 위해 수없이 많은 말을 하고 글을 썼다. 혼잣말로 중얼거려봤고. 옆 사람과 대화를 했고. 퇴근 후에는 독서 모임에서 책을 낭독하기도 했다.

오늘 하루 동안 말하고, 쓰고, 읽은 것들을 모두 합하면 어림잡아 5,000단어는 넘을 것이다. 이것을 글자 수로 계산하면 15,000자도 넘는다. 하루에 15,000자를 말하고 글자를 썼다면 이것은 15,000음절을 말하고 썼다는 뜻이다. 음절을 자음과 모음으로 더 쪼개어 나오는 발화發話의 최소 단위인 분절음으로는 무려 40,000개가량 되는 소리를 낸 거나 다름없다.

언어는 이렇게 우리 삶에서 중요한 부분을 차지하고 있다. 우리네 삶이 곧 언어고, 언어가 곧 삶이라고 해도 과언은 아니다. 이것을 언어생활이라고 한다. 언어생활은 인간의 생활에서 말하기, 듣기, 읽기, 쓰기의 네 가지 언어 행동과 관계되는 인간의 생활을 말한다. 네 가지 언어 행동에서 기초가 되는 것은 '말하기'이다. 그래서 이 책은 '말'에 대해 집중적으로 조명할 것이다.

말이란 입으로부터 밖으로 나오는 소리이다. 사람이 말을 하려면 먼저 마음으로 무슨 말을 해야 할지부터 생각을 한다. 그러면 마음 안에 말이 형체로 자리 잡게 된다. 때론 생각보다 먼저 말이 튀어나올 때도 있다. 말을 하려고 하면 그 말의 형체가 배에서부터 시작해 심장과 허파가 있는 가슴을 타고 빠르게 올라오게 된다. 그리고 어느새 잘록한 목구멍을 타고 입안으로 기어오르게 하여 공명의 형태를 갖추게 한 다음, 혀를 굴려 이와 입술을 타고 입 밖으로 튀어 내어 공기를 갈라내는 소리—그게 바로 말이다.

이제부터 독자 여러분은 이 책에서 '언어'라고 말하면 대체로 그것을 음성 언어인 '말'이라고 이해하길 바란다. 어떤 때는 문자 언어를 가리킬 때도 있고, 또 어떤 때는 음성 언어와 문자 언어를 싸잡아 가리킬 때도 있겠지만, '언어'라는 표현은 대체로 음성 언어를 가리킨다고 보면 독서에 도움이 되겠다.

음성 언어는 귀로 듣는 청각 언어고, 문자 언어는 눈으로 보는 시각 언어다. 음성 언어는 혼자서 말하는 독백도 있지만 드문 경우라서, 일반적으로 음성 언어라고 하면 화자(말하는 사람)와 청자(듣는 사람)가 일정한 공간과 시간을 공유하는 표상체계이다. 이와는 달리 문자 언어는 문자를 매개로 하는 언어이므로, 발화하는 순간 공중에서 없어지는 음성 언어와는 다르게 시공을 초월해 거의 영구적인 형태로 남아 있는 표상체계이다.

'인간은 사회적 동물'이란 말이 있듯이, 개인은 사회를 구성하고 문화를 형성하고 발전시키는 일원이다. 한 사회는 개인을 기초로 성립되고 그 존재 의미가 있다. 인간은 이따금 침묵으로는 얼마간 살 수 있지만, 근본적으로 말을 하지 않고는 살 수 없다. 사람들은 하루에 얼마만큼 말을 하며 살까? 한 조사에 의하면 남자는 평균 7,000단어, 여자는 20,000단어를 말한다고 한다. 여자가 남자보다 훨씬 더 많이 재잘거린다는 것이다. 이 숫자에는 손짓, 몸짓으로 의사를 표현하는 행동언어까지 포함돼 있다. 수다스럽기로는 한국 여성도 다른 나라 여성들에게 결코 뒤지지 않지만, 이탈리아 여성이 전 세계에서 가장 수다스럽다고 한다.

## 우리네 일상, 말로 시작하고 말로 끝나는

우리네 일상은 말로 시작하고 말로 끝난다고 해도 과언은 아니다. 자, 그러면 우리 일상이 얼마나 말과 관계가 있는지를 독자 여러분이 실감나도록 몇 가지 사례를 들어보겠다. 먼저, 꽁트를 흉내 낸 필자의 자작이다. 여기에 등장하는 사람들은 대한민국 수도인 서울에 사는 중년 부부이다. 이 부부는 한국인이므로 공용어인 한국어를 사용한다. 아침 출근 광경을 스케치한 글은 다음과 같다.

금요일 아침. 현우는 평소보다 30분 늦게 일어났다. 간밤에 TV 인기프로그램인 '미스터트롯'을 시청하느라 자정을 훨씬 넘어 잠자리에 든 탓이다.

"여보, 서두르세요. 이러다간 회사 늦겠어요."

현우는 세수도 하는 둥 마는 둥 하고는 얼굴에 스킨로션을 바르고 거울을 들여다봤다. 숀 코너리같이 매력적인 텁수룩한 가슴이 거울에 비쳤다.

나르시소스…. 그의 뇌리에 아름다운 나르시소스가 퍼뜩 떠오르는가 싶더니 생각 저편으로 이내 사라졌다. 그러더니 돌연 한여름 바닷가가 머리를 스쳤다.

백사장의 파도…. 대학시절 동아리에서 어촌 봉사를 하러 갔다가, 땀을 얼마나 많이 흘렸던가! 멤버들이 보는 데서 웃옷을 훌러덩 벗어 던지고 하얀 거품이 일렁이는 파도 속에 몸을 날려 들어간 게 생각났던 것이다.

'그때 아내가 내게 홀딱 반했지.'

현우는 씨익 웃었다.


식탁 쪽에서 아내의 목소리가 벽을 타고 세면실까지 들어왔다,

"여보, 빨리 나와요. 밥 먹을 시간이 없어요. 국물만 빨리 후루룩 들이키세요."

국물이 코에 들어갔는지 입에 들어갔는지 모른다. 현우는 재킷을 왼손으로 움켜잡고 현관문을 열었다.

"여보, 아침식사를 시원찮게 했으니 점심은 든든한 것으로 해요."

현우는 그런 아내가 오늘따라 더 사랑스러웠다. 그는 아내의 좁고 예쁜 이마에 입술을 얼른 갖다 대고는,

"두말하면 잔소리지. 고마워, 여보."라고 속삭였다.

아내가 마치 이 말을 기다렸다는 듯 말했다.

"사랑해, 여보. 오늘도 수고하세요."


엘리베이터에서 내린 현우는 지하주차장 안쪽으로 종종걸음으로 가서 민첩하게 차에 오른 다음 빠른 속도로 차를 몰았다. 행여 지각을 할까봐 문득문득 조바심이 들었다. 차는 한강을 건너 용산에 들어섰다. 이상하게 오늘따라 별로 막히지 않고 빨리 온 것이다. '서울역. 시청'이란 교통표지판이 그렇게 반가울 수가 없었다.

회사에 도착하니 출근 시간 10분 전이었다. 현우는 직원들에게 미소를 짓기도 하고 손을 흔들기도 하며 아침 인사를 했다. 그가 근무하는 부서는 서울 시내가 한눈에 내려다보이는 전망 좋은 36층에 있다. 사무실 문을 열었다. 그러자 남산을 뒤로 하는 창가의 책상 위에 '기획실장 설현우'라는 명패가 눈에 확 들어왔다.

'으흐, 오늘 기분 좋은 날이군.'

현우는 재킷을 옷걸이에 걸어놓은 후 느긋하게 의자에 앉았다. 바로 그때 '카톡'하는 소리가 울렸다. 카톡에는 이렇게 써 있었다.

"현우 씨. 오늘 매력남 펄펄. 대학생 때 추암 해변에서 당신은 최고였지. 당신의 아내가 되길 잘했어요. 사랑해, 여보."

'아아, 미영. 고맙기도 해라….'

현우는 즉시 답장을 보냈다.

"고맙소, 미영. 요즘 난 당신과 연애하는 기분이라오. 귀가할 때 당신 좋아하는 떡볶이 사 가지고 갈게…키스."

이상 꽁트 끝! 잘 읽으셨는지요? 현우와 미영 이 부부는 언어를 통해 서로의 의사를 소통하고 있다. 독자 여러분은 이 부부의 언행에서 언어가 다음과 같은 기능들을 갖고 있다는 것을 발견할 수 있을 것이다.

- 정보적 기능 : 화자와 청차 간 필요한 정보를 얻고 전달하는 기능.
- 명령적 기능 : 화자가 청자로 하여금 일정한 행동을 하게 하는 기능.
- 친교적 기능 : 화자와 청자가 유대감을 형성하며 친분을 쌓는 기능.

- 정서적 기능 : 화자의 감정이나 태도를 표현하는 기능.
- 논증적 기능 : 화자의 생각을 논리 있게 체계적으로 구술하는 기능.
- 미적 기능 : 언어를 아름답고 우아하게 전달되도록 표현하는 기능.

## 언어, 그것은 삶의 향취다

언어는 약속이다. 언어는 질서다. 그리고 언어는 창조다. 언어는 역사와 사회 속에서 규칙 있는 질서로서 존재하며, 현재의 질서에 안주하지 않고 끊임없이 새로운 단어와 문장을 만들어 내는 창조적 에너지를 자체 내에 지니고 있다.

언어에 영향을 받지 않은 사람은 단 한 명도 없을 것이다. 아기 때 우리는 엄마와 아빠의 음성을 듣고 자랐다. 시골에서 자랐다면 '음메' 하는 송아지 울음소리를 들었고, 기찻길 옆 오두막에서 살았다면 '칙칙 폭폭' 하는 기차 소리를 듣고 자랐다. 청소년 때는 친구들과 선생님의 음성을 들었다. 청년이 되어서는 애인의 음성을 들었고, 직장생활을 하면서부터는 동료 직장인이나 취미생활을 함께 하는 동호인이나 교회나 성당의 교우들의 다양한 음성을 들었다. 또 목사님의 설교를 얼마나 많이 들었나.

나이가 50세쯤 되는 어른이라면 아기 때부터 그 나이가 될 때까지

들은 음성의 양을 큰 트럭에 싣는다면 차를 100대를 동원해도 부족할 판이다. 그만큼 우리는 엄청나게 많은 음성을 들으며 살아왔다. 우리가 경험한 문자 언어도 음성 언어 못지않다. 우리는 또 얼마나 많은 문자들을 읽고 썼는가? 인류 역사상 최고의 베스트셀러인 성경은 구약 39권, 신약 27권의 책들을 한 권으로 만든 책이다. 총 1,189장(구약 929장. 신약 260장) 31,173절로 구성된 방대한 책이 성경이다. 또한 신문을 꼼꼼히 읽고, 일기를 쓰고, 독서가 취미인 사람이라면 그가 일평생 읽거나 쓴 글들을 성경으로 치면 1,000권은 족히 될 것이다.

내 개인적인 이야기를 잠시 해보겠다. 여러분과 마찬가지로 필자도 언어에 굉장히 영향을 많이 받은 사람이다. 어쩌면 언어는 내 삶의 전부인지도 모른다. 지금 이 글을 쓰면서도 필자는 언어의 매력에 흠뻑 빠져있다. 여기서는 문자 언어에 대한 내 경험을 소개해보련다. 이런 경험은 몇날 며칠 밤을 지새워가며 이야기꽃을 피워도 시간이 모자랄 것이다.

내가 일곱 살 때였다. 그때 나는 겨우 한글을 읽을 수 있었다. 시골에 살았던 나는 눈에 병이 생겨 치료를 받기 위해 도회지인 전주 예수병원에 갔다. 당시 예수병원은 5층 건물의 종합병원이었다. 마천루가 하늘 높이 치솟은 요즘에야 5층 정도는 '얍' 하고 점프를 하면 건물을 훌쩍 넘어 갈 만큼 나지막하게 보이지만, 시골소년이었던 나는 그 당시 5층 건물이 얼마나 크고 높게 보이던지 눈이 휘둥그레졌다. 그렇게 높은 건물은 세상에 태어나 처음 봤기 때문이다.

셋째 누나는 이 병원의 간호사였다. 한쪽 눈에 안대를 맨 나는 누나 뒤를 따라 2층으로 올라가고 있었다. 1층 계단을 오르고 2층 계단으로 꺾어지는 순간 벽면에 크고 잘 생긴 액자가 쑤욱 시선에 들어왔다. 그 액자에는 이런 말이 써 있었다.

"수고하고 무거운 짐 진 자들아 다 내게로 오라 내가 너희를 쉬게 하리라"_마 11:28

나는 부모를 따라 유아 때부터 농촌교회를 다녔으므로, 이 액자에 들어 있는 문구가 성경말씀이란 것을 대뜸 알았다. 나는 발걸음을 멈추고 액자에 들어 있는 성경 구절을 읽었다. 그 시간은 잠깐이었지만, 어쩌면 그 사건은 나를 평생 기독교인으로 살게 한 계기가 되었는지도 모른다. 그때 나는 교회를 다니시는 아빠엄마 덕분에 교회에 다닌다는 게 그렇게 뿌듯할 수가 없었고, 내 눈에 보이지는 않지만 어떤 친절하고 마음씨 좋은 절대자가 내 손을 잡고 있는 것 같아 가슴이 울컥하며 눈물을 글썽였다. 예수님께 친근감을 갖기 시작한 건 그때부터가 아닌가 한다. 그때의 강한 인상 때문인지 나는 지금도 많은 성경구절 중에서 병원 액자에 들어 있던 그 성경구절을 유난히 좋아한다.

소년 시절 이야기를 하나 더 해보고 싶다. 초등학교 5학년 때였다. 그러니까 1967년이었다. 통계자료를 확인해보니, 그해 우리나라 1인당 GNI(물가상승을 감안한 국민 1인당 평균소득)는 고작 67달러였다. 2019년 1인당 국민소득은 32,115달러, 우리 돈으로 환산하면 3,743만 원이다. 이 것은 1967년 1인당 국민소득의 479배나 된다.

수치가 보여주는 것만큼이나 그때는 먹을 것들이 지독히도 없던 때 였다. 뭐 좀 먹을 게 없나 집안 이곳저곳을 어슬렁거리던 나는 누나들 방에서 얇은 작은 책 한 권을 발견했다. 그 책이 얼마나 예쁘던지 작은 가슴에 꼬─옥 안아보았다. 그 책은 푸시킨의 시집이었다. 그 책 표지 에는 이런 말이 써 있었다.

"삶이 그대를 속일지라도 슬퍼하거나 노여워하지 말라."

그 글을 읽는 순간 나는 숨이 멈추는 듯했고, 막연히 인생은 답답한 것만은 아니고 뭔가 기대할 만한 가치가 있다는 것과, 그 기대를 향한 어떤 지혜의 샘이 터지는 것 같은 환희에 사로잡혔다. 훗날 안 사실이 지만, 푸시킨의 이 시집은 그의 조국 러시아에서 발행한 1837년판 초 판본의 번역판이었다. 검은 피부에 곱슬머리를 가진 알렉산드로 푸시 킨(1799-1837)은 서정적이고 낭만적인 시들을 즐겨 써서 러시아 국민들 의 사랑을 받았다. 그는 아름다운 나탈리아 곤차로바와 결혼해 상트페 테르크에서 살았다. 하지만 그를 시기하는 사람들로 인해 푸시킨은 괴 로워했다. 급기야 그는 자기 아내가 바람을 피운다고 지목한 한 귀족 과 결투를 벌이다가 총상으로 인해 비운의 죽음을 당했다. 한창 나이 인 37세였다.

내친 김에 소년 시절 경험했던 일화를 하나 더 소개하고 싶다. 중학교 2학년 때였다. 문학에 조예가 있었던 아버지는 어디서 구해다 놨는지, 집에는 200여 권의 책들이 있었다. 책들 가운데 월탄月灘 박종화朴鍾和(1901–1981)의 삼국지가 내 눈에 잡혔다. 삼국지는 모두 5권으로 된 장편이었다. 그 삼국지가 얼마나 재미있던지 밤을 새우면서까지 읽었다. 삼국지를 읽은 것은 내게 큰 행운이었다. 삼국지 읽기를 통해 나는 다양한 어휘와 문장력을 습득할 수 있었고, 영웅들의 삶을 통해 인생과 세계가 무엇인지 눈이 뜨기 시작했다.

고등학교 때 나는 시와 수필을 좋아하게 되었다. 수학 시간에도 문학 전집을 읽다가 여러 번 수학 선생님께 발각돼 벌을 받기 일쑤였다. 민태원閔泰瑗 선생의 '청춘예찬'은 읽을 때마다 가슴이 아리고 눈에서는 영문 모를 눈물이 왜 그렇게 흘러나왔던지!

"청춘(靑春)! 이는 듣기만 하여도 가슴이 설레는 말이다.
청춘! 너의 두 손을 가슴에 대고,
물방아 같은 심장의 고동을 들어 보라."

월탄 박종화와 삼국지. 1968년 어문각이 전5권으로 출간한 삼국지는 독서가들에게 큰
인기를 샀다. 초판 발행 후 다섯 차례에 걸쳐 절판과 재판을 거듭하다가 2009년을 끝
으로 재판한 이후 현재는 절판된 상태다. 삼국지는 박태원, 김동리, 황순원, 이문열, 황
석영 등 쟁쟁한 소설가들에 의해 쓰였지만, 그중에서도 박종화의 삼국지는 원전에 가
장 충실하고 어휘가 많아 백미로 꼽힌다.

　　나는 여드름 때문에 무척 고생을 했는데, 아마도 청춘예찬 같은 격
정적인 수필을 즐겨 읽으며 암송했던 탓 아닌가 싶다. 아, 참, 내가 특
히 좋아했던 시를 독자들에게 소개하는 것을 잊을 뻔 했다. 시 두 편을
소개하겠다. 하나는 김소월의 시 '진달래꽃'이고, 또 하나는 김영랑의
시 '돌담에 속삭이는 햇발같이'이다.

# 진달래꽃

김소월

나 보기가 역겨워

가실 때에는

말없이 고이 보내 드리우리다

영변에 약산

진달래꽃

아름 따다 가실 길에 뿌리우리다


가시는 걸음 걸음

놓인 그 꽃을

사뿐히 즈려밟고 가시옵소서


나 보기가 역겨워

가실 때에는

죽어도 아니 눈물 흘리우리다.

# 돌담에 속삭이는 햇발같이

김영랑

돌담에 속삭이는 햇발같이
풀 아래 웃음짓는 샘물같이
내 마음 고요히 고운 봄 길 위에
오늘 하루 하늘을 우러르고 싶다

새악시 볼에 떠오는 부끄럼같이
시의 가슴 살포시 젖는 물결같이
보드레한 에머랄드 얇게 흐르는
실비단 하늘을 바라보고 싶다.

아아, 아름답지 않은가? 영롱하지 않은가? 이게 인간의 언어다. 나와 여러분의 문자 언어다. 문자 언어의 위력도 이렇게 대단한데, 음성 언어의 위력은 얼마나 더 대단하겠는가? 대학 입학시험에 낙방한 아들의 어깨를 두 팔로 감싸며 "얘야, 난 괜찮단다. 그래, 너는 얼마나 속이 상하겠니? 엄마는 최선을 다한 네가 자랑스럽구나."라는 엄마의 격려의 말은 위대하다. 엄마의 따뜻한 말은 아들의 마음에 큰 용기와 희망을 심어 준다.

이순신 장군이 왜적들이 탄 함선을 향해 "쏴라! 나를 따르라!" 하는 독려의 말은 지금도 우리들 귀에 쩌렁쩌렁 들릴 만큼 선명하고 위대하다. 장군의 호령은 적의 배들을 통쾌하게 침몰시키고 나라를 구했다. 한편, 에이브러햄 링컨의 게티즈버그 연설은 또 얼마나 위대한가? 그는 이렇게 호소했다.

> "나라를 위해 격전지에서 목숨을 바친 죽음이 헛되지 않도록 굳게 다짐합시다. 신의 보호 아래 국가는 새로운 자유를 맞이할 것입니다. 그리고 국민의, 국민에 의한, 국민을 위한 정치가 이 지구에서 영원하도록 우리는 협력해야 합니다."

이 연설은 자유민주주의를 열망하는 모든 이들의 가슴에 두고두고 남아 있을 만큼 힘이 서려 있다.

이렇게 언어는 힘과 능력이 있다. 인간은 이 언어로써 만물의 최고 지위에 오르게 되었다. 인간은 언어가 자신을 고상하게 하고 품격을 높여 준다는 것을 알았다. 인간은 이 언어로 사랑하는 법을 알았고, 예의를 배웠고, 지식을 쌓았으며, 후손에게 정의와 공평을 가르쳤다. 인간은 이 언어로 시와 노래를 쓰고 법조문을 만들었다. 인간은 이 언어로 만물을 통제하고 지배하였을 뿐만 아니라, 창조적으로 스스로의 운명을 개척해 나갔다. 그리고, 그리고 말이다…. 인간은 이 언어로 성경을 기록하고 하나님을 예배했다.

아아! 그러니 인간으로 태어난 게 얼마나 큰 축복인가. 동물로 태어났다면—이런 말을 한다고 해서 무슨 윤회니 뭐니 하는 상상은 하지 마시라—어쩔 뻔했겠는가. 생각할수록 이게 축복이지 뭐가 축복이겠는가. 그렇다면 그대가 지금 인간인 것과, 그대에게 입이 있다는 것과, 그대의 입에서 신비한 언어가 마구 쏟아져 나오는 그 사실에 감사가 넘치게 하라.


## 사라지는 언어들

세계적인 언어 정보 제공 사이트인 에스놀로그(Ethnologue)는 2020년 2월 21일 세계 모국어의 날을 맞아 언어 통계자료를 담은 개정판을 발행했다. 에스놀로그는 2020년 2월 현재 전 세계에서 사용 중인 언어들의 수는 7,117개라고 발표했다. 이 언어들 가운데 가장 많이 사용하는 언어는 중국어이고, 다음으로는 스페인어, 그 다음으로는 영어라고 한다. 한국어의 사용자 수는 약 7천9백40만 명으로, 사용자 전체 순위로는 14위였다.

언어는 끊임없이 변한다. 이전에는 언어의 수가 지금보다 훨씬 많았다. 언어는 새로 생기기도 하지만, 현대화가 급속도로 진행되면서 많은 언어들이 사라지는 추세다. 언어들도 여느 동식물처럼 멸종 위기에 처하게 된 것이다. 힘없는 소수 민족이 힘 있는 문화와 주변 세력에 동화되거나 강제로 이주되면서 빠르게 자신들의 언어를 잃어가고 있다. 유네스코는 소수의 사람들이 사용하는 토착어가 사라질까봐 염려하고 있다. 유네스코에 따르면, 지구상의 남아 있는 언어들 가운데 100만 명 이상 사용하는 언어는 250개밖에 안 되고, 2,680개 언어는 사라질 위험에 처해 있고, 그중 577개는 불과 몇 년 안에 사라질 만큼 심각하다고 한다.

이렇다 보니 인류가 22세기를 맞기 전에 현재 사용 중인 언어의 절반 이상이 사라질 것이라는 우울한 전망도 있다. 언어는 인간의 자유와 인권, 문화의 다양화, 역사와 전통 차원에서 보존할 가치가 있다. 동물과 식물이 새로운 환경에 적응하지 못하고 멸종하고야마는 자연선택의 논리로 언어의 멸종을 방치해서는 안 된다. 다행히도 유엔(UN)은 사라지는 언어에 대해 관심을 일깨우기 위해 2019년을 '세계 토착어의 해'로 정하고 광범위한 멸종 위기에 처한 언어 생태계를 보존하기 위한 갖가지 노력들을 펼쳤다.

우리 한민족에게는 공용어인 한국어와 고유문자인 한글이 있다. 한글의 우수성은 세계가 인정하고 있다. 최근 국제사회에서 한국의 국가 위상이 높아지고 한류 열풍이 일면서 한글을 제2외국어로 선택하는 나라들도 많다. 한글을 창제한 세종대왕에게 감사할 일이다. 한글이 우리 민족의 국어라는 사실에 자부심을 갖지 않을 수 없다.

# 03
# 인간의 언어

우리는 전 세계에서 아이큐가 가장 높은 침팬지가 하루 일과를 되돌아보는 일기를 썼다거나, 내 집 마련을 위한 계획표를 짜냈다거나, 트럼프 대통령을 내란 선동 혐의로 대통령직에서 끌어내리려는 탄핵소추안을 작성했다거나 하는 말을 들어본 적이 없다.

# 인간의 언어

진화된 것인가, 아니면 신의 선물인가?

## 동물들은 흉내도 낼 수 없는 인간의 언어

### 신비로운 인간의 언어

인간은 생각과 느낌을 명확하게 다른 사람에게 전달할 수 있는 능력이 있다. 이것은 '언어'라고 하는 커뮤니케이션 수단이 있기에 가능한 것이다. 동물들은 인간과 같은 언어를 습득할 능력이 없다. 동물들의 언어 습득은 매우 제한적이다. 인간의 언어 습득 능력은 동물과는 완전히 다르다. 인간은 젖먹이 때부터 정식으로 언어훈련을 받지 않아도 스스로 언어를 깨우친다. 인간의 언어 습득 능력은 그야말로 선천적이다.

신비로운 인간의 언어가 언제, 어디서, 어떻게 나타나게 되었는가는 많은 학자들의 관심사였다. 인류의 언어를 과학적으로 연구하는 학문을 언어학(linguistics)이라고 한다. 언어학의 역사는 고대 그리스로 거슬러 올라간다. 기원전 5세기 그리스 철학자들은 언어의 기원과 기능, 규칙과 변화 등에 대해 사색하고 토론을 했다. 이것은 현대 언어학 발전의 밑거름이 되었다.

학자들은 지각知覺이라는 불꽃이 어떻게 인간의 정신에 불을 붙여 입 밖으로 말이 나오게 하는지를 알아보려고 연구했다. 그중 하나가 동물들의 언어를 조사하는 것이었다. 동물들의 언어와 인간의 언어를 비교해 언어의 뿌리를 추적하고, 아울러 두 언어의 같은 점과 다른 점을 비교하고 분석해 인간 언어의 본질과 특성을 규명하려 한 것이다. 학자들은 동물들도 낱낱의 소리와 연속적인 소리로 자기들의 느낌이나 감정을 표현한다는 것을 발견했다. 신기하게도, 동물들도 인간과 마찬가지로 두려움 · 경계심 · 만족감 · 불만감 · 위협 · 분노 · 기쁨 · 슬픔 · 감동 · 성적 욕구 · 스트레스를 자기들의 언어로 표현한다는 것이다.

하지만 학자들은 동물들의 언어는 인간의 언어와는 확연히 다르다는 것을 발견했다. 동물들도 인간과 마찬가지로 심리적, 정서적 기능이 있어, 그로 인한 의사 표현을 어느 정도는 할 수 있지만, 인간의 시적이고 논증적인 차원 높은 메타언어(metalanguage)를 구사하지 못한다는 것이다. 메타언어란 대상이 되는 언어를 다시 서술하거나 상징적 언어로 다시 표현하는 고차원적인 언어를 뜻한다. 방금 전 우리는 시를 읽었다. 인간은 시를 지어 낭독하고 여러 명이 감상을 나누거나 비평도 할 수 있다. 그러므로 시란 그 자체로 메타언어라고 할 수 있다. 표준 국어대사전도 메타언어의 일종이다.

### "저는 주인님이 참 좋아요."

동물들은 아무리 머리가 좋아도 시를 쓰거나 사전을 만들어 내지 못 한다. 앵무새도 노래를 한다. 침팬지도 무어라 중얼거리고 서로 말귀를 알아듣는 듯이 보인다. 하지만 앵무새나 침팬지는 인간처럼 말을 하지 못한다. 자기들끼리는 소리나 몸짓으로 소통을 하지만, 그것을 언어라고 볼 수 없다. 꼭 사람만큼이나 영리하게 보이는 침팬지에게 제아무리 기 발한 방법으로 말 훈련을 시켜봤자 침팬지가 고작 할 수 있는 단어란 많 아야 100개도 안 되고, 그마저도 발음이 서툴다. 단어 몇 개를 발음하기 도 이런데, 침팬지가 사람처럼 의미 있는 문장을 만들어 내기란 처음부 터 불가능한 일이다. 지속적인 훈련을 받은 새도 노래하게 하는 데는 성 공했지만, 인간의 언어를 이해하고 말을 하기란 불가능한 일이다.

우리는 전 세계에서 아이큐가 가장 높은 침팬지가 하루 일과를 되 돌아보는 일기를 썼다거나, 내 집 마련을 위한 계획표를 짰다거나, 트럼프 대통령을 내란 선동 혐의로 대통령직에서 끌어내리려는 탄핵 소추안을 작성했다거나 하는 말을 들어본 적이 없다. 이처럼 동물들은 자기감정을 제아무리 능숙하고 다양하게 표현할지라도 인간의 시적이고 서술적인 언어 능력을 가질 수 없다. 언어는 단순한 생물학적 메커니즘뿐 아니라 단어의 의미를 조합하고 다양한 문화적 요소를 담아내기 때문이다.

이처럼 동물들의 언어는 인간의 언어와 질적으로 차원이 다르다. 동물들은 인간과 같은 정보 전달 능력이 있을지라도, 인간의 지적이고 섬세하고 풍부한 언어 능력과는 비교가 안 되는 낮은 차원의 언어에 머물러 있다. 개, 원숭이, 돌고래 따위의 똑똑한 동물들은 집중적이고 반복적인 언어 학습을 받으면 100개가량 언어를 말하고, 400개가량 단어를 이해한다고 한다. 하지만 이 실험 대상 동물들의 언어 사용은 단지 자극에 반응하거나 보상에 따른 재강화 혹은 단순 모방에 지나지 않는다.

이런 영리한 동물들에게 최첨단 기술로 인간 언어를 교육하더라도, 동물들은 인간의 간단한 서술어인 "저는 주인님이 참 좋아요."라는 말을 결코 하지 못한다는 것이다. 그 가능성은 제로이다. 과거도 그랬고, 현재도 그러하며, 앞으로도 영원히 그럴 것이다. 이렇게 동물들은 언어를 창조하고 발전시킬 능력이 전혀 없다. 태고 때도 그랬거니와 아득한 광음이 흘러온 지금도 역시 그렇다. 동물들과 달리 오직 인간만이 언어를 갖고 있다. 지구상에서 모든 살아 있는 것들 가운데 오직 인간만이 생각을 말로 표현하고, 표현된 말은 그 말을 듣는 상대방에게 전달되어, 서로 이해할 수 있는 것이다. 언어학자들은 인간의 이러한 특징을 '언어적 인간'(Homo loquens)이라고 말한다.

요즘 애완견을 키우는 집들이 많다. 우리 집에서도 강아지를 키운다. 이 녀석의 이름은 '자룡'이다. 외손자가 삼국지 만화를 보고선 조자룡 장군이 제일 마음에 든다며 붙여준 이름이다. 자룡이는 포메라니언 종種이다. 예쁘고 총명하게 생겼다. 어떤 때는 마음 씀씀이가 사람보다 나은 것 같고, 정도 뚝뚝 떨어지게 행동을 해서, 나는 혹시 이 녀석이 개로 태어나기 전 사람이 아니었나 싶을 정도로 녀석이 영락없이 사람으로 비칠 때가 있다. 자룡이 눈과 내 눈이 한참이나 마주쳐 자룡이의 옹달샘 같은 검은 눈동자에 내 모습이 비칠 때면 특히 그러하다. 그럴 때면 자룡이가 생긋 웃으며 자그만 입을 벌려 나더러 "할아버지!" 할 것만 같은 기분에 빠져들 때가 있다. 하지만 이것은 착각이다. 그런 일은 절대로 일어나지 않는다. 자룡이가 "할아버지"를 말할 수 있도록 아무리 훈련해도 녀석이 이 간단한 말을 할 수 있는 가능성은 제로라는 것이다. 10년을 해도, 100년을 해도, 아니 천 년을 붙들고 훈련해도 절대로 그런 일은 일어나지 않을 것이다. 왜 그럴까? 자룡이는 사람이 아닌 개이기 때문이다.

우리집 애완견 자룡이. 포메라니언 종으로 5살 때 찍은 사진. '자룡'은 외손자가 삼국지의 명장 조자룡을 좋아해 붙여준 이름이다.

# 언어의 기원

## 언어—인간을 다른 동물들과 구별하게 하는 특징

인간은 지구상에 있는 모든 생명체 중에서 가장 특별하고, 가장 위대하고, 가장 신비한 생명체이다. 인간에게 있는 가장 두드러진 특성은 무엇일까? 그것은 '말'이다. 인간은 말하는 존재이다. 인간은 또한 말을 기호로 표시하는 문자를 개발했다. 모든 생명체 중 오직 인간만이 두뇌가 발달한 고도의 지능을 가지고 '언어'를 사용하고 있다. 이 놀라운 능력으로 인간은 자신의 경험 세계를 창조하고, 형성하고, 발달시키면서 놀라운 문화를 이뤄냈다. 그리하여 인간의 역사는 곧 언어의 역사라고 할 만큼 언어는 인간 역사의 찬란한 궤적이다.

지구상의 수많은 생명체들 가운데서 왜 인간만이 언어를 사용할까? 언어는 인간을 다른 동물들과 분명히 구별하게 하는 특징이다. 인간과 언어의 상관관계는 학자들뿐 아니라 비전문가인 우리 모두의 관심거리이다. 인류는 언제부터 말을 하기 시작했을까? 그리고 언제부터 글을 쓰기 시작했을까? 이에 대해서는 학자들마다 견해가 분분하다. 언어가 언제부터 어떤 곳에서 생겼는지, 처음부터 사용한 언어가 현대인과 같은 발달한 언어였는지, 아니면 겨우 원숭이나 침팬지처럼 겨우 몇 마디만 하다가 점차 발달한 언어가 되었는지 견해가 다르다는 것이다.

아리스토텔레스로부터 현대 학자들에 이르기까지 수많은 철학자들과 학자들이 인간과 언어의 관계를 규명하려고 했지만, 과학이 고도로 발달한 21세기에도 학자들은 언어에 대한 두 가지 난제를 해결하지 못하고 있다. 하나는 최초 언어의 발생, 또 하나는 언어의 발달 과정이다. 언어가 어떻게 발생했는지, 또 어떻게 발전해왔는지 아직껏 정확하게 밝혀내지 못했다는 것이다.

인류 최초의 언어가 무엇인가를 연구하는 역사언어학자들은 학문적인 영역에 속하는 언어들 말고도 노상 그들의 뇌리에서 떠나지 않는 한 언어가 있다. 그것은 아담과 하와가 에덴동산에서 사용했다는 '에덴의 언어'이다. 사실 언어 비교연구는 에덴동산의 언어가 무엇이었을까 하는 르네상스 논쟁에 자극 받아 영감을 얻은 데서 시작된 것이다. 비교언어학자들은 이 학문이 태동한 18세기 말부터 지금까지 인도유럽어들이 공통의 조상 언어祖語(조어)를 공유한다고 생각해왔다. 하지만 학자들은 비학문적인 에덴의 언어를 학문적인 인도유럽조어(Proto Indo-European language)와 의식적으로 구분하려고 경계를 나누려는 경향을 보여 왔다. 그럼에도 역사적 언어 현상을 신의 목적과 조화시키려는 열망을 가진 학자들도 더러 있다. 이것은 인류의 미래를 밝게 해주는 긍정적인 징후이다.

인간은 문자 언어보다는 음성 언어를 먼저 사용했을 것이다. 입에서 내뱉는 말은 눈으로는 볼 수 없는 순간적인 것이다. 이 때문에 고대로부터 현대에 이르기까지 상상 속의 추리로 말의 기원을 추적하는 학자들이 많다. 그런가 하면 언어는 신의 선물이라는 성서의 기록도 있다. 상상 속의 추리나 성서의 기록도 학설일까? 학설은 아닐 것이다. 철학적, 현학적, 종교적인 이런 견해들을 학설이라고 말하기에는 난감한 면이 있다.

우리는 과학이 눈부시게 발달한 시대에서 살고 있는 현대인이다. 현대인은 과학을 신뢰한다. 생물학자들과 첨단과학자들은 언어의 발생과 발달 과정을 연구하고 마치 자신이 있다는 듯 연구 결과를 권위 있는 과학 학술지에 다투어 발표하고 있다. 하지만 학자들의 견해들이 사뭇 다르기 때문에 아직까지 최초 언어의 발생과 발달 과정에 대해서 합의점에 이르지 못했다. 그런 가운데 성서의 기록을 과학자들이 내놓는 학설보다 더 신뢰를 보내고 있는 사람들이 많다는 사실은 신기하기조차 하다.

### 인류 최초의 언어와 그 발달 과정에 대한 세 가지 견해

이제부터 독자 여러분은 인류 최초의 언어와 그 발달 과정에 대한 세 가지 견해들을 살펴보게 될 것이다. 세 가지 견해란 다음과 같다. 첫째, 유전생물학적 언어, 둘째, 종교적 언어, 셋째, 아담의 언어이다.

유전생물학적 언어와 종교적 언어는 아담의 언어와 기원이 다르다.

유전생물학적 언어는 생물학과 생물학의 중심 개념인 유전학에서 나온 것이다. 모든 생명체는 공통의 조상을 두고 있으며 진화를 통해 변화하고 발전한다는 게 생물학의 중심 개념이다. 종교적 언어도 언어의 기원을 종교의 측면에서 접근한 것일 뿐, 언어를 진화적인 입장으로 본다는 점에서는 본질적으로 유전생물학적인 입장을 취하고 있다고 하겠다.

반면에 아담의 언어는 성서에서 나온 것이다. 오랜 시간에 걸쳐 인간이 진화를 통해 원시 인간에서 고등화된 인간으로 진화하면서 아울러 언어도 덩달아 발전했다는 유전생물학적 언어와 종교적 언어와는 달리, 아담의 언어는 신으로부터 받은 것이기에 처음부터 발달한 언어라는 것이다. 아담의 언어를 신으로부터 받았다면 신은 인격적인 존재로서 그분도 인간처럼 말을 하고 있다는 전제가 성립되어야 한다.

## 첫째. 유전생물학적 언어

### 유인원과 언어

유전생물학적 언어란 인류의 언어의 발생과 발달 과정을 생물학의 유전 진화적인 관점에서 보는 언어이다. 언어의 기원을 유전생물학적 관점에서 보는 학자들의 견해는 크게 연속설과 비연속설 둘로 나뉘어 있다. 연속설을 주장하는 학자들은 인간의 언어가 인류의 진화와 함께 아주 오랜 기간에 걸쳐 점차 발전해왔다고 본다. 아주 원시적이고 단순한 초기 형태의 언어가 인류 진화와 더불어 점차 발전해 현대 언어가 되었다는 것이다. 반면, 불연속설은 인간의 언어가 진화를 해오다가 어느 순간 갑자기 생겨났다고 주장한다.

언어는 사람의 생각이나 느낌을 표현하거나 전달하기 위해 쓰는 수단을 말한다. 언어는 말로 하는 음성 언어와 글로 쓰는 문자 언어가 있다. 말하기와 듣기는 '음성 언어 활동'이고, 읽기와 쓰기는 '문자 언어 활동'이다. 말은 입 밖으로 튀어나오는 순간 공중에 흩어져 소멸돼 버린다. 하지만 문자는 기록으로 남아 있어 시간과 공간을 초월하여 오래도록 전달할 수 있다는 장점이 있다. 언어는 인류문화를 찬란하게 꽃피우게 했다. 위대한 인류문화는 음성 언어 덕택이기도 하겠지만, 그보다는 문자 언어 덕택이 더 크다고 하겠다. 우리가 수천 년 전 역사와 문화의 발자취를 알 수 있게 된 것은 바로 이 문자 언어가 있었기 때문이다.

앞에서 밝혔듯이 인간의 언어가 언제, 어디에서, 어떻게 발원했는지를 밝히기 위해 학자들은 동물들의 언어를 연구했다. 학자들이 동물들의 언어 연구에 열을 올리는 까닭은 어떤 종류의 동물들의 언어는 인간종人間種의 언어에 잇닿아 있지 않을까 기대했기 때문이다. 아니, 많은 학자들은 인간의 언어는 동물의 언어에서 갈라졌다고 확신하는 것 같다. 지금 우리가 말하는 언어가 침팬지. 오랑우탄, 고릴라 따위의 인간 계통 유인원類人猿과 원시 상태의 언어를 공유하고 있다는 것이다.

학자들의 이러한 접근은 인간이 어쩌면 유인원과 같은 인간종이었다가 점차 인간 특유의 종으로 진화되었다는 가설에 기초를 두고 있다. 학자들은 언어의 발생이 점진적으로 오랜 기간에 걸쳐 이루어졌다고 보고 있다. 학자들은 인류의 조상을 유인원이라고 추정한다. 문화인류학자들과 언어학자들에 의하면, 유인원은 아주 단순하고 원시적인 언어를 사용했는데, 그것들이 장구한 세월 동안 서서히 진화하면서 언어도 더불어 발전하게 되었다고 한다. 이런 견해를 연속설이라고 한다. 대부분 학자들은 이 연속설을 지지하고 있다.

학자들의 견해는 이렇다. 초기 인간은 아프리카에서 거주했다. 초기 인간은 5천만 년 전 유럽, 인도 등 지구 전역으로 흩어졌다고 한다. 그들은 흩어지기 전 매우 초보적 수준의 문법적인 말을 할 수 있는 인지능력이 있었다는 것이다. 어떤 학자는 인간의 계보와 분리된 오랑우탄을 인간과 '공통의 마지막 조상'으로 주장한다. 1천3백만 년 전부터 인간과 이 마지막 공통의 조상은 각기 다른 몸짓언어와 상징 언어를 학습하기 위한 인지능력을 갖기 시작했다는 것이다. 학자들은 화석으로 인간과 침팬지 계통의 유인원이 '공통의 조상'이라는 것을 입증하려고 했다. 어떤 학자는 아프리카 케냐와 차드에서 발견된 화석이 700−600만 년 전 무렵 지구상에서 활동한 인간 계통의 최초의 존재라고 확신했다.

## 인류의 조상이 아프리카에서 시작했다고?

하지만 인류학자들은, '진정한 인간들'의 시대가 열린 것은 지금으로부터 약 180–120만 년 전이라는 데 상당한 의견 일치를 보이는 것 같다. '진정한 인간들'이란 인간이 비로소 불을 사용하고 복합적인 울음소리 같은 초기 단계의 언어 구사 능력이 있는 인간을 가리킨다. 인류학자들이 보는 '진정한 인간들'은 이 시기에 나타났다는 것인데, 그러한 사람속屬 고인류가 아프리카에서 서식한 '호모 에르가스테르'(Homo ergaster)였다는 것이다.

많은 학자들은 이 호모 에르가스테르보다 후에 나타난 현생인류인 호모 에렉투스(Homo erectus)가 더 '진정한 인간'이었을 것으로 생각한다. 신생대 제4기 홍적세에 살았던 호모 에렉투스는 아프리카를 떠난 최초의 인류로서, 현대인의 모습을 가장 많이 닮은 호모 사피엔스의 직계 조상이었다는 것이다. 호모 에렉투스는 '직립 원인' 즉 '똑바로 서 있는 사람'이란 뜻이다.

인류학자들에 따르면 호모 에렉투스는 불을 자유자재로 사용했다. 그들은 170만 년 전부터 10만 년 전 사이에 아프리카를 비롯해 아시아, 시베리아, 인도네시아 등 지구 전역에 광범위하게 퍼져 생활했다고 한다. 영국 출신의 저명한 미국 언어학자인 데릭 비커튼은 호모 에렉투스가 사용했던 언어를 '프로토랭귀지'(Proto-language, 조어)로 부르자고 제안했다. 호모 에렉투스는 타잔 언어와 같은 소리를 냈다고 한다.

오랑우탄(orangutan). 흡사 로댕이 만든 조각상인 '생각하는 사람'을 연상하게 한다. 인도네시아와 말레이시아의 보르네오 섬과 수마트라 섬에만 분포하는 긴 팔과 붉은 털을 가진 유인원으로, 현재 멸종 위기종으로 지정되어 있다.

그렇다면 프로토랭귀지는 아주 미숙하고 발달되지 않은 언어체계였을 것이다.

언어학자들은 인류가 체계적인 언어를 사용하기 시작한 때는 지금으로부터 10만−3만 년 전이라고 추정하고 있다. 학자들은 약 7천 개에 달하는 현대어가 아프리카 서남부에서 살았던 원시 아프리카인들이 사용한 고대 언어에서 유래한 것이라고 보고 있다. 뉴질랜드 오클랜드대학 진화심리학자인 쿠엔틴 앳킨슨 교수도 언어의 연속설을 주장하는 학자들 가운데 한 사람이다. 앳킨슨 교수는 아프리카를 떠난 최초의 이주민 집단이 세계의 모든 언어의 모태가 되었다는 것을 증명하려고 했다. 아프리카 초기공통어가 모든 언어의 뿌리로서 인류 확장의 촉매가 되었다는 것이다. 그는 언어가 확장되는 현상을 "창시자 효과"라는

호모 에렉투스(Homo erectus) 상상도. 인류학자들은 호모 에렉투스가 170만 년 전부터 10만 년 전 아프리카와 아시아 일대에 거주하면서 불을 자유자재로 사용하고 타잔 소리와 같은 말을 하기 시작했다고 본다. 분류학에서 현생인류인 호모 사피엔스(Homo sapiens)의 전 단계 유인원이다.

인류 유전학적 개념으로 설명했다. "창시자 효과"란 큰 집단에서 아주 작은 개체수가 떨어져 나갔을 때 분리된 집단에서 유전변이와 함께 복잡성의 점진적인 손실이 일어나는 것을 말한다.


### 언어의 발달과정, 연속설인가 비연속설인가?

인류의 언어가 장구한 세월 동안 점차 진화의 과정을 거쳐 차츰차츰 발전하게 되었다는 연속설과는 다른 견해를 불연속설이라고 한다. 언어의 발달 과정에서 연속설이 진화론에 무게 중심을 둔 것이라면, 불연속설은 생물학에 무게 중심을 둔 것이다. 불연속설은 인류가 진화를 하는 어떤 순간에 갑자기 언어가 생겨났다는 견해이다.

현대 언어학의 아버지라 불리는 미국의 노암 촘스키(Noam Chomsky, 1928- )는 이런 입장을 취하는 대표적인 학자이다. 촘스키는 아기들이 자라면서 어떤 언어든 습득하는 것을 관찰하고, 이러한 언어 능력이 모든 생명체들 중에서 유일하게 인간에게만 있다는 것을 발견했다. 촘스키는 인간의 언어 습득 능력은 인간이 태어날 때부터 뇌의 특정 영역이 언어에 특화돼 있기 때문이라고 주장했다. 그는 인간의 언어를 정교하게 설계된 생물학적 본능의 산물인 "생물학적 생득권"으로 보았다. 인간의 언어는 노력이나 경험으로 얻는 것이 아니라 생물학적으로 태어날 때부터 가지고 있는 권리라는 것이다.

촘스키는 인류가 보편적인 문법을 지닌 언어를 하기 시작한 것은 약 100,000년 전이라고 주장하고 있다. 한 인류 개체에게 돌연변이가 생겨 그 뇌에 고급스러운 언어를 구사할 수 있게 하는 언어 시스템이 장착되었다는 것이다. 이게 뉴런(neuron)이다. 언어구조학자들은 인간의 뇌 속에 언어발달을 일으키는 이 신경회로가 들어 있어 인간으로 하여금 문법적이고 체계적인 말을 할 수 있도록 하게한다고 보고 있다. 언어의 불연속설을 주장하는 학자들에 따르면, 인간 대뇌피질의 왼쪽 전두엽에 있는 바로 이 뉴런 모듈이 진화 과정에서 갑자기 유인원과 다른 특징을 나타나게 함으로써 인간을 만물의 영장이 되게 하였다고 주장한다. 청각과 시각으로 전달된 언어를 이해하고 해석하는 데 관여하는 대뇌의 좌반구에 위치하는 특정 부위를 독일의 신경정신과 의사인 카를 베르니케가 발견했다 해서 "베르니케 영역"(Wernicke's area)이라고 한다. 사람이 뇌의 왼쪽 가운데 부분이 손상되거나 변형이 되면 다른 사람의 말을 이해하거나 일관된 문장으로 말하는 데 어려움을 겪는다. 어렸을 때 실어증 장애를 겪었던 헬렌 켈러처럼 말이다.

여하튼 인간이 언제부터 보편적인 언어를 사용하기 시작했는지는 이거다 저거다 단정할 수 없다. 이것은 아직 가설에 불과할 뿐이다. 그럼에도 언어의 연속설을 주장하는 학자들이건 불연속설을 주장하는 학자들이건, 학자들은 현대적 언어의 기원을 지금으로부터 50,000-10,000년 전쯤으로 추정하는 데는 같은 목소리를 내고 있다. 인간이 비교적 체계적이고 문법적인 언어를 사용하기 시작한 것은 기껏해야 5만 년 전부터라는 것이다. 이때가 되어서야 비로소 현생인류인 호모 사피엔스는 언어에 예술과 상징적 의미를 부여하기 시작했다고 한다. 그들은 상당한 정도로 언어를 인지하는 능력이 있었고, 그 언어를 자손에게 전수했다는 것이다. 아니, 그들은 태어날 때부터 스스로 언어를 배울 능력을 지녔다. 그들의 DNA에는 언어를 보존하고 발전시키고 계승시키려는 '언어의 본능'이 녹아 있었다. 촘스키에 따르면 호모 사피엔스는 바로 이러한 언어의 본능을 가지고 언어를 사용할 수 있는 생득적 능력이 있었다는 것이다.

그런 점에서 어떤 언어학자는 호모 사피엔스의 이러한 특징을 언어에 무게를 두어 '호모 로퀜스'(Homo loquens)라고 부르기를 선호한다. 호모 로퀜스는 '언어적 인간'(말하는 사람)이란 뜻이다. 호모 사피엔스에게

헬런 켈러(Helen Keller, 1880-1968)의 소녀 시절 모습. 미국의 저명한 작가, 교육자이자 사회주의 운동가였지만 극심한 시각, 청각 중복 장애인이었다.

언어는 생각의 도구였다. 사고하는 인간은 언어를 함으로써 인간만의 고유한 개성을 지니게 되었고, 인간다운 삶이 가능하게 되었으며, 그가 지닌 고도의 지능을 바탕으로 모든 동물들을 제치고 지구의 지배자가 되게 하여 지구상에서 단연 독보적인 찬란한 문화를 이룰 수 있었다는 것이다. 인간의 이러한 언어 능력을 다윈(Darwin)은 인간을 다른 동물과 구별되게 한다고 보았다. 진화론적으로 볼 때 언어적 인간은 지구에서 처음부터 먹이사슬의 최상위권의 왕좌에 있었다는 것이다.

## 둘째. 종교적 언어

종교적 언어란 글자 그대로 종교 행위와 관련된 언어이다. 종교 언어는 인류의 진화와 더불어 나타난 언어이다. 인간이 언제부터 종교적인 행위를 하였는지는 밝혀지지 않았지만, 언어학자들은 중기 구석기 시대 무렵부터가 아닌가 추측하고 있다. 중기 구석기 시대란 지금으로부터 30만 년 전에서 3만 년 전까지의 기간이다. 이 시기에는 아프리카에서 아시아와 유럽 일대에 이주해 새롭게 번성한 호모 네안데르탈인(Homo neanderthalensis)이 살았던 시기이다. 네안데르탈인은 인류의 진화 과정에서 원인류原人類에 이어 나타난 화석 인류로, 두뇌가 발달하고 어느 정도 석기를 사용하는 고생인류였다.

언어인류학자들은 네안데르탈인이 인류의 진화과정에서 맨 처음으로 종교 행위를 하였다고 추측하고 있다. 네안데르탈인이 살았던 중기 구석기 시대에 종교 행위는 그들이 살았던 전 지역에서 나타난 공통적인 현상이었다고 한다. 그 시기에 인류는 서로 말귀를 알아들을 만큼 의사소통 능력이 있었다고 한다. 그에 따라 언어는 종교 행위로부터 발화되었고, 언어가 발전하면서 종교 행위도 더욱 발전하게 되었다. 이처럼 언어를 가끔은 종교적 측면에서 접근한다는 점에서 그러한 언어를 보통 '종교적 언어'(divine language)라고 부른다. 종교적 언어는 인류가 어느 정도 문법적인 말을 하기 시작하면서 말을 신성하고 마술적인 힘이 있다고 여기게 되었다. 이것은 언어가 시작부터 영적인 영역으로 해석되었다는 것을 의미한다. 황홀경에 빠져 그들의 수호신과 교감하는 듯한 초기의 상형문자는 그것을 잘 보여준다.

몇몇 학자들은 언어의 창을 통해 신화와 종교의 기원을 탐구하는 일에 정열을 쏟고 있다. 종교적 언어는 상징성이 강하다. 종교적인 의식은 춤과 음악을 동반하고 신성한 진리를 선포한다는 점에서, 그것은 매우 '언어적'이다. 인간의 종교적 사고와 도덕적 감각은 분명히 인지 언어적 기반 위에 놓여 있다. 유전자 과학으로 인류의 기원과 언어를 추적하는 데 심혈을 기울여 온 영국의 과학 전문기자인 니콜라스 웨이드는 이렇게 말했다.

"만약 종교가 현대적이고 명확한 언어의 진화를 기다려야 한다면, 종교 역시 5만 년 전에 생겨났을 것이다."

니콜라스 웨이드처럼 많은 학자들은 인류가 아프리카에서 탈출하기 직전인 5만 년 전 무렵 이미 언어는 현대적인 형태를 입게 되었다고 확신하는 듯하다. 도덕의 진화, 공동체 의식은 사회적 규칙과 질서에 대한 반응과 관심으로 나타나면서 인류를 다른 생명체보다 더욱 빠르게 사회적 생물로 진화하게 하였으며, 그와 더불어 종교는 조직화된 종교로서 발전하게 되었다는 거다. 이때부터 인류는 초자연적 현상과 사후세계에 대한 관심이 더욱 커져 매장의 필요를 느끼게 되었고, 토템 신앙이나 동물을 숭배하는 등 종교심이 싹트게 되었다는 거다.

여기서 잠시 '조직화된 종교'란 무엇인지에 대해 알아보겠다. 조직화된 종교, 혹은 제도화된 종교는 정치와 종교의 동반자적 관계를 설명할 때 흔히 거론되는 용어이다. 인류언어학자들은 조직화된 종교가 나타나기 시작한 시기를 신석기 시대로 추정하고 있다. 신석기 시대는 인류가 돌을 도구로 사용해 식량을 생산하는 시대를 말한다. 인류는 신석기 시대에 들어와 구석기 시대의 채집 경제로부터 생산 경제로 탈바꿈하게 됨으로써 인류 문명은 급속도로 발전하게 되는데, 이러한 문명사적 대전환을 신석기 혁명이라고도 한다. 신석기 시대는 석기 시대가 끝나는 기원전 1만 년 무렵부터 청동기 시대가 시작되는 기원전 3,500년 전까지의 약 6,500년 동안 신석기 문명을 꽃피운 시기이다. 이 시기에는 족장이나 왕이 부족이나 국가를 다스리면서 신을 대변하는 제사장의 역할까지를 수행했는데, 후대 사람들은 이러한 정치·종교 체제를 제정일치祭政一致(theocracy)라고 부른다.

미국의 과학자이자 인기 작가인 제러드 다이아몬드는 정치권력이 통치권에 신성한 권위를 부여해 정치적 힘을 정당화하는 제정일치의 정치·사회 체제를 신석기 시대의 특징이라고 했다. 제러드 다이아몬드는 지난 13,000년 동안 인류 역사는 정치와 종교가 일체가 되는 지배구조였다고 주장한다. 정치는 공동체 구성원의 생명과 재산을 보호하고 유대감을 공고히 하면서 체제 유지와 권력을 향유하는 이익을 누리고, 종교는 정치에 정당성을 실어주는 대가로 배타적인 지위를 누리면서 특별대우를 받는 식의 지배구조를 형성했다는 것이다. 정부와 종교의 이러한 결합은 병원균, 문자, 기술과 함께 인류 역사에 막대한 영향을 끼쳐왔다고 제러드는 강조했다. 제러드 다이아몬드의 이러한 주장은 그의 대표적인 저서인 **제3의 침팬지: 총, 균, 쇠**(The Third Chimpanzee: Guns, Germs, and Steel, 1997)에 나타난다. 제러드 다이아몬드는 정치와 종교가 결탁한 제정일치 사회는 중앙집권적인 대규모 사회를 낳고, 이러한 형태의 중앙집권화는 권력을 가진 소수의 사람들만이 배를 불리는 정치로 귀결될 수밖에 없다고 하면서 이러한 '짜고 치는' 형태의 정치를 "도둑정치"라고 비꼬았다.

### 셋째, 아담의 언어

지금까지 우리는 문화인류학자들이 언어의 기원을 인간 진화에 따른 언어의 진화 관점에서 추적하고 있다는 것을 살펴봤다. 그런데 인류의 언어가 미숙한 단계에서 점차 성숙한 단계로 발전했을 것이라는 과학계의 견해와는 달리, 아예 처음부터 성숙한 언어를 사용했을 것이란 견해도 있다. 그것은 문화인류학적 관점으로 보는 보편적 언어가 아니다. 그것은 또한 종교 진화론적 관점으로 보는 종교적 언어도 아니다. 그것은 아담의 언어다.

아담의 언어는 일반사가 아닌 구속사인 구약성서의 창세기에 근거를 두고 있다. 그것은 아담이 실제로 사용한 언어로, 문자 언어가 아닌 음성 언어를 가리킨다. 아담은 인류의 조상이다. 아담은 모든 인류 가운데 최초의 인간이다. 창세기는 까마득한 옛날 첫 번째 인간인 아담이 언어를 사용했다는 것을 분명하고 매우 생생하게 알려주고 있다. 많은 기독교인들과 신앙심 있는 학자들은 언어의 기원과 형태를 창세기의 기록에서 발견하려고 한다. 그들은 에덴동산에서 아담과 아담의 아내인 이브[1]가 사용했던 언어가 무엇이었는지, 그 언어가 히브리어의 모태가 되는 언어였는지, 지구상의 수많은 언어들은 창세기가 전하는 바벨탑 사건 이후에 생긴 현상인지에 대해 관심이 많다.

그런 점에서 아담의 언어에 대한 연구는 인류의 기원, 문화의 기원, 이스라엘 종교의 기원과 맞물려 있다. 그러기에 아담의 언어에 대한 연구 범위는 일반 언어 연구 범위보다 더 넓다. 아담의 언어에 대한 연구는 일반 학문인 인류학, 언어학뿐 아니라 종교의 기원과 종교 현상을 탐구하는 종교학과 유대교와 기독교가 믿는 신에 관한 복잡한 학문인 신학 등 다방면에 대한 식견과 지식 통합을 요구하고 있다는 점에서 '멀티 학문'이라고 할 수 있을 것이다.

아담의 언어는 성서의 언어를 이해하는 데 도움이 된다고 생각한다. 성서의 언어란 계시의 언어이지만, 문학적인 특성이 있는 계시의 언어이다. 루이스(C. S. Louis)는 성서의 언어를 "일상의 언어와 시적 언어 사이의 어디쯤 존재하는 언어"라고 하면서, "일상의 언어가 그 외피를 두르고 있다면, 이면에는 신학적이고 시적 언어로 짜여 있는 것이 바로 종교 체험을 표현하는 언어"라고 했다. 루이스는 유신진화론자다.

첫 인간 아담은 창조될 때 어휘뿐 아니라 새로운 낱말을 만들어서 어휘를 늘릴 수 있는 능력도 있었다. 지상의 모든 피조물 가운데 오직 신의 성품을 닮은 인간만이 진정한 언어 능력을 지니고 있었다는 것이다. 아담의 언어가 인류 최초의 언어이고, 여기에서 모든 언어들이 파생하게 되었다고 보는 사람들은 언어는 진화의 산물이 아니라 신의 선물로 보고 있다. 독일의 생물학자이자 언어학자인 루드비히 쾰러(Ludwig Koehler)는 한 언어 연구 잡지에 기고한 글에서 언어의 기원에 대해 이렇게 말했다.

"우리는 사람이 말하는 과정에서 실제로 무슨 일이 일어나는지, 지각知覺이라는 불꽃이 어떻게 어린이나 일반 사람들의 정신에 불을 붙여 입 밖으로 말이 나오게 하는지에 대해서 아직 이해하지 못하고 있다. 인간의 언어는 신비다. 그것은 신의 선물이고 기적이다."

하지만 진화언어학자들은 아담의 언어는 있을 수 없다고 조롱한다. 그것은 신학적 환상의 공간에서나 있는 허구의 언어라는 것이다. 언어학자들은 아담의 언어를 역사적, 과학적으로 증명할 수 없는 것이기 때문에 거기에 '언어'를 붙여서는 안 된다고 보는 입장이다. 그럼에도 어떤 사람들은 왜 아담의 언어를 자꾸 떠올릴까? 그것은 그들의 마음속에 아담이 인류 최초의 사람으로서 자신을 만들어준 신과 에덴동산에서 실제로 교제한 지적이고 성숙한 인간으로 믿기 때문이다. 그들은 신기하게도 구약성서의 창세기에 나오는 창조를 역사적 사실로 받아들인다.

# 04
# 신의 언어

신이 말을 하시는 분이라면 신도 우리들 인간처럼 언어가 있었을 것이다. 그렇다면 신이
사용하시는 언어, 즉 신의 언어는 무엇이었을까?

# 신의 언어

그분은 정말이지 사람처럼 '입'이 있고
'말'을 하신다는 건가?

**에덴의 언어가 무엇인지에 대한 질문**


필자가 신학생들에게 성경을 가르칠 때 겪었던 일이다. 한 학생이 내게 이런 질문을 했다. 그 학생은 대학에서 영문학을 전공했다. "목사님, 하나님이 에덴동산에서 쓰신 언어는 뭐였다고 생각하시는지?" 나는 그때만 해도 이런 '이상한' 질문에는 어떤 대답도 내놓을 만큼 준비가 되지 않았던 문외한이었다. 그래서 퍼뜩 꾀가 생각났다. 당황하는 표정도 없이 학생들에게 물었다.

"여러분 생각은 어때요?"
그러자 여기저기서 장난성 의견들이 쏟아졌다.
"영어요."
"히브리어요."

"방언 아닐까?"

"에스페란토어요."

"…."


잠시 긴장 아닌 긴장이 흘렀다. 그 순간 나의 뇌리에는 뜬금없는 '에덴의 언어'가 스치면서 심장이 쿵쾅거렸다. 나는 옹송망송한 내색도 없이, "또 누구 없어요?"라고 좌중을 둘러보며 물었다. 그러자 한 여학생이 자신 있다는 듯 큰 목소리로 "한국어요."라고 대답했다. 그 말을 들은 우리 모두는 폭소를 터뜨리고 말았다.


독자 여러분은 어떻게 생각하시는지? 혹시 그게 에덴동산에서 아담과 하와가 사용했던 언어는 아닐까? 너무나 까다로운 질문이다. 어떻게 대답해야 할지 막막하다. 성경과 인문학을 통달한 분이라고 해도 그럴 것이다. 나 또한 예외는 아니다. 솔직히 말하면 나도 잘 모른다. 에덴동산의 현장에 가보지 않았으니까. 에덴동산을 직접 봤다는 누군가의 일기나 사진이나 영상물이 하나라도 있으면 좋으련만, 나는 여지껏 한 번도 그런 신뢰할 만한 자료를 본 적이 없다. 하지만 나는 조금은 아는 척 말할 수 있다. 왜냐하면 나는 과학도 믿지만, 그 과학 못지않게 거룩한 경전인 성서를 믿기 때문이다. 성서를 믿을 뿐만 아니라 지식과 지혜와 양심으로 성경에 기록된 내용을 신문을 보는 것처럼 사실로 받아들이기 때문이다. 만에 하나 성서의 어떤 기록이 사실이 아니고 신학적 역사기록일지라도 성서는 인류에게 길과 진리와 생명의 말씀이라는 평소 내 개인의 믿음과 확신은 흔들림이 없다.

성서의 이야기들에 푹 빠지는 것은 상상력을 자극한다. 나는 밥 먹고 하는 일이 성경을 연구하는 사람이다. 그리고 성경을 가르치는 교사이면서 설교자이고 글을 쓴다. 그런 나이지만 하나님과 인간의 소통방식을 구체적으로는 생각하지 못했다. 그러던 어느 날, 나는 성경을 읽다가 "이르시되"라는 표현에 시선이 고정되면서 온몸의 촉수가 꿈틀거리며 일어서는 것 같았다. 소름이 돋았다. "이르시되"라는 말은 창세기 1장 3절에 처음 등장하는 단어이다. "하나님이 이르시되 빛이 있으라 하시니 빛이 있었고"라는 성경 최초의 직접화법이다. "이르시되"라는 용어가 강렬한 빛으로 내 몸과 영혼을 덮쳤다. 그러자 가슴이 뜨거워졌다. 내 입에서는 나도 모르게 "아, 하나님! 입, 입, 입…하나님은 입이 있으시네요…."라고 말하고는, 거울 앞에서 내 입을 만져보았다. 그 순간 선지자 이사야가 생각났다. 내 입에서는 이런 말이 나왔다.

"하나님, 저는 부정한 입술을 가진 사람입니다. 부끄러워 어디에 내놓을 수 없는 입술입니다. 이 입술로 어떻게 감히 거룩하신 하나님 앞에 서겠습니까? 제 입술을 정결케 해주소서."

그렇게 한참이나 기도한 후에 찬양을 했다. 이 찬양이다. 시편 19편 14절에 나오는 말씀으로 만든 가사와 아름다운 선율이 있는 가스펠송.

"나의 입술의 모든 말과 나의 마음의 묵상이

주께 열납 되기를 원하네

생명이 되신 주 반석이 되신 주

나의 입술의 모든 말과 나의 마음의 묵상이

주께 열납되기를 원하네."

이런 경험은 나에게만 있는 걸까? 독자 여러분은 나 같은 생각을
해본 적은 없는지? 하나님이 에덴동산에서 어떤 언어를 사용하셨나 하
는 질문은 철학과 신학의 심장부를 관통하는 것이다.

'하나님은 성경의 기자들에게 무슨 언어로 말씀하셨을까? 하나님만
이 사용하시는 언어가 있다는 걸까? 아니면 인간이 사용하는 말을 하
신다는 걸까? 그것도 아니면 하나님은 신의 언어도 아니고 인간의 언
어도 아닌 어떤 신비스러운 언어로 인간과 소통하셨다는 걸까?'

이것은 어리석고 부질없는 질문이 아니다. 이런 복잡한 생각을 하
지 않아도 우리는 하나님을 믿는다. 우리는 성경을 진리의 말씀으로
읽는다. 하지만 종종 이런 상상에 잠겨보는 것도 실제적인 믿음에 꽤
도움이 된다. 어쩌면 그것은 두루뭉술하고 피상적인 믿음을 실제적인
믿음으로 바꾸게 하는 힘이 되게 할 수도 있다.

인간의 언어에 대한 이런 상념에 잠기다 보면 으레 내 마음의 창공

에 두둥실 떠오르는 사람은 아담과 하와다. 아담과 하와가 사용했던 언어는 그들을 만들어 준 신이 사용하는 언어와 같았을까? 아니, 신은 인간들처럼 말을 하신다는 건가? 아담과 하와가 신과 같은 언어를 사용했든 신과 다른 인간의 언어를 사용했든 인류 최초의 그 언어는 어떤 언어였나? 그 언어는 사라졌는가, 아니면 어떤 형태로든 다른 언어의 흔적으로 잔존해 왔나? 구약성서를 기록한 문자인 히브리어는 에덴동산의 언어였나, 아니면 그것을 모태로 생긴 언어였나, 그것도 아니면 전혀 다른 형태의 언어였나?

이런 질문의 샘을 자꾸 파고 들어가면 질문들의 샘물을 솟아나게 하는 하나의 원류原流를 만나게 되는데, 그것은 바로 다름 아닌 하나님의 언어, 곧 신의 언어이다. 우리는 지금부터 그 신의 언어에 대해 살펴볼 것이다. 신이 에덴동산에서 사용하신 언어는 과연 무엇이었을까 하는 질문에 대해 답변을 하기 전, 우리는 먼저 신은 살아계시고 인간처럼 말을 하신다는 사실부터 인정해 둘 필요가 있다. 하나님이 영원자존자라는 사실은 구태여 여기에서 얘기하지 않겠다. 이것은 신학과 신앙의 절대 명제여서 이 책에서는 논외로 해두겠다. 독자들은 '신은 말을 하시는가' 하는 데에 관심을 쏟기를 바란다.

### 신도 인간처럼 '말'을 한다

'언어'를 보통은 '말'이라고 한다. 언어라는 용어는 사실 일반 용어라기보다는 인문학적인 용어이다. 이 때문에 성경에는 언어라는 용어가 나오지 않을 것 같은데, 의외로 몇 군데서 극히 제한적으로 나타난다. 성경에는 보통 '말'이라는 용어로 나타난다. 하지만 이상하게 '말'이라는 단어는 드물게 나타난다. 구약성서에는 사람의 말은 주로 '말하다'라는 동사를 사용하고 있다. 이것은 명사보다는 동사를 선호하는 히브리어의 영향 때문이 아닌가 한다.

구약성서에는 말에 관한 언급과 사건들이 참 많이 나온다. 이것은 말이 인간생활에서 얼마나 큰 부분을 차지하고 있는가를 알려주는 한편, 인간이 말씀을 하시는 하나님의 형상과 모양을 한껏 빼닮았다는 이른바 인간의 신적 품격을 방증해 주고 있다. 놀랍게도 구약성서에는 인간의 '말'이나 신의 '말씀'을 히브리어로 '다바르'라고 하는 같은 단어를 쓰고 있다. 구약성서에서는 '말'을 대체하는 용어들이 몇 개 있다. 입, 혀, 입술이 그러한 용어들이다. 사실 말이란 입, 혀, 입술 세 가지 신체 기관의 합작품이다. 이 세 기관 중 어느 하나가 단독으로 쓰여도 말을 의미한다. 어떤 때는 두 기관이 함께 쓰일 때도 있다. 그럴 때면 더욱 말이 실감나게 다가온다. 구약성서에는 이렇게 말, 입, 혀, 입술 등의 용어를 빌려 인간이 말을 할 수 있는 능력과 말의 힘을 보여주고 있다.

말은 언어이다. '언어'라는 용어는 성경에 나올까? 신기하게도 몇 번 나온다. 히브리어로 된 구약성서에는 우리말 언어에 해당하는 말들은 말, 입, 혀, 입술 등으로 아주 많이 나타나지만, 우리말 성서는 매우 제한적인 경우에만 이 용어들을 '언어'로 번역해놓고 있다. 하나의 언어가 수많은 언어로 갈라지는 바벨탑 사건이나 집합체로서의 민족이 사용하는 공용어를 가리킬 때 우리말 성서는 '언어'라는 용어로 번역해 놨다.

히브리 구약성서를 우리말로 번역했을 때 번역가들은 마치 약속이라도 한 듯 인간의 말과 신의 말을 엄격하게 구분해 놓으려고 용어를 다르게 했다. 말을 하는 주체가 사람이면 '말'이라 하고, 신이면 '말씀'이라고 한 것이다. 성서의 주인공은 하나님과 사람이다. 이것은 신과 인간이 창조자와 피조물의 관계이면서 동시에 구속의 역사를 함께 써 나가는 동반자적 관계라는 것을 말해주고 있다. 하지만 엄밀히 말해 성서의 주인공은 하나님 한 분이시다. 그가 창조자요, 역사의 주관자요, 구원의 주이시기 때문이다.

성서는 문자로 기록된 언어이다. 그것은 또한 말이기도 한다. 성서가 무엇인가를 실감나게 알려면 우리는 언어의 측면에서 접근할 필요가 있다. 성서는 신을 말씀하시는 분이라고 밝히고 있다. 신은 말씀으로 천지를 창조하셨다. 말씀으로 아브라함을 부르셨다. 말씀으로 모세와 대화를 했다. 말씀으로 다윗에게 언약을 하셨다. 말씀으로 선지자들에게 계시하셨다. 그리고 말씀으로 세상과 인류를 구원할 메시아를 약속하셨다. 그들은 신을 보기라도 했다는 걸까?

이 답변은 간명하다. 그것은 하나님께서 알려주셨기 때문이다. 죄인인 인간은 전능하고 거룩하신 신을 볼 수 없다. 그런데도 성경은 마치 절대타자인 신을 본 것처럼, 대화하는 것처럼 묘사한다. 성경은 성령으로 영감된 특별한 하나님의 사람들이 하나님의 계시의 말씀을 받아 기록해놓은 책이다. 신의 음성은 계시의 형태를 통해 인간에게 전달되었다. 신의 음성은 인간의 인격과 경험과 지적 능력에 들어와 창조적으로 변형되어 인간의 언어로 내뿜어졌다. 그게 우리가 읽는 성경이다.

창세기는 모세가 썼다. 성경대로라면 아담과 하와는 모세보다 2,600년 전 앞서 살았던 분들이다. 그렇다면 모세는 천지창조의 내력을 어떻게 알게 되었고, 아담과 하와가 어떻게 최초의 인간이었으며, 그들이 에덴에서 쫓겨난 것을 어떻게 알았다는 걸까? 그것은 신의 신적 음성이 그에게 계시의 말씀으로 들렸기 때문이리라. 모세는 성령에 영감돼 그 말씀을 그대로 받아 적었던 것이다.

신은 모세에게 자신의 모습이 인간과 같다고 알려 주셨다. 코도 있고, 눈도 있고, 귀도 있고, 입이 있다고 알려 주셨던 거다. 신은 또한 인간과 같이 팔도 있고, 발도 있다고 알려 주셨다. 신학자들은 이것을 신인동형론神人同形論(anthropomorphism)이라고 말한다. 신인동형론이란 신이 마치 인간과 비슷하게 생겼을 것이라는 이론을 말한다. 창조주이고 전능하신 신을 피조물인 인간으로 의인화함으로써 인간의 본질과 특성을 신적 존재로 유비한 것이다. 그리하여 성경 기자들은 신은 아마도 틀림없이 우리 인간들과 같은 분이실 거라고 생각했다. 신이 우리들 인간의 모습과 닮았을 것이라는 이러한 생각은 신실한 크리스천에게는 너무나 당연하고 자연스럽게 받아들여지고 있다.

그렇다면 그 신은 어디에 계신다는 건가? 신의 처소는 어디냐는 것이다. 신학적으로는 신은 무소부재無所不在하신 분이다. 시공을 초월하여 어디에나 계신다는 것이다. 하지만 상식적으로, 가장 느긋하고 편하게 생각하면 신은 하늘에 계신다. 그분이 계시는 곳은 하늘나라이다. 그렇다! 신은 하늘에 계시고, 신의 피조물인 인간은 땅에서 산다.

## '신의 언어'와 '아담의 언어'

아담과 하와는 에덴동산이라는 땅에서 살았다. 그들이 죄를 짓지 않았더라면 영원히 살았을 것인지 아닌지는 수수께끼이지만, 여하튼 그들은 신의 형상과 모양을 닮은 피조물로 창조되어 에덴동산을 관리하며 살았다. 아담과 하와가 아름다운 지상 낙원에서 살고 있을 때 놀랍게도 신은 인간인 그들과 대화하셨다. 너무나 구체적이고 너무나 선명한 대화였다. 그것도 한 번이 아니라 여러 번이나. 이 실제적인 장면들에서 우리는 에덴동산에 두 개의 언어가 공존해 있었을 것이라는 생각부터 해보게 된다.

'신의 언어'와 '아담의 언어'. 신의 언어는 하나님께서 하늘에 계시는 분이기에 '하늘의 언어'라고 할 수 있고, 아담의 언어는 아담이 에덴이라는 시간과 공간의 제약 안에 살았던 사람이었기에 '땅의 언어'라고 말할 수 있을 것이다. 성서는 하나님께서 사용하시는 언어가 있었다는 것을 분명히 알려 주고 있다. 시편 19편을 쓴 시인은 하나님이 창조하신 세계의 장엄함과 위대함을 이렇게 노래하고 있다.

"하늘이 하나님의 영광을 선포하고 궁창이 그의 손으로 하신 일을 나타내는도다 날은 날에게 말하고 밤은 밤에게 지식을 전하니 언어도 없고 말씀도 없으며 들리는 소리도 없으나 그의 소리가 온 땅에 통하고 그의 말씀이 세상 끝까지 이르도다"

이 시편에 따르면 하나님이 세상을 창조하시기 전에는 땅에는 인간의 고막을 간질이는 어떠한 음파도 없었다. 창조 전에는 소리라고 할 만한 어떠한 음성 언어도 없었다는 것이다. 언어가 없었으므로 하나님에 대한 지식을 깨우치고 그 지식이 귀로 들리는 하나님의 말씀도 없었다. 그러나 하나님이 능력의 말씀으로 세상을 창조하신 후에는 하나님의 말씀이 땅에 사는 사람들에게 들리게 되고, 해석이 되고, 선포력을 갖게 되었다는 것이다. 하나님께서 천지를 창조하실 때에 말씀으로 하셨다는 것은 하나님의 제일가는 창조물인 인간도 말을 하고 그 말에 인격과 권위가 있다는 존재라는 것을 알려준다. 우주와 만물이 창조되면서 신의 소리, 신의 말씀, 신의 언어가 모습을 드러내자 땅 위에 사는 창조물들은 비로소 소리를 가지게 되었고, 특히 신의 형상과 모양대로 창조된 인간은 인간의 소리, 인간의 말, 인간의 언어가 있게 되었다는 것이다.

이것은 언어가 생기게 된 목적이 무엇인지를 명확하게 해준다. 신이 자신과 같이 오직 인간에게만 언어를 할 수 있도록 한 첫 번째 목적은, 그 언어로 자신을 창조한 창조주 하나님과 교제하고 그분을 경외하라는 것이다. 그것은 찬양, 기도, 묵상, 선포 등 형태로 표상되어 인간은 신과의 관계에서 자신의 위치를 확인하고 보다 나은 미래를 향해 소망을 품게 된다. 두 번째 목적은, 그 언어로 인간은 사회의 일원으로서 서로 뜻을 소통하고, 직면한 문제들을 해결하고, 새로운 정보들을 받아들이고 활용하며, 관계의 형성을 통해 집단을 이루면서 찬란한 문화와 문명을 건설해 나가라는 것이다.

시편 19편은 창조시와 율법시를 결합한 매우 독특한 시이다. 이 시는 너무나 심오하고 아름다워서 문학과 예술에서 많이 소개되어 왔다. 루이스(C. S. Lewis)는 이 시를 시편 150개의 시들 가운데 최고로 꼽으면서 "세상에서 가장 위대한 서사시"라고 극찬했다. 하이든은 오라토리오 **천지창조**를 작곡할 때 이 시편을 배경으로 삼았다.

신이 말을 하시는 분이라면 신도 우리들 인간처럼 언어가 있었을 것이다. 그렇다면 신이 사용하시는 언어, 즉 신의 언어는 무엇이었을까?

르네상스 시대의 천재 조각가이자 화가인 미켈란젤로의 대표적인 작품인 〈천지창조〉. 바티칸의 시스티나 소성당 천장에 그려져 있다. 창조자인 신의 주변에 많은 천사들이 창조사역을 돕고 있다. 아담을 창조한 신이 오른손을 뻗어 생명의 불꽃을 불어넣고, 비스듬히 앉은 아담이 왼손을 뻗어 영혼을 주입받는 장면에서 신과 인간의 같은 모습, 친밀한 교류, 인간의 영적, 지적 능력을 엿볼 수 있다.

맨 먼저 상상해 볼 수 있는 것은 '하늘의 언어'이다. 하늘의 언어란 삼위로 존재하시는 '하나님의 언어'다. 그것은 또한 영적 세계에서 천사들에게 명령을 하고 천사들과 대화하는 '천상의 언어'이다. 어쩌면 그것은 천국백성들이 하늘나라에서 사용하는 '천국의 언어'일지도 모른다.

　성서는 삼위 하나님이 중요한 의사결정을 내릴 때 긴밀히 대화하시는 참 신비한 장면을 우리에게 보여주고 있다. 바벨탑 장면은 그중에서도 압권이다. 인간이 신이 계신 하늘 궁전에 닿으려고 높은 탑을 쌓고 신께 도전했을 때 천상에서는 긴급회의가 열렸다. 성부 하나님, 성자 하나님, 성령 하나님의 회의이다. 이것은 마치 비둘기들이 머리를 맞대고 있는 것처럼 사람들이 중요한 결정을 내릴 때 서로 머리를 바짝 내밀고 뭔가를 심도 높게 논의하는 구수회의鳩首會議를 연상하게 한다. 세 분이면서 동시에 한 분이신 삼위 하나님이 그렇게 하셨다는 것이다. 삼위 하나님의 비장한 결단을 보여주는 이 이색적인 장면을 창세기 기자는 이렇게 기록했다.

> "자, 우리가 내려가서 거기서 그들의 언어를 혼잡하게 하여 그들이 서로 알아듣지 못하게 하자"

그렇다면 삼위 하나님이 회의를 하실 때 사용했던 "자 우리가 내려가자"는 언어는 무엇일까? 그것은 하나님만이 사용하시는 언어, 곧 신적 언어가 아니겠는가? 삼위 하나님은 인간이 상상할 수 없는 소통 방식이 있었을 것이다. 하나님은 전지전능하시고 영으로 존재하는 분이시기 때문이다. 인간 편에서 보면, 삼위 하나님이 서로 소통하는 어떤 언어가 있다고 상상해보는 것은 맹랑한 게 아니고 지극히 자연스럽다. 그게 '하늘의 언어'라면, 하나님은 그 언어로 천사들과도 소통하셨을 것이다. 시편 기자는 신과 천사들 간 소통하는 언어가 있다는 귀중한 정보를 우리에게 제공해 준다. 천지의 주재자이신 신께서 영적 존재인 천사들을 호령하고 심부름을 시키며 보고를 받으실 때 사용하시는 언어가 있다는 것이다. 이것을 알려주는 중요한 성경구절이 있다.

> "능력이 있어 여호와의 말씀을 행하며 그의 말씀의 소리를 듣는 여호와의 천사들이여 여호와를 송축하라"_시 103:20

이 성경구절로 미루어보면, 신이 천사들과 대화하실 때는 언어를 사용하셨다는 것이다. 그렇다면 그 언어는 신의 언어나 하늘의 언어가 아니고서는 다른 무엇이 더 있을까? 실제로 욥기에서나 다니엘서 같은 책에서는 신이 천사와 대화를 하는 장면이 나온다. 우리는 신이 하늘에서 대화를 하실 때 언어 사용의 강한 분위기를 풍기는 성경의 이색적인 장면 말고도, 신이 여러 시대를 산 다양한 사람들과 성경을 기록한 기자들을 상대로 대화를 나누거나 말씀을 하시는 장면을 성서에서 아주 많이 대한다. 그래서 필자가 지금 쓰고 있는 이 책은 신과 인간 사이에서 있었던 이야기들을 '언어'라는 관점에서 관찰하려고 하는 것이다. 우리의 지금 관심사는 신이 에덴에서 살았던 아담과 하와 부부와 대화를 하셨을 때 사용했던 언어가 어떤 언어였는가 하는 것이다. 세 가지 가능성을 생각해 볼 필요가 있다.

첫째. 하늘의 언어
둘째. 땅의 언어, 곧 아담과 하와의 언어
셋째. 하늘의 언어와 땅의 언어가 만나는 어떤 지점에서

**아담과 하와에게 들리는 영적인 계시의 언어**

신의 언어는 아담의 언어와 불가분의 관계에 있다. 신은 자신의 형상과 모양대로 아담을 창조하셨고, 에덴에서 아담과 함께 계셨으며, 아담과 대화를 하셨기 때문이다. 그렇다면 신의 언어는 아담의 언어

와, 그 반대로 아담의 언어는 신의 언어와 동떨어져서는 생각해 볼 수 없다. 에덴에서 있었던 세 가지 언어는 다음 장에서 자세히 살펴보도록 하겠다.

# 05
# 에덴동산의
# 세 가지 언어

아담의 언어가 하늘로부터 온 성스러운 언어가 아니고 땅에서 만들어진 언어라면, 혹은 땅에서 만들어졌으나 하늘의 요소들이 어느 정도 반영된 언어라고 한다면, 그 언어는 무엇이었을까?

# 에덴동산의 세 가지 언어

하늘의 언어? 땅의 언어? 계시의 언어?

　　세계 신화들에는 언어의 기원에 관한 이야기들이 많다. 그것들은 대체로 창조와 관련되어 있다. 공교롭게도 구약성서 창세기에도 신의 창조와 언어의 기원은 맞물려 있다. 창세기의 창조에 관한 서술을 실제 이야기로 볼 것이냐 아니면 신화로 볼 것이냐 하는 데는 논란이 끊이지 않는다. 그 중간 지점에 문학이 있다.

　　창세기의 창조 기사를 문학적인 장르로 접근한다는 것은 그 창조 기사가 역사적 실제 사건이든 신화적인 요소가 있는 설화든 규명을 유보하고 순수하게 문학적으로 접근하는 것을 말한다. 필자는 창세기의 창조 기사를 '신학적 역사기록'으로 보고 있다. 성서는 아담과 하와가 창조자 신을 상대로 지적이고 체계적인 대화를 했을 뿐만 아니라 부부끼리도 대화를 했다고 밝히고 있다. 그렇다면 도대체 그들은 언어를 어떻게 알았을까?

## 하늘의 언어

먼저 앞선 4장에서 언급한 1의 가능성이다. '하늘의 언어'란 신이 사용하시는 신의 언어다. 그것은 땅의 역사가 시작하기 전, 아니 어쩌면 영원 전부터 존재했을지도 모를 신의 언어다. 신은 말씀으로 우주와 천지를 창조하셨다. 그러기에 하늘의 언어는 곧 창조의 언어다. 하나님의 입으로부터 나오는 말씀이 현실 속에서 가시적 실재가 되었기 때문이다. 그렇다면 이 언어는 신이 피조물인 천사들과도 대화 수단으로 사용하셨던 언어였고, 구원 받은 천국 백성들이 하늘나라에서 공용어로 사용하게 될지도 모를 언어이다.

신은 말씀으로 자신의 형상과 모양을 따라 남자와 여자를 창조하시고, 자연을 관리하는 청지기로 삼으셨다. 신은 다른 피조물들처럼 인간을 언어(말)라는 매개물을 통해 창조하신 게 아니라, 그를 창조세계의 선한 매개자로 삼으셨다. 이것은 신이 역사의 파트너인 인간에게 처음부터 언어를 선물로 주셨다는 것을 엿볼 수 있게 하는 중요한 대목이다. 인간이 말씀하시는 인격적인 신으로부터 언어를 선물로 부여받았다는 사실은 그가 신의 창조를 인식하고 있다는 것을 시사해 준다.

신이 에덴동산에서 아담 부부와 이 언어로 소통을 했을 거라는 가능성은 약간 있다. 아담과 하와가 이 언어를 알아들을 리 만무했겠지만, 전능한 신이 이 언어를 가지고 그들과 대화하기를 원하셨다면 창조주의 절대적인 능력으로 얼마든지 가능했을 것이다. 하지만 그럴 가능성은 그리 높지 않다고 생각한다. 왜냐하면 하나님은 아담과 하와가 전혀 못 알아듣는 언어로 대화를 하실 만큼 심술궂은 분이 아니시기 때문이다.

## 땅의 언어

에덴동산에서 하나님과 아담 부부의 대화 수단이 '하늘의 언어'가 아니라면, 그 다음으로 생각나는 언어는 아담과 하와가 에덴에서 사용한 이른바 '땅의 언어'가 가능성 있는 후보로 떠오른다. 땅의 언어는 아담과 하와가 사용한 인간의 언어다. 그것은 아담이 에덴동산의 동물들에게 이름을 지어줄 때 사용한 언어다. 아마도 또한 그것은 하와에게 금단의 열매를 먹도록 유혹했을 때 뱀이 사용한 언어이기도 할 것이다. 그것은 천상의 존재들이 사용하는 하늘의 언어와 대척점에 있는 언어로서, 땅에 사는 사람들이 사용하는 언어이다.

이 언어가 무엇인지는 6장에서 자세히 설명하겠지만, 먼저 알아 둘게 있다. 그게 뭐냐면, 성년으로 창조된 아담과 하와는 우리들처럼 아기 때부터 수년 동안 말을 배우는 언어 숙달 과정을 거치지 않고서도 창조된 그 순간부터 세련된 언어를 구사할 수 있었다는 사실이다. 이런 상상은 너무나 자연스럽고 당연한 것이다. 이것을 과학적으로 설명하기란 불가능하다. 신학적 지성과 상상력을 동원하지 않고서는 도저히 설명을 할 수 없는 것이니까.

아담과 하와는 어떻게 지적인 언어를 구사하게 되었을까? 그것은 전능한 신이 아담과 하와를 창조하실 때 처음부터 체계적이고 문법적인 언어를 할 수 있도록 그들의 뇌에 DNA를 주입해놓으셨거나, 그게 아니라면 아담과 하와를 창조하신 후 그들에게 언어를 구사할 수 있도록 신이 직접 교육을 하셨기에 가능했던 게 아닐까? 어느 경우든 아담과 하와는 에덴동산에 모습을 드러냈을 때 이미 언어 능력을 충분히 갖추고 있었다.

언어는 인간에게만 있는 고상한 특징이다. 그러기에 언어는 그 자체로 신비하다. 이것은 기독교인들에게는 언어가 신의 선물이라고 생각하게 만드는 어떤 힘이다. 많은 기독교인들은 지구상의 수많은 언어들이 시대를 거슬러 올라가면 하나의 공통된 언어로부터 파생되었다고 생각한다. 그 언어는 최초의 인류가 사용한 최초의 언어이다. 기독교인들이 왜 인류 최초의 언어에 관심을 두느냐 하면, 그 언어가 혼탁하지도 불결하지도 않은 지극히 거룩하고 신성한 언어였을 것이라고 생각하기 때문이다. 그리고 낙원에서도 어쩌면 그 언어가 공용어가 될지도 모른다는 소망이 담겨 있기 때문이다.

기독교인들에게 최초의 인류가 출현하고 최초의 언어가 나타난 장소는 에덴이다. 에덴은 인류 최초의 학교였다. 홈스쿨링 같이 운영되었을 테니까…. 신은 자신의 형상과 모양을 닮은 아담과 하와를 창조하셨다. 아담과 하와에게는 최고의 교사가 있었다. 그들을 만드시고 그들과 함께 계셨던 신이다. 기독교가 말하는 여호와 하나님이다. 아담과 하와에게 신은 친절하고 유능한 교사가 되어 주셨을 것이다. 그 덕분에 아담과 하와는 놀랍게도 빨리 언어를 배울 수 있었을 것이다. 그 언어가 바로 '아담의 언어'(Adamic language)이다.

아담의 언어는 에덴동산에서 아담과 하와가 사용한 언어다. 아담의 언어는 많은 언어인류학자들이 생각하는 미성숙한 원시 언어가 아닌 성숙한 언어다. 아담의 언어는 현대인들이 사용하는 언어처럼 매우 지적이고 체계적인 언어는 아니더라도 매우 단순하고 간결한 구조를 가진 수준 높은 언어였을 것이다. 그것은 인간이 사용하는 땅의 언어였지만, 삼위 하나님과 천사들이 천상에서 사용하는 거룩한 언어의 요소가 진하게 배어 있는 언어였을 것이다. 그러기에 그 언어는 거룩한 언어 혹은 천사 같은 언어 분위기가 물씬 풍겼을 것이다. 그런 점에서 아담의 언어는 천국시민들이 하늘나라에서 사용하게 될 '천국의 언어' 곧 '낙원의 언어'인 파라다이스어(Paradise language)일지도 모른다.

만일 아담의 언어가 신성한 언어인 파라다이스어였다면 그것은 땅의 수많은 언어들과는 달리 어떤 상황에도 변하지 않는 영원불변한 언어일 것이다. 아담의 언어가 성스러운 언어였는지, 아니면 세속적인 땅의 언어였는지에 대해서는 논란이 많다. 중세 시대 이탈리아가 낳은 천재 시인 단테(Dante)도 그랬다. 교황 베네딕토 14세는 단테를 "인류의 영광과 자랑"이라고 칭송했을 정도로 그는 위대한 천재였다. 그런 단테도 우리들처럼 아담이 쓴 언어의 정체에 혼란스러워하기는 마찬가지였다. 단테는 어떤 작품에서는 아담 부부의 언어가 영원히 변하지 않는 성스러운 언어였을 것이라고 주장하다가, 또 어떤 작품에서는 세속적인 땅의 언어였을 것이라고 주장했다.

아무튼 아담의 언어가 하늘로부터 온 성스러운 언어가 아니고 땅에서 만들어진 언어라면, 혹은 땅에서 만들어졌으나 하늘의 요소들이 어느 정도 반영된 언어라고 한다면, 그 언어는 무엇이었을까? 많은 성서학자들은 그 언어가 히브리어였거나, 혹은 히브리어의 뿌리가 되는 원히브리어(Original Hebrew)였을 것이라고 생각한다. 이런 견해는 상당히 일리 있다.

성서에 나오는 히브리어를 성서 히브리어(Biblical Hebrew)라고 한다. 성서 히브리어는 오늘날 유대인들이 사용하는 현대 히브리어와는 다른 고풍스러운 형태의 언어이기 때문에 고전 히브리어라고 불린다. 이 고전 히브리어는 최소한 기원전 10세기경부터 쓰인 사실이 비문에서 확인되었다. 고전 히브리어는 셈어 계열의 언어로 가나안의 방언이었다. 오늘날 가나안어들은 모두 멸종되었지만 고전 히브리어는 살아남아 지금에 이르고 있다.

아담과 하와가 에덴에서 사용한 언어가 만일 히브리어였다면(혹은 히브리어의 모어였다면) 신은 그들과 소통하실 때 이 언어로 소통하지 않았을까 하는 상상력의 발동은 매우 자연스럽다. 필자는 이 가능성이 비교적 높다고 본다. 신은 멀리 계신 분이 아니다. 신은 늘 인간 가까이에 계시는 분이시다. '임마누엘'이란 그런 의미를 담고 있는 신의 속성이다. 창조 기사를 자세히 음미하면, 신은 자신이 만드신 아담과 하와와 친밀하게 교제하신 것을 우리는 확인할 수 있다. 땅에 사는 피조물인 아담과 하와가 하늘에 계시는 초월적인 신과 빠른 속도로 친해질 수 있는 것은 하나님이 스스로 낮은 곳에 임하시어 인간의 언어로 대화를 하셨기 때문 아닐까?

## 계시의 언어

마지막으로, 하나님께서 아담과 하와와 소통을 하신 수단은 하늘의 언어도 인간의 언어도 아닌 계시의 언어라는 가능성이다. 에덴동산의 아담과 하와가 사용했던 언어는 하늘의 언어와 땅의 언어가 만나는 어떤 지점에서 아담과 하와에게 들리는 영적인 계시의 언어라는 것이다.

'계시'란 하나님이 자기가 누구이고 이 세상과 인간에 대해 어떤 뜻을 갖고 있는지를 스스로 드러내는 것을 말한다. 하나님의 계시는 일반적으로 말씀으로 나타난다. 하지만 하나님이 꼭 말씀을 하시지 않아도 인간 쪽에서 그 뜻을 알 수 있다. 이것은 하나님께서 반드시 입으로 나오는 말씀을 통해 자신의 뜻을 나타내지 않아도 하나님의 임재 그 자체로 선하시고 기뻐하시고 온전하신 뜻이 인간의 마음에 스며들어 대화를 하는 것과 같은 이치다. 다시 말하면, 하늘의 언어와 땅의 언어가 만나는 어떤 지점에서 아담과 하와는 하나님의 음성을 듣는 것과 같은 인격적인 말씀의 만남 안에 들어가게 된다는 것이다. 말씀하시는 하나님의 능력, 권위, 임재 안에 인간이 사로잡힐 때, 그는 지식에까지 새롭게 되어 비로소 신적인 계시의 말씀은 기록된 말씀이 되는 것이다. 그 기록된 말씀이 성서다. 성서를 '기록된 하나님의 말씀'이라고 하는 이유는 이 때문이다.

모세는 영감되어 하나님과 아담 부부 사이에 있었던 일들을 기록할 수 있었다. 영감되었다는 것은 하나님의 영인 성령에 감동되었다는 뜻이다. 모세는 성령의 감동으로 에덴의 현장을 직접 목도한 사람이다. 그는 하나님의 계시의 언어를 기록했다. 모세는 하나님의 계시의 언어를 기록할 때 무슨 격렬한 감지나 강박적 충동이 없이 지극히 평온한 상태에서 하나님의 말씀을 받아썼다. 하나님의 말씀을 파피루스에 기록한 것이다. 그 기록된 말씀이 수천 년의 시간을 뚫고 들어와 나에게, 우리에게 주시는 하나님의 인격적인 말씀이다. 이런 점에서 본다면 영감은 언어적이다. 언어는 본시 하나님에게서 기원한 것이다. 모세는 아담과 하와가 하나님의 음성을 직접 들었다기보다는 계시의 언어로 들었고, 자기들의 생각을 하나님께 인간의 언어로 말했을 것이라고 생각했을지도 모른다. 아담의 언어로 말이다.

　이렇게 신의 말씀이 마음에 떠오르는 심상을 문자화한 것이라는 어떤 사람들의 견해는 거부하기 어려운 장점이 있다. 하지만 계시는 신의 직접적인 음성으로 나타난다고 보는 게 합리적이다. 성서는 하나님의 특별계시라고 한다. 이것은 성서가 계시를 통해 기록된 명료한 하나님의 말씀이라는 것을 나타내 주고 있다. 그럼에도 불구하고 성서의 어떤 기록은 성서의 기자들이 신의 음성을 듣고 그것을 문자로 기록한 게 아니고, '무언의 계시'를 마음에 담아 문자로 기록했을 수도 있다는 가정은 꽤 설득력이 있다. 사물이 정지된 것이든 움직이는 것이든 마음에 떠오르는 심상 말이다. 이것은 에덴동산에서 아담과 하와가 하나님과 직접 대화하지 않고도 마음으로 대화할 수도 있었다는 것을 보여준다.

　아무튼 구약성서 창세기는 인류 최초의 사람인 아담이 자신을 창조한 신과 대화를 하고 동산의 모든 동물들에게 이름을 지어 주었다는 것을 너무나 선명히 밝히고 있다. 아담이 현대인인 우리와 같은 지적이고 문법적이고 체계적인 '말'을 하면서 살았다는 것이다. 하지만 과학적 지식과 합리적 사고로 세상을 보는 현대인들에게 아담은 그리스나 로마의 신화 속에 나오는 인물로 비칠 수도 있다. 그런 만큼 그에게 말의 능력을 부여하는 것은 이상하게 보일지 모른다. 아담이 역사적인 인물이든, 상상 속의 허구의 인물이든, 인간의 원형적인 인물이든 말이다.

그런데도 아담의 역사적 실재 여부는 성서의 치명적인 약점이 아니다. 아담이 역사적 인물이든 아니든 상관없이 수천 년 동안 수많은 사람들은 성서가 인간을 바른 길로 인도하고 영혼에 빛을 비치는 거룩한 책으로 받아들여 왔으니까. 그렇다면 결국 아담의 언어는 과학과 신학 중간 어딘가에 있다는 것일까? 다음 장부터는 이 얘기를 집중적으로 다뤄보겠다.

# 06
# 아담과 하와가
# 에덴동산에서
# 사용한 언어

에덴동산에서 아담과 하와의 대화 상대방은 우리들처럼 많지는 않다. 그들의 대화 상대
방은 단지 셋이었다. 그들 부부, 하나님, 그리고 뱀. 젊고 아름다운 부부는 굉장히 많은 말
들을 나눴을 것이다.

# 아담과 하와가
# 에덴동산에서 사용한 언어

현대인과 같은 지적이고
문법적이고 체계적인 언어?

## 아담과 하와

아담과 하와가 무슨 언어를 사용했나 하는 것은 굉장한 호기심을 일으키는 주제이다. 이 주제에 대한 논의는 생각보다 까다롭다. 왜냐하면 이 논의가 설득력을 얻으려면 아담과 하와가 역사적인 실존 인물이었고, 인류 최초의 커플이었으며, 우리와 비슷한 수준 높은 언어를 구사했을 가능성이 전제되어야 하기 때문이다. 구약성서의 맨 첫 번째 책인 창세기에는 아담과 하와 이야기가 나온다. 그들은 인류 역사상 최초의 부부였다.

아담과 하와가 사용한 언어는 무엇이었고, 그들이 언어를 사용했다면 언어 구사력이 얼마만큼 되었을까 하는 추측은 우리의 호기심을 한껏 불러일으키는 것이지만, 이것을 증명해 내기란 여간 어렵지 않다. 우선, 맨 먼저 부닥치는 문제는 그들이 정말 역사적으로 실재한 인물인가 하는 것이다. 그 다음으로 제기되는 문제는, 그들이 역사적으로 실재한 인물이었다면 지금으로부터 몇 년 전에 지구상에 살았느냐 하는 난제이다. 그 다음으로 제기되는 문제는, 만일 아담과 하와 커플이 지금으로부터 6,000−10,000년 전 무렵 에덴동산에서 살았던 게 맞다면 그들은 누구한테서 언어를 배웠고, 또한 그들이 초월적인 신과 대화할 때 사용했던 언어는 무엇이었나 하는 정말 난해한 문제이다.

아담 부부에 대한 이야기는 창세기 1장부터 3장까지 나온다. 창세기 1장과 2장을 자세히 보지 않더라도 1장과 2장은 창조 분위기가 사뭇 다르다는 것을 알 수 있다. 하나님이 사람을 창조하시되 남자와 여자로 창조하셨다는 기사는 창세기 1장에 나온다. 이 창조 기사가 2장에서도 다시 반복되고 있다. 이에 대해 이러쿵저러쿵 학자들 사이에 말들이 많다. 어떤 학자는 창세기 1장을 쓴 기자와 2장을 쓴 기자가 다르다고 보는 반면, 어떤 학자는 동일한 기자라고 주장한다.

내가 보기에, 두 기사는 창조의 본질은 같지만 성격이 다르다. 창세기 1장은 단순한 화보를 보는 것 같다. 반면, 아담과 하와가 역사의 무대 전면에 나오는 2장은 실제적이어서 2장이 1장보다 훨씬 더 교훈적이고 신학적이다. 이에 따라 창세기 1장이 일반적이라면, 2장은 특수적이다. 창세기 1장과 2장에 나오는 아담과 하와 이야기는 3장에도 이어진다. 그런데 1장과 2장의 아름답고 낭만적이고 희망적인 분위기는 3장에 들어와 갑자기 어둡고 슬픈 분위기로 확 바뀐다. 이 짧은 창세기 세 장에 역사의 목적과 방향, 인간의 본질과 운명이 압축되어 있다.

이 세 장의 주인공은 천지와 인간을 창조하신 하나님이시다. 성경의 독자들은 처음부터 세상과 인간을 만드신 압도적인 하나님을 만나게 된다. 하나님은 구약성서의 첫 권인 창세기부터 자신을 인간과 세계를 향해 희미하게 드러내시는 게 아니라 명확한 초상으로 드러내고 계신다. 그런데 창세기 1-3장의 주인공은 하나님 말고도 두 명의 인간이 더 있다. 아담과 하와다. 그 두 명은 저절로 생겨난 게 아니라, 신이 창조했다고 성서는 너무나 생생하게 전한다. 이것은 이 세계와 역사의 무대에 주인공이 언제나 둘이 있다는 것을 말해준다. 하나는 하나님, 또 하나는 인간. 이것은 하나님과 인간이 세계의 주인공으로 역사를 함께 펼쳐 나가는 동반자적 운명 공동체라는 사실을 알려준다.

성서는 창조자의 피조물이며 동반자인 아담과 하와를 실제 인물로 그리고 있다. 우리가 주목하는 것은 아담과 하와의 언어다. 에덴동산에서 살았던 아담과 하와는 어떻게 언어를 알았고, 누구한테서 언어를 배웠고, 사용한 언어는 무엇이었을까? 창세기 처음 세 장은 이에 대해 속 시원한 정보를 제공하지 않고 있다. 우리는 다만 추측할 뿐이다.

## 에덴동산의 신랑과 신부

구약성서 창세기의 처음 1장부터 3장까지를 있는 그대로 믿는 사람이라면, 아담과 하와가 메소포타미아나 터키나 이란 어디쯤에 있는 에덴이라고 하는 곳에서 살았던 역사적인 인물이었으며, 인류 최초의 커플이었다는 것을 의심 없이 받아들일 것이다. 하지만 아담과 하와가 사용했던 언어가 인류 최초의 언어였으며, 또한 그 부부가 사용했던 언어가 우리가 사용하는 수준 높은 언어와 같은 것인지는 얼른 대답하기가 쉽지 않다. 설교자들은 창세기 1장과 2장을 쉽게도 설교하지만, 정작 이런 예민한 인문학적인 질문에는 대답하기가 막막하고 망설여진다. 그도 그럴 것이 이 주제는 너무나 까다롭기 때문이다. 그렇다고 "누가 뭐래도 나는 성경을 믿는다."라고 말할 수도 없는 노릇이다. 보지 않고 믿는 게 믿음이라고 하지만, 모르는 것조차 믿음이란 명분으로 싸잡아 믿는다면 그거야말로 맹신이 아닐는지?

아담과 하와가 살았던 에덴동산은 아름답고 완벽해 천국과 같다고 해서 낙원이라고 불렸다. 그들은 고대인이었다. 하지만 그들은 인류학에서 말하는 덜 발달된 언어를 사용한 게 아니라, 현대인인 우리처럼 매우 세련된 언어를 사용했다. 다시 말하면 신이 창조하신 인류 최초의 남녀는 지구상에 첫 모습을 드러내면서 이미 모든 언어 능력을 갖추었다는 것이다. 아담은 신과 대화를 했다. 피조물인 인간이 신과 직접 대화를 했다는 것은 아무리 에덴동산이라고 하지만 얼른 납득이 가지 않는다. 하지만 분명한 것은, 창세기를 쓴 기자는 아담이 하나님과 친밀하게 대화를 한 것으로 묘사했다.

아담이 능숙하게 언어를 구사했다는 증거는 창세기 2장 마지막 부분에 나타난다. 아담은 동산의 모든 생물들에게 이름을 붙여주었다. 에덴동산에 동물과 식물, 곤충과 물고기 종류가 얼마나 되는지는 성서가 상세히 밝히지는 않았지만, 아마도 면적이 상당히 큰 것으로 보이는 그 동산에는 수백, 수천 종류의 생물들이 살지 않았나 싶다. 성서를 고지식하게 문자로만 본다면, 아담은 단 하루 동안에 이 일을 처리하는 능숙함을 보여주었다. 사람이건 동물이건 이름을 붙여주는 것은 그리 쉬운 일이 아니다. 보통 사람 같으면 이름을 열 개만 생각해 내려고 해도 낑낑대야만 한다. 그런데 아담을 보라. 수많은 동식물에 이름을 붙여 주었다는 사실만으로 그가 얼마나 지적인 사람이었는가를!

얼마 후, 아담은 하와와 결혼식을 올렸다. 시간 흐름상으로 보면 아담이 동식물의 이름을 지어 준 후 며칠, 혹은 몇 달이 지난 후일 것이다. 하지만 창세기 기사를 문자 그대로 보는 경우에는 창조의 여섯째 되는 날에 하나님은 아담에게서 취하신 갈빗대로 여자를 만드셨다, 그러고는 그 여자를 아담에게로 이끌어 오셨다. 이 광경은 마치 결혼식장에서 신부가 입장을 할 때 아버지가 아름다운 신부를 이끌고 신랑에게 인도하는 장면과 같다.

아담이 시인처럼 훌륭한 문장가였다는 사실은 그가 아내로 맞이할 눈부시게 아름다운 여자를 보고 대뜸 감탄한 데서 미루어 짐작할 수 있다. 하나님이 신부를 아담에게로 인도하셨을 때 아담의 입에서 나오는 탄성을 들어보라. 이런 탄성은 수없이 많은 결혼식장에 참석해 본 우리가 결코 경험하지 못한 감동적인 장면이다. 아담은 생애 처음 보는 눈부시게 아름다운 신부를 보고 그만 기절할 만큼 황홀했다. 그의 마음과 몸과 영으로부터 기쁨에 겨운 탄성이 목구멍을 타고 입으로 올라와 입 밖으로 터져 나왔던 것이다.

"이는 내 뼈 중의 뼈요 살 중의 살이라 이것을 남자에게서 취하였은즉 여자라 부르리라"

이 말로써 우리는 아담의 언어 수준이 얼마나 높았는지를 가늠해 볼 수 있다. 아담의 언어 구사력은 시인과 같고 학자와 같다. 아담은 짧은 두 문장에 그가 표현할 수 있는 최상의 표현을 담아냈다.

아담과 하와가 행복한 결혼생활을 한 지 몇 년의 세월이 흘렀다. 뭔가 불길한 기운이 에덴 주변을 감돌았다. 신의 은총으로 가득한 에덴에 평화가 깨지는 불미스런 사건이 발생하고 말았다. 아담이 하나님과의 약속을 저버린 것이다. 그것은 하나님께 대한 배신이었고 반역이었다. 아담은 하나님이 먹지 말라고 명령한 선악과를 먹었다. 아담은 눈이 밝아졌다. 그러자 부끄러움을 느끼고 동산 나무 사이에 몸을 숨겼

이탈리아 화가 도메니키노(1581~1641)가 아담과 하와가 에덴동산에서 추방되는 모습을 그린 〈아담과 이브의 질책〉. 그들을 질책하는 신의 목소리가 쩌렁쩌렁 울리는 것 같다. 아담과 하와가 죄를 지은 후 동산에서 추방되었을 때 잎을 엮어 치마로 삼았다는 무화과나무가 그들 뒤에 무심하게 있다.

다. 그때 하나님께서 아담을 부르셨다.

"네가 어디 있느냐?"

동산에서 거니시는 하나님의 발자국 소리와 음성을 들은 아담은 떨리는 음성으로 이렇게 대답했다.

"제가 벗었으므로 두려워하여 숨었나이다"

## 아담과 하와의 수준 높은 언어 구사력

이러한 일련의 장면에서 우리가 확인할 수 있는 것은 아담이 대단히 높은 수준의 언어를 구사했다는 점이다. 그것은 우리들 보통 인간들이 아기 때부터 조금씩 터득하게 되는 언어 숙달 과정과는 전혀 색다른 방식으로 얻게 된 언어였다. 아담은 그 언어로 하나님과 소통을 했고, 아내 하와와도 소통을 했다는 것이다. 다시 말해 아담과 하와는 창조된 그날부터 성년으로서 생활할 수 있는 신체적 능력을 갖추었을 뿐만 아니라, 그 신체적 능력에 걸맞게 시각 능력, 지각 능력, 언어 능력을 모두 완벽하게 갖추었다. 이렇게 아담의 언어 능력은 현대인인 우리들 못지않았다. 아담은 그 언어 능력으로 동물들을 보며 일일이 특성에 맞는 이름을 지어 주었다. 그는 인류 최초의 동물 분류학자였던 것이다.

아담뿐 아니라 아담의 아내 하와도 남편처럼 말을 능숙하게 하긴 마찬가지였다. 하와는 사탄으로 분장한 뱀과 대화를 했고 하나님과도 대화를 했다. 하나님의 명령을 어기고 먼저 범죄한 사람은 하와이지만, 성경은 아담을 인류 최초의 범죄자라고 몰아붙인다. 성서는 아담의 범죄에 초점을 맞췄다. 그는 신과의 약속을 어기고 불순종한 최초의 인간이었다.

아무튼 에덴동산에서 벌어진 일들은 아담과 하와가 현대인들과 같은 논리적이고 지적인 언어를 사용했다는 것을 분명하게 보여주고 있다. 성경에는 나와 있지 않지만, 부부 사이였던 아담과 하와는 아름다운 에덴동산에서 많은 이야기들을 나눴을 것이다. 현대의 우리들 부부처럼 말이다. 그렇다면 생각해 보라! 아담과 하와는 그 언어를 언제, 어떻게, 누구한테서 배웠다는 건가? 궁금하지 않은가? 나는 정말 궁금하다. 이것은 우리의 상상력을 충분히 자극할 만큼 신선한 물음이다. 아담과 하와가 실제로 존재하지 않고 단지 상징적인 인물로 인류를 대표한다면 이런 상상을 할 가치조차 없다. 그러나 엄연히 성경은 아담이 인류 최초의 인간이었고, 따라서 그는 실제적인 인물로 인류를 대표하는 사람으로 묘사되고 있다.

에덴동산에서 아담과 하와의 대화 상대방은 우리들처럼 많지는 않다. 그들의 대화 상대방은 단지 셋이었다. 그들 부부, 하나님, 그리고 뱀. 젊고 아름다운 부부는 굉장히 많은 말들을 나눴을 것이다. 신비하게도 그들 부부는 하나님과도 대화를 나눴고 뱀과도 대화를 했다. 대화를 한다는 것은 서로 말을 한다는 것이다. 느낌과 생각을 혀를 굴려 입 밖으로 꺼내면 그게 말이 되는 것이다. 아담과 하와가 하나님과 대화했을 때 그들이 사용한 언어는 과연 무엇이었을까? 히브리어였을까? 아니면 언어 이전의 원초 언어(primordial language)였을까? 그것도 아니면 천상에서나 있을 법한 하늘의 언어였을까?

## 아담의 역사성과 언어

이 까다로운 질문에 답하기 전, 나는 독자 여러분에게 아담과 하와의 역사성에 대해 먼저 말하고 싶다. 아담과 하와가 실제로 발달된 언어를 사용했다면 그들이 지구라는 땅덩어리에서 실제로 언제 살았는지를 규명하는 게 무엇보다 중요하다. 아담의 역사적 실존을 증명하는 것은 과학적이어야 한다. 하지만 표본실의 청개구리를 해부하는 것처럼 반드시 과학적일 필요는 없다. 그것은 선先 역사 시대에 일어난 일이므로 불가불 철학적, 신학적 진술도 포함되어야 하는 증명이다. 우리는 실험실에서 사지를 핀으로 꽂힌 채 옴짝달싹도 하지 못하는 아담을 보려는 게 아니라, 태고의 땅인 에덴에서 뛰놀고 생각하고 미래를 설계하던 아담을 보려는 것이다.

이 설명은 사실 간단치 않아서 여러 학술적인 자료들을 동원해가며 심도 있게 논증을 해야 하겠지만, 그러기에는 너무 방대한 분야라서 엄두가 안 난다. 이 책에서는 기독교인이든 기독교인이 아니든 누구나 공감할 수 있는 상식선에서 이 문제에 접근하려고 한다. 기독교인이 아니어도 이 책은 언어와 인간, 언어와 신, 인간과 신을 이해하는 데 유익한 정보들을 제공할 것이다. 아담과 하와의 역사적 실존, 지구의 나이에 대해 좀 더 공부하고 싶으면 필자의 다른 책 **모세오경: 구약신학의 저수지**(킹덤북스, 2017)을 참고하길 바란다. 또한 아담의 언어에 대해서도 좀 더 자세히 알고 싶으면 필자의 또 다른 책 **말의 축복**(CLC, 2019)

을 참고하시면 도움이 될 것이다.

그러면 아담이 지구상에서 살았던 연대부터 이야기를 해보겠다. '아담이 지금으로부터 몇 년 전 사람이었을까?' 하는 이 신비롭고 수수께끼와도 같은 질문은 크리스천이라면 궁금하지 않은 사람은 아마 한 사람도 없을 것이다. 철학적이고 인문학적인 사람이라면 이 문제를 놓고 남몰래 고민하며 끙끙대거나 이런저런 책들을 읽으며 연구도 했을 것이다. 그만큼 이 문제는 기독교 신앙을 결정하는 중요한 한 부분을 이루고 있다고도 할 수 있다.

여러분과 마찬가지로 필자도 굉장히 궁금하다. 솔직히 말씀드리면, 많은 시간을 들여 이 부문에 관심을 가진 나도 자신이 없다. 나는 이 책을 읽는 분들에게 '이게 정답이다'라고 할 만큼 확신에 찬 주장을 할 생각은 없다. 필자는 과학을 모르기 때문이다. 필자는 기독교 신앙을 가진 사람이다. 필자는 웬만하면 성서에 기록된 내용대로 세계를 보려는 기독교인이다. 이것을 기독교 세계관이라고 한다. 기독교적 세계관을 가진 사람은 이 세계를 기독교적인 관점에서 보는 사람이다.

신앙은 과학과는 영역이 완전히 다르다고 생각하는 사람들이 있다. 그 반대로 과학은 신앙의 영역과는 완전히 다르다고 생각하는 사람들도 있다. 신앙과 과학은 서로 충돌하고 대치하는 영역이어서 "신앙은 신앙이고, 과학은 과학"이라는 거다. 필자는 이 말에 동의할 수 없다.

신앙과 과학, 이 복잡한 관계에 대해서는 부록 2에서 따로 설명하겠지만, 먼저 밝혀두고 싶은 것은, 우리는 신앙과 과학을 조화할 수 없는 두 영역이 아닌, 조화할 수 있는 두 영역으로 접근해야 한다는 것이다.

그리고 '신앙적'이란 말과 '성경적'이란 말의 의미도 이번 기회에 한 번 생각해 볼 필요도 있다. 흔히 '신앙적'과 '성경적'은 동의어로 쓰일 때가 많지만, 엄밀히 봐서는 두 말은 의미가 크게 다르다는 점이다. 이를테면 다소 어색한 표현이지만, '나는 창조를 신앙한다'라는 말을 한다고 하자. 이 말은 '나는 창조를 믿는다'라는 말과 같은 뜻으로 들린다. 이것을 달리 말하면 '창조는 내게 신앙적 차원의 것이다'라고 할 수 있다.

그런데 '창조는 내게 신앙적 차원의 것이다'라는 이 말을 '창조는 내게 성경적 차원의 것이다'라는 말과 같은 뜻이라고 할 수 있을까? 그렇지 않다. '신앙적'과 성경적'이란 단어 하나로 두 문장의 의미는 상당히 달라진다. '창조는 내게 신앙적 차원의 것이다'란 말은 '나는 창조를 성경의 기록대로 믿는다'란 뜻인 반면, '창조는 내게 성경적 차원의 것이다'란 말은 '나는 창조를 성경의 기록대로 받아들인다'란 뜻이 되기 때문이다.

곧 '믿는다'는 것은 '그것이 사실이든 아니든 그것을 신앙한다'는 뜻이고, '받아들인다'는 것은 '그것을 사실로서 인식한다'는 뜻이다. 다시 말해 '믿는다'고 하는 것은 창조라는 종교적 신앙의 특별한 체제를 확신하고 신뢰하는 것인 반면, '받아들인다'고 하는 것은 창조라는 객관적 실재를 이성적으로 인식하는 것이다. 그런 점에서 아무래도 전자가 주관적이라면, 후자는 객관적 성격이 짙다고 할 수 있다. 신앙이 지성, 감성, 의지의 조화로운 요소들이 있다고 하더라도 말이다.

## 아담과 하와와 지구의 연대

과학은 유감스럽게도, 아니 위험천만하게도 성경의 창조기사를 신화나 허구로 격하시키려는 경향을 보이고 있다. 그러나 과학자들 중에서도 창조를 지지하는 사람들도 꽤 많다. 그들 가운데 어떤 창조과학자들은 수십억 년으로 추정되는 지구 연대와 성서의 연대를 억지로 조화시키려고 한다. 그들은 '과학적 신앙인'을 탄생시키려고 한다. 그런 유형의 사람이라야 21세기에 걸맞은 이상적인 현대인이라고 생각하고 있다. 하지만 과학의 영역을 무시하고 이 문제를 순전히 성서에 의존해 아담의 생존 연대를 추산하는 분들도 꽤 많다. 이런 분들은 과학과 신앙의 고유한 영역과 관계를 고려하지 않고 숫제 성서적 관점에서만 이 문제를 접근하고 있다. 어떤 사물의 가치에 대해 성서적으로 접근한다는 것은 신앙적으로 접근한다는 말과는 약간의 다른 뉘앙스가 있다. 크리스천이 어떤 사물의 가치에 대해 성서적으로 접근한다고 하는 것은 그 자체로 과학적인 접근을 어느 정도는 포함한다는 것을 의미한다.

성서가 아담과 하와에 대해 어떻게 말하고 있는가를 살피기 전, 먼저 우리는 과학자들이 생각하는 지구의 나이에 관해 알아볼 필요가 있다. 신앙인들, 특히 어떤 목회자들은 과학적인 지구 연대가 이야깃거리로 떠오르면 짜증을 내거나 기피하려고 하는데, 그러한 태도는 당당하지 못하다. 과학자들은 지구 나이를 몇 살로 보고 있을까? 이것은 초등학생들이 교회를 다니는 어른들보다 더 잘 알고 있다. 과학자들은 우라늄 연대 측정 결과 지구의 연대를 지금으로부터 45억 6천7백만 년 전으로 추산하고 있다. 과학자들 사이에 다소 차이는 있지만, 지구의 연대가 지금으로부터 대략 40–50억 년 전이라는 데에는 의견 일치를 보이고 있는 것 같다. 반면, 성서적 관점에서 보는 지구 연대는 다양한 견해들이 있다. 지구 연대가 기껏해야 1만 년을 넘지 않을 것이라는 전통적인 견해로부터 5만 년, 10만 년, 20만 년, 2억 년, 그리고 과학자들이 주장하는 45억 년이라는 견해도 있다. 창조론자들이 주장하는 이런 연대들은 과학자들의 주장과는 너무나 다른 것이어서 믿음 좋은 신앙인들을 당황하게 한다.

그러면 기독교회는 지구 나이를 어떻게 생각하고 있을까? 여기서 기독교회란 개신교로 한정한다. 잠시 부연하자면, 기독교란 예수를 그리스도로 인정하고 믿는 사람들로 이루어진 단체로서, 원래는 가톨릭과 개신교를 포함하는 종교이다. 하지만 여기서 기독교란 16세기 종교개혁을 통해 로마 가톨릭에서 분리되어 나온 복음주의 성향의 기독교 교파들을 총칭하는 프로테스탄트 개신교를 가리킨다. 넓은 의미에서 기독교란 가톨릭과 개신교를 한데 묶은 것이지만, 좁은 의미에서 기독교란 보통 개신교를 일컫는다. 가톨릭은 지구 나이를 과학적인 관점으로 보려는 경향이 있다. 반면 개신교는 지구 나이를 성서의 기록대로 믿으려는 경향이 강하다.

교회는 전통적으로 지구의 나이가 1만 년을 넘지 않을 것이라고 보고 있다. 제임스 어셔(James Ussher, 1581-1656)라는 아일랜드의 학자이며 대주교는 천지창조에 대해 관심이 많았던 분이다. 어셔는 신이 천지를 창조했다고 굳게 믿었다. 그는 천지창조의 여섯째 날에 아담이 창조되었다고 하는 창세기 1장의 기록을 문자 그대로 받아들였다. 창세기의 천지창조를 문자 그대로 받아들였다는 것은 지구의 출현과 아담의 출현이 6일 동안에 이루어지고 있다고 생각하는 것이다. 그런 면에서 어셔 대주교의 창조관은 성서적이라고 하겠다.

어셔는 창세기에 언급된 인물들의 나이를 면밀히 계산해 지구의 나이를 증명해 보이려고 했다. 어셔는 창조의 시기와 날짜를 콕 집어 말할 만큼 자신의 연구 결과가 한 치 오차가 없다며 자부심이 있었다. 그는 예수님이 태어나신 해를 기준으로 주전 4004년 10월 22일 오후 6시경에 천지가 창조되었다고 주장했다. 어셔의 천지창조력에 의하면 2021년 현재 지구의 나이는 6,018년이 되고, 따라서 아담의 나이도 6,018세가 된다. 어셔의 천지창조에 대한 계산법은 현대의 '젊은 지구 창조론'(YEC: Young Earth Creationism)을 지지하는 학자들의 이론적 기초를 제공해왔다. 어셔 대주교의 창조의 연대는 현대의 젊은 지구 창조론자들의 연대와 차이가 있지만, 지구의 나이가 젊다는 점에서 그는 '젊은 지구 창조론자'라고 하겠다.

어셔의 지구 연대계산법이 만일 맞는다면 지구와 아담의 나이는 지질학자나 생물진화론자들의 주장과는 현저하게 차이가 나는 것이다. 과학자들 중에는 창조론을 옹호하고 있는 사람들도 더러 있지만, 대부분 과학자들은 과학과 신앙을 따로 분리해서 접근하려고 하므로 과학적인 연구 결과를 신봉하고 있다. 아무튼 어셔 대주교가 계산한 아담의 나이는 과학적인 나이 계산과는 너무나 다르다. 이 때문에 친기독교적인 어떤 학자들은 지구 탄생 연대를 성경의 계산에 좀 더 접근시키려고 5만 년 혹은 10만 년 전쯤으로 확장하기도 하는데, 이러한 연대추산법이 과연 타당한가 하는 데는 맞느니 안 맞느니 논란들이 많다.

### 아담은 구석기 시대 인물인가, 신석기 시대 인물인가?

우리는 성경의 기록에 충실할 경우 아담의 나이가 아무리 많아봤자 10,000살은 되지 않다는 것을 알 수 있다. 자, 그러면 아담과 하와의 나이가 길게 봐줘 지금으로부터 10,000년 전이라고 치자. 10,000년이라면 기원전 8000년이다. 이 시기는 인류학에서 말하는 시대 구분법상 어디쯤에 속하고 있는 걸까? 그 시기는 선사시대先史時代다. 선사시대란 말 그대로 인류사회에 문자가 등장해 인류가 그 문자로 역사를 기록할 수 있기 전 시대(prehistory)를 말한다. 보통 선사 시대라 함은 구석기 시대—중석기 시대—신석기 시대로 이어지는 석기 시대와, 청동과 철이 문화를 꽃피워갔던 청동기 시대와 철기 시대를 의미한다.

학자들은 구석기 시대를 지금으로부터 약 250만 년 전으로 추정하고 있다. 호모 에렉투스(Homo erectus)는 이 시대의 말기부터 신석기 시대 초기를 살았던 원시 인간이다. 호모 에렉투스는 '직립한 사람'이란 뜻으로, 베이징원인, 자바원인, 하이델베르크인 등 신생대 제4기 홍적세 초기에서 중기까지 빙하시대에 살았던 멸종된 화석 인류다.

지질학자들은 신석기 시대가 시작된 연대를 지금으로부터 약 15,000—10,000년 전으로 추정하고 있다. 신석기 시대가 시작한 시기는 지역에 따라 차이가 있다. 아프리카에서는 15,000년 전, 중동에서는 10,000년 전, 중국에서는 8,000년 전 신석기 시대가 열렸다고 한다. 한반도에서는 중국과 비슷한 시기에 신석기 시대가 시작되었다고 한다. 신석기 시대는 인류가 돌을 갈아 만든 마제석기와 질그릇을 도구로 사용, 구석기 시대의 채집경제 체제로부터 생산경제 체제로 전환하는 인류 문화 사상 커다란 전기를 가져왔다. 이러한 찬란한 문화의 대전환을 '신석기 혁명'이라고 부르고 있다.

신석기 시대를 살았던 인류는 오늘날 우리들 현대인의 모습과 많이 닮았다고 해서 '현생인류'라고 한다. 학술적으로는 '호모 사피엔스'(Homo sapiens)라고 부른다. 학자들은 호모 사피엔스의 출현 시기를 길게 잡아 기원전 20만 년쯤으로 추정하고 있다. 만일 현대인과 같은 신체적 특징을 지닌 호모 사피엔스가 지구상에 출현해 살았다면 그들이 살았던 시기는 후기 구석기 시대로부터 신석기 시대로 이어지는 기원전 20만 년 전부터 1만 년 전에 걸쳐 있다고 봐야 할 것이다.

호모 사피엔스는 집단생활을 하면서 석기를 이용한 문화를 형성했고, 돌을 가지고 조각을 한다든가 동굴에 벽화를 그리는 등 경제활동과 신앙 행위를 했던 것으로 밝혀졌다. 호모 사피엔스는 빙하기가 끝나는 기원전 12,000년 무렵에는 빙하가 덮지 않은 지구상 모든 지역에 거주하며 유랑하면서 수렵채집 생활을 했다고 한다. 신석기 시대에 들어와 그들은 농업을 하면서 일정 지역에서 정착하기 시작했다. 호모 사피엔스는 그들 방식대로 소통하는 일정한 언어는 있었다는 게 거의 정설이다. 동물들처럼 그들은 발짓이나 손짓으로 의사소통을 하기도 했겠지만, 서로 알아들을 수 있는 언어로 대화를 했다.

예루살렘 히브리대학교의 역사학 교수인 유발 하라리는 역사와 생물학과의 관계를 살펴 역사를 정의하고 올바른 방향을 탐색하는 책들을 펴내 화제를 모으는 세계적인 베스트셀러 작가이다. 그는 2015년 출간한 사피엔스라는 책에서 인간의 언어에 관한 언급을 해서 많은 독서가들의 주목을 끌었다. 그는 인간의 언어가 "뒷담화(Gossiping)"라는 수단에 의해 진화했다고 주장했다. 그는 인간이 언어의 진화로 인해 사회적 협력이 가능해지고, 그러한 협력은 인간이 결국 지구상 모든 다른 경쟁자들을 물리치고 지구의 지배자 또는 주인이 될 수 있게 했다고 말했다. 즉, 생각하는 인간인 호모 사피엔스(Homo sapiens)가 말하는 인간인 호모 로퀜스(Homo loquens)로 진화해 사회적 협력을 하게 되었고, 그러한 사회적 연대는 사회적 동물인 인간으로 하여금 더 큰 권력을 갖게 하는 원동력이 되어 인간이 비로소 지구를 지배하기에 이르렀다는 것이다. 팀 데이비드(Tim David) 또한 인간이 가지고 있는 언어가 지구의 주인이 되게 했다고 주장했다. 그는 자신의 책 **마법의 일곱 단어**(Magic Words)에서 이렇게 말했다.

> "말에는 강한 힘이 있다는 사실을 결코 잊어서는 안 된다. 인간이 애초에 먹이사슬 최상권으로 올라갈 수 있었던 것도 다 언어가 있었기 때문이다."

언어학자들과 역사학자들은 이처럼 현생인류가 살았던 때인 기원전 20만 년 전 무렵부터 인간은 어느 정도 체계적이고 문법적인 구조를 가진 언어를 사용하기 시작했다는 것이다. 하지만 그렇더라도 그들은 발달된 문자를 사용하지는 않았다. 문자를 사용하지 않았다는 것은 그때까지는 인류에게 문자가 개발되지 않았다는 것을 뜻한다. 인류는 문자를 사용하기까지에는 더 오랜 시간이 지나야 했다.

기원전 20만 년 전은 구석기 시대와 신석기 시대가 교차하는 시기이다. 구석기 시대를 마감한 인류는 신석기 시대에 들어왔다. 중동에서 본격적인 신석기 시대가 열린 시기는 기원전 9500-9000년 무렵부터 청동기 시대가 시작하는 기원전 3500년 무렵까지이다. 이 시기에 인류는 역사상 획기적인 전기를 경험했다. 이 전환의 시기에 인류문화를 빠른 속도로 발전시킨 원동력은 문자의 발명이었다. 인류 최초의 문자는 기원전 약 3500년 전 메소포타미아 지역에서 수메르인들이 만든 설형문자이다. 이 수메르 문자는 신석기 시대가 끝나고 청동기 시대가 열린 무렵 만들어진 것이다.

인류는 신석기 시대를 거쳐 바야흐로 청동기 시대에 들어왔다. 청동기 시대는 인류가 문화라고 할 수 있는 초기 문화가 출현한 시기이다. 이 시기에 이르러 비로소 인류는 도시국가의 출현을 보았고, 정치, 법률, 문자, 철학과 같은 것들을 경험했다. 고대 메소포타미아의 수메르 문명, 이집트 문명, 인도의 인더스 문명, 중국의 황하 문명이 그러한 대표적인 문명들이다.

청동기 시대는 초기, 중기, 후기로 나뉘는데, 그 시기는 주전 3300년부터 주전 1200년 사이에 걸쳐 있다. 성경대로라면, 정확히 기원전 2166년에 태어나 175년 동안을 살았던 아브라함은 초기 청동기 시대를 살았던 사람이다. 아브라함의 뒤를 이은 이삭과 야곱, 요셉은 중기 청동기 시대를, 그리고 출애굽의 영웅 모세는 후기 청동기 시대를 살았다. 청동기 시대가 끝난 주전 1200년경부터는 인류는 청동보다 더욱 강력한 금속을 발견해 사용하기 시작했는데, 그게 바로 철이다. 인류가 철을 도구로 생활을 했다 해서 그 시대를 철기 시대라고 한다. 사울과 다윗이 왕권을 놓고 겨루는 이스라엘의 초기 왕정 시대는 철기 시대의 초기였다.

아담, 그리고 이스라엘의 역사에서 빠뜨릴 수 없는 족장들과 모세, 다윗까지 성경의 인물들을 끄집어 낸 까닭은 독자 여러분에게 '역사감' 歷史感을 갖도록 하기 위해서다. 우리가 실제로 하나님의 역사인 구속사를 있는 그대로 믿는다면, 그 구속사가 전개되는 장場인 지구, 곧 인류의 역사를 구속사와 합치시키려는 노력은 성서 역사의 세계와 일반 역사의 세계를 이해하는 데 대단히 중요한 작업이라고 생각한다.

자, 그러면 우리는 아담이 일반사에서 어느 시대에 살았는지 명확하게 알 수 있다. 방금 전 말했듯이 아담이 6,000-10,000년 전 지구상에서 살았다면, 그는 일반사의 한 시대인 신석기 시대를 살았다고 할 것이다. 그런데 신석기 시대에는 인류가 문자를 사용하긴 했으나 발달된 문자를 쓰지는 않았다. 방금 전 밝힌 대로, 인류가 발달된 문자를 사용하기 시작한 것은 아담이 살았던 시대보다 2,500년쯤 늦은 주전 3500년 무렵이다. 현재까지 알려진 바로는, 가장 오래된 언어는 메소보타미아 문명권에서 널리 사용되었던 수메르어이다. 고대 언어인 이집트어나 인도의 산스크리트어는 메소포타미아 일대에서 쓰인 수메르어보다 300-400년 후인 주전 3100년 무렵 출현했다.

## 에덴의 언어는 현대인과 같은 지적이고 체계적인 언어?

아담과 하와는 문자를 사용하지 않았지만, 창세기의 맥락에서 그들은 매우 지적이고 영적인 고급 언어를 사용한 것 같은 느낌을 강하게 받는다. 그들은 인류사가 말하는 원시 인간의 원시 언어를 사용한 게 아니라, 우리들 현대인과 같은 지적이고 체계적인 언어를 사용했다는 것을 우리는 발견할 수 있다. 이에 대해 잠깐 논증을 해보겠다. 아담과 하와가 지적인 인간이었다는 사실은 창세기의 몇 가지 기록에서 알아낼 수 있다.

아담과 하와를 상상할 때 맨 먼저 생각해야 할 것은, 그들이 원시인 혹은 원시인과 유사한 인간이었다는 생각부터 버려야 한다. 아담과 하와가 인류 최초의 인간이라고 하니까 그 부부가 인류학에서 말하는 호모 에렉투스나 네안데르탈인이나 혹은 현대인과 가장 가깝게 생겼다는 호모 사피엔스가 아닌가 하는 생각은 일찌감치 버리는 게 문제의 본질을 이해하는 데 도움이 된다는 것이다. 아담과 하와는 상당한 정도로 언어를 사용할 줄 알고, 어쩌면 문자까지도 약간은 쓸 줄 아는 지식인이었다고 보면 창세기와 인문학을 이해하는 데 크게 도움이 된다.

아담과 하와가 지적인 인간이었다는 사실은 창세기의 몇 가지 기록에서 확인할 수 있다. 우선, 그들은 꽤 성숙한 인간이었다. 인간 창조는 신이 하신 맨 마지막 사역이었다. 신은 6일 동안 우주와 천지를 만드시고, 맨 마지막 날인 여섯째 날에 인류 최초의 인간인 아담과 하와를 창조하셨다. 신은 아담과 하와를 만드시고 창조세계를 보시며 "심히 좋다"며 자신의 창조 솜씨에 스스로 감탄하셨다. 신의 이러한 탄복은 아담과 하와가 창조세계의 가장 뛰어난 걸작품이 아니고서는 내뱉을 수 없는 감탄이다. 우리는 여기서 아담과 하와의 극치의 아름다움과 세련미와 성숙도를 충분히 감지할 수 있다.

두 번째로 생각해 볼 수 있는 것은, 아담과 하와는 상당한 수준의 지적 능력이 있었다는 것이다. 아담이 높은 도덕률과 의지력, 그리고 판단력을 가진 사람이었다면 아담의 갈빗대를 재료로 창조된 하와 또한 남편인 아담과 같은 수준의 지적 능력이 있었을 것이다. 아담과 하와는 지적 능력을 가졌으며, 게다가 영적 능력도 가졌던 사람들이다.

한마디로 아담과 하와는 성숙한 인간이었다는 것이다. 그들은 그러한 능력으로 신과 대화를 했고, 동산의 모든 동물들과 공중의 새들에게 일일이 이름을 지어 주었다. 이를테면, 몸이 크고 줄무늬가 있는 동물에게는 '호랑이'라는 이름을 붙여 주고, 공중에서 꾀꼴꾀꼴 소리 내는 새에게는 '꾀꼬리'라고 이름을 붙여 주었다는 것이다. 사람이나 동물이나 식물에게 이름을 하나하나 붙여주기란 사실 쉽지 않다. 우리는 자녀를 낳고 이름을 생각해 내느라 얼마나 낑낑댔나? 그런데 아담은 그 많은 동식물을 단지 하루 동안에 이름을 지어준 것을 보면 현대인인 우리보다 지능지수가 훨씬 더 높았는지도 모른다.

## 아담과 하와의 언어의 정체

다음으로 우리는 인문학과 신학의 지평을 멀리까지 조망하기 위해서는 보다 더 골치 아픈 문제에 대해 이야기를 나누지 않으면 안 된다. 그것은 아담과 하와의 언어가 무엇인가 하는 난해한 문제이다. 아담과 하와가 오늘날 우리와 같은 고급스러운 대화를 했다는 것은 상상력이 한껏 동원된 데서 나온 게 아니라, 인류 역사상 가장 많은 관심과 사랑을 받는 인류의 영원한 베스트셀러인 성서의 기록 때문이다.

창세기의 기록을 보면 아담과 하와는 신과 대화했을 뿐만 아니라, 부부끼리도 대화했으며, 심지어는 사탄으로 분장한 것으로 보이는 뱀과도 대화했다. 아담과 하와가 타자와 대화를 했다는 것은 그들 사이에 소통하는 일정한 문법체계를 지닌 높은 수준의 언어가 있었다는 것을 분명하게 뒷받침 해준다. 아담과 하와는 높은 수준의 말로써 대화를 했다. 그렇다면 그들이 사용한 언어는 무엇이었을까? 이에 대해서는 앞장에서 이미 소상하게 세 가지 가능성을 놓고 살펴본 바 있다. 여기에서는 천상의 언어, 곧 하늘의 언어에 대해 좀 더 생각해보도록 하겠다.

천상의 언어란 이 땅이 아닌 삼차원의 세계에서 신과 신의 수종자들인 천사들이 쓰는 언어라고 할 것이다. 하나님은 삼위로 존재하시는 분이시다. 2천 년 기독교는 신구약성서를 면밀히 살펴본 결과 하나님은 참으로 신비한 세 분의 위位(persona)로 존재한다는 것을 발견하고, 그 하나님을 유일하신 신으로 섬겨왔다. 하나님이 세 위격으로 존재하고 있다는 신비하고 어려운 기독교 교리를 삼위일체설이라고 한다. 삼위일체설에 따르면, 삼위 하나님은 각기 고유한 독립적인 세 분이시면서 본질적으로 하나로 존재하시는 분이시다.

성서는 여러 군데서 세 분이면서 오로지 한 분으로 존재하는 하나님이 서로 대화를 하고 있다고 증거하고 있다. 삼위 하나님은 서로 대화를 하고 계실 뿐 아니라, 천사들과도 대화를 하신다. 이것을 천상의 언어라고 한다면, 하나님은 그 언어로써 아담과 하와와 이야기를 주고받으셨을 것이다. 물론 아담과 하와는 우리가 통상 하는 말로써 하나님과 대화를 하지 않고도 마음으로 소통하는 형태라든가 혹은 마음속에 들리는 어떤 음성이라든가 하는 형태로 하나님과 소통할 수는 있다. 그러나 성경을 자세히 살펴보지 않더라도 이것은 그럴싸하지 않다. 창세기는 분명히 아담과 하와는 입으로부터 나오는 '말'로써, 그리고 그들의 대화 상대방인 하나님도 분명히 입으로부터 나오는 '말씀'으로써 피차 소통했다고 밝히고 있다.

또 하나 생각해 볼 것은, 아담과 하와는 대체 언제부터 언어를 사용하기 시작했나 하는 것이다. 이것은 정말이지 인간의 상상력을 한껏 동원하지 않고서는 한낱 동화 같은 것이 되고 말 것이다. 하지만 이 문제를 푸는 데 있어서 그다지 낑낑댈 필요는 없다. 이성을 토대로 자연스런 상상의 나래를 펼쳐도 어느 정도는 실체를 붙잡을 수 있으니까.

아담과 하와가 언제부터 말을 했는가 하는 호기심은 우선 아담과 하와가 창조되었을 때의 나이부터 생각해봐야 실마리가 풀린다. 아담과 하와는 같은 나이라고 보는 게 옳다. 창세기는 아담과 하와가 같은 나이로 창조되었는지, 아니면 다른 나이로 창조되었는지 밝히지 않고 있다. 1장은 아담과 하와가 창조의 여섯째 날에 창조되었다고 한 반면, 2장을 보면 얼마간 시간이 경과한 후에 하와가 아담의 갈빗대로 창조된 것처럼 기술하고 있다. 그 시간이 하루 동안인지, 아니면 며칠 동안인지, 그것도 아니면 몇 년 후인지 성경은 그 시간을 우리의 상상력에 맡겨놓았다. 1장에서는 신이 아담과 하와를 말씀으로 창조하셨다고 한 반면, 2장에서는 하와는 흙으로 창조되었다고 증거하고 있다. 2장의 신은 흡사 손으로 도자기를 빚는 도공과 같아 신은 '조물주'이시다.

신은 아담과 하와를 만드시고 에덴동산을 걷게 하시며 완벽하게 창조되었나 확인해 보려고 이모저모 찬찬히 뜯어보셨을 것이다. 최초의 인간은 완벽 그 자체였다! 신의 형상과 모양을 쏙 빼닮아 육체적으로, 정서적으로, 영적으로도 조금도 흠결이 없는 인간이었던 것이다. 아담과 하와가 에덴동산에 등장했을 때 나이는 '팔팔한 청년'의 나이였을 것이다. '28청춘'이란 말이 있듯 아담도 창조되었을 때의 나이가 16세쯤 되었을까? 아니, 그보다는 7-8세가량 많은 나이였을까? 내 생각엔 25-28세쯤 되지 않았을까 싶다. 아담과 하와가 인생에서 가장 빛나고 아름답고 활달한 청년이었을 거란 추측은 전혀 이상하지 않다.

아담은 눈부시게 아리따운 부인 하와—사실 성서에는 이런 표현은 없다. 후대의 사람들은 막연히 하와가 굉장한 미녀였을 것으로 상상한다. 동서양을 막론하고 하와는 논쟁의 여지가 없는 절세가인이었다—와의 사이에서 가인과 아벨을 낳았다. 그런데 성경에는 가인과 아벨 두 형제를 낳았을 때 아담과 하와의 나이는 나와 있지 않다. 아담은 이 땅에서 950세까지 살고 죽었다. 아담은 둘째 아들인 아벨을 잃은 후 130세 나이에 자기들의 모양과 형상을 닮은 셋이라는 셋째 아들을 낳았다.

현대인인 우리는 결혼할 나이가 되면 최소한 20세는 되어야 한다. 요즘 한국사회에서는 남녀가 결혼을 늦게 하는 게 유행이라 30세 넘어 결혼을 하는 커플이 많다. 30세란 엄마의 뱃속에서 세상의 빛을 보게 된 지 30년이 흘렀다는 것을 의미한다. 하지만 아담과 하와가 에덴동산에 처음 등장했을 때 나이는 정확히 말해 한 살이라고 해도 크게 이상하지 않을 것이다. 창세기를 얼핏 읽더라도 아담이 아기로 창조되지 않은 것은 분명하다. 그는 창조된 순간 성년이었다. 하와도 마찬가지였다. 아담과 하와는 한 살에 에덴동산에 모습을 나타냈지만, 기실 그들의 육체적, 정신적 나이는 25세—30세 사이의 나이인 한창 때의 매혹적인 청년의 모습이었을 것이다.

성서를 곧이곧대로 본다면, 아담이 하와를 처음 만났을 때 아담의 실제 나이인 창조 나이는 겨우 하루였지만, 그의 겉보기 나이는 25—30세였을 것이다. 아담과 하와가 에덴동산에 맨 처음 모습을 드러낸 지 130

년 후에 그들은 자기들과 같은 모양과 형상인 아들을 낳았다. 아담은 그에게 셋이라는 이름을 지어 주었다. 셋은 912년을 살았다. 아버지와 어머니가 매혹적인 모습이었던 것처럼 셋 또한 매혹적이었을 것이다.

아담과 하와가 보통 사람들과 다른 별난 특징은 에덴동산에 출현한 첫날부터 수준 높은 언어를 구사했다는 것이다. 성경을 있는 그대로 믿는다면 이 방법 외에는 달리 설명할 방법이 없다. 보통 아기들은, 아니 모든 사람은 태어난 지 1년을 넘어야 겨우 "따따따따" 같은 알아듣기 힘든 옹알이를 한다. 아기가 "엄마", "아빠"라는 두 음절을 말하기까지에는 일러야 1년이 지나야 하고, "엄마, 나, 쉬."라든가 "아빠, 나 무서워." 따위의 제법 문법적인 말을 하려면 적어도 1년 반이 지나야 한다.

하지만 아담과 하와는 언어 숙달에 요구되는 그런 기간이 불필요했다. 그들은 '태어난' 순간 체계적이고 문법적인 언어를 구사했다고 해도 전혀 이상하지 않다. 만일 여러분이 이것을 실감나게 느끼지 않는다면, 어쩌면 여러분은 창세기의 창조 기사를 단군신화나 그리스나 로마 신화에서나 보는 것 같은 신화적인 이야기로밖에 보지 않고 있다고 핀잔을 들어도 할 말이 없을 것이다.

지적 수준이 높은 아담은 고급스런 어휘를 구사할 수 있었다. 그의 상상력은 현대인들보다 월등히 높았다. 그는 아주 많은 단어들을 머릿속에서 끄집어내어 수많은 동물들과 식물들에게 이름을 붙여 주었다.

그는 또 신과 대화를 나눴다. 하나님이 동산 중앙에 선악을 알게 하는 나무와 생명나무를 있게 하시고 아담에게 "동산 각종 나무의 열매는 네가 임의로 먹되 선악을 알게 하는 나무의 열매는 먹지 말라 네가 먹는 날에는 반드시 죽으리라"고 명령하셨을 때, 아담은 "네, 약속하겠습니다, 하나님."이라고 잘도 대답했을 것이다. 그것은 신과 사람 간 약속이었다. 성경에는 아담의 대답이 직접 언급되지 않았지만, 전체 문맥의 흐름으로 볼 때 충분히 상상할 수 있는 장면이다.

### 아담과 하와는 어떻게 언어를 알게 되었을까?

그런데 말이다. 여기서 반드시 짚고 넘어가야 할 게 있다. 그렇다면 아담과 하와는 어떻게 언어를 알게 되었을까? 다시 한 번 묻는데, 이것은 정말이지 너무나 신기하지 않은가? 아담과 하와가 실제로 존재하지 않고 단지 상징적인 인물로 인류를 대표한다면 이런 상상을 할 가치조차 없다. 그러나 엄연히 성서는 아담이 인류 최초의 인간이었고, 따라서 그는 실제적인 인물로 인류를 대표하는 사람으로 묘사되고 있다. 그는 첫째 아담으로서 그의 범죄는 모든 인류의 범죄로 전가되었다.

아담이 에덴동산에 얼마 동안 살았는지는 성서에는 기록되어 있지 않다. 단지 추정될 뿐이다. 필자가 보기에 아담과 하와가 범죄를 한 후 에덴에서 쫓겨나기까지는 최소한 7년 정도는 되지 않나 싶다. 아무튼 그들이 에덴에 거하는 동안 어떻게 언어를 배우게 되었을까? 그것은 신이 직접 그들에게 언어를 가르쳐 주셨거나, 아니면 전능하신 신의 초월적인 능력으로 그들 뇌 속에 언어의 능력을 집어넣어 가능했을 것이다.

이 방법 외에는 다른 어떤 방법으로도 이 현상을 설명할 길이 없다는 것을 독자들은 알았으면 한다. 신은 아담과 하와에게 신을 섬기는 법, 부부간 에티켓, 동물과 식물을 돌보는 법은 물론 심지어 결혼생활에 필요한 성 교육까지 하셨는지도 모를 일이다. 우리는 지금까지 아담의 언어가 원시언어와는 다른 차원 높은 수준의 언어라는 것을 많은 면들을 할애해 살펴봤다. 그렇다면 다음 장에서는 아담이 사용한 언어가 언어적 차원에서 무엇인지를 알아보도록 하겠다.

# 07
# 언어의 분화

그들이 한껏 신나고 용이하게 도시를 형성하고 탑을 건설할 수 있었던 것은 한 언어를 사용했기에 가능했다. 모든 상황은 순조로운 듯했고 성공은 보장되는 것 같았다. 웅장한 탑이 하늘에 닿을 만큼 높이 올라가고, 이제 얼마 안 있으면 탑 꼭대기에서 하늘을 향해 인본주의의 축포를 터뜨리는 것을 눈앞에 두던 때였다.

# 언어의 분화

바벨탑 건설 현장에서 무슨 일이 일어났나?

## 구약성서의 문자, 히브리어

### '히브리어'와 '히브리'

성서는 언어로 기록된 책이다. 구약성서는 원래는 히브리어로 기록된 책이다. 구약성서와는 다르게 신약성서는 그리스어로 기록되었다. 신구약성서에는 원역사原歷史(primeval history)시대에 있었던 언어의 기원과 인류가 미래에 경험하게 될 언어의 통합에 대한 의미 있는 내용들이 많다. 구약성서는 히브리어의 기원에 대한 믿을 만한 사료史料들을 제공해주고 있다. 신약성서는 수많은 언어들이 어떻게 하나로 통합되고 영원한 세계에서 하나의 언어로 소통하게 될 언어가 무엇인지를 암시해주고 있다.

이 책의 관심은 히브리어이다. 히브리어는 언제 나타났을까? 히브리어는 에덴의 언어였을까? 히브리어는 왜 성서의 문자가 되었고 이스라엘 민족의 공용어가 되었을까? 히브리어는 어떤 과정을 거쳐 오늘에 이르게 되었을까? 히브리어 구약성서는 그리스어(기원전 3세기–1세기), 라틴어(5세기 초), 영어(14세기 말) 등으로 번역되어 중국을 거쳐 우리나라에 들어왔다. 20세기 초부터 우리는 대한민국의 공용어인 한국어로 된 한글성경을 읽고 있다.

히브리어는 오늘날 유대인들의 조상인 히브리인들이 사용했던 언어이다. '히브리어'가 히브리인을 가리키는 '히브리'와 언뜻 같은 말이 아닌가 하는 생각이 들 때가 있다. '히브리어'나 '히브리인'은 영어로는 같은 단어인 'Hebrew'로 표기한다. 그래서 구약성서를 뜻하는 'Hebrew Scriptures' 혹은 'Hebrew Bible'은 '히브리어 성서'나 '히브리인의 성서'를 가리킨다. 민족적 '히브리'라는 용어가 히브리 민족이 사용하는 '히브리어'라는 의미로 쓰이기 시작한 것은 아마도 70인역의 영향 때문이 아닌가 한다. 70인역(LXX)이란 기원전 300년경 히브리어 구약성서를 그리스어로 번역한 최초의 번역판이다. 이집트 알렉산드리아에서 70인의 현인들이 히브리 성서를 코이네 그리스어로 번역했다고 해서 이를 70인역이라고 부르게 되었다.

그런데 본시 '히브리'는 언어라기보다는 사람을 가리키는 용어였다. 그것은 '강을 건너온 자'라는 뜻이다. 이 말은 구약성서에서 아브라함을 가리켜 맨 처음 쓰였다. 현재의 이라크 남부인 갈대아 우르에서 거주했던 아브라함은 신의 부르심을 받고 가나안 땅에 오기 위해 유프라테스 강을 건넜다. 오늘날 유대교와 개신교의 경전인 맛소라 히브리 성서에서 '히브리'라는 명칭은 한 개인 혹은 이스라엘 민족 전체를 가리키는 데 사용된다.

## 현대 히브리어와 고전 히브리어

히브리어가 언제 나타났고 세월이 흐르면서 어떻게 변해왔는지 알아보는 것은 여러 면에서 유익이 있다. 이것은 히브리어가 아담의 언어에서 온 것인지, 아담의 언어에서 유래했다면 그 언어가 파라다이스어(낙원의 언어)라는 것인지, 이스라엘 족장들의 언어는 히브리어였다는 것인지, 창세기부터 시작해 신명기로 마치는 오경을 모세가 썼다면 모세는 처음부터 히브리어를 알았다는 것인지, 그렇다면 구약성서는 처음부터 히브리어로 쓰였다는 것인지, 이스라엘 민족이 공용어로 사용했던 모국어인 히브리어는 언제부터 아람어로 대체되게 되었는지 등 많은 의문들을 풀 수 있기 때문이다.

히브리어는 유대인들이 팔레스타인에 세운 현대 이스라엘의 국어이다. 지금의 이스라엘을 '현대 이스라엘'이라고 부르는 이유는 오늘날 국가로서의 이스라엘을 구약성서에 나오는 저 유명한 '이스라엘'과 편의상 구분할 필요가 있기 때문이다. 현대 이스라엘 사람들이 사용하는 히브리어는 구약성서를 기록한 문자인 히브리어와는 다르다. '이브리트'(히브리어로 עברית)라 불리는 현대 히브리어는 성서에 나오는 히브리어를 모태로 다시 만든 문자이다.

현대 히브리어의 모어인 구약성서의 히브리어는 옛 이스라엘 민족이 신께 받은 말이라고 해서 '라숀 하코데쉬'라고 부른다. 이스라엘이 섬겼던 신은 유일신으로 거룩한 신이었다. 그래서 '라숀 하코데쉬'는 '성스러운 말'이란 뜻이다. 이렇게 '히브리어'를 가리킬 때는 두 종류의 히브리어가 있으므로, 사람들은 주로 종교 의식이나 기도에만 쓰이는 성서의 히브리어를 '현대 히브리어'와 구분하기 위해 '고전 히브리어'라고 부르고 있다. 바로 고대 히브리어이다. 기원전 6세기 초 이스라엘이 멸망하고 민족이 디아스포라로 흩어져 살게 되면서 고전 히브리어는 아람어의 영향을 많이 받았다. 고전 히브리어는 아람어와 혼용되기 이전의 순수한 히브리어를 말한다. 구약성서는 극히 일부인 아람어를 제외하고는 고전 히브리어로 기록되었다.

### 히브리어는 아담과 하와가 사용한 언어?

히브리어를 에덴의 현장, 혹은 에덴까지는 아니더라도 언어 분화의 계기가 된 바벨탑 사건 이전의 시대로까지 소급한다는 것은 상당한 무리가 뒤따른다는 것을 우리는 먼저 인정할 필요가 있다. 아담과 하와 그리고 그들의 후손들이 근 2천 년의 길고 긴 세월이 흐르는 동안 무슨 언어를 사용했는지 규명하는 일은 단군이 무슨 언어를 사용했는지 규명하는 일만큼이나 까다롭기 때문이다.

아담과 하와에 관한 이야기는 구약성서 창세기에 비교적 상세히 나타나 있다. 창세기 기자는 수천 년 동안에 일어난 역사를 기록한 창세기 50장 가운데 세 장을 아담과 하와에게 할애했다. 이것은 두 사람이 성서에서 차지하는 비중이 매우 크다는 것을 방증해준다. 그 두 사람으로부터 인류는 시작되고, 언어가 나타났기 때문이다. 그리고 그 두 사람으로부터 신과 인간의 교제는 시작되고, 죄가 나타나고, 지상과 천상의 비밀이 열렸기 때문이다. 하담과 하와는 놀랍게도 신과 대화를 했을 뿐만 아니라, 부부끼리 대화를 했고, 동물들에게 일일이 이름을 지어주었다. 하지만 유감스럽게도 성서는 아담과 하와가 사용한 언어가 무엇인지에 관해서는 아무런 말이 없다.

그러므로 이 주제를 다루는 데 있어서 우리는 네 가지 전제를 염두에 두고 있어야 한다. 첫째는, 아담과 이브가 역사적인 인물이어야 한다는 가정이다. 아담의 역사(혹은 역사성) 문제는 다음에 나오는 부록1을 참고하시길 바란다. 둘째는, 아담과 이브가 역사적으로 실재한 사람들이라면 그들이 현대인의 언어와 같은 지적이고 체계적인 언어를 사용했어야 한다는 가정이다. 셋째는, 아담 부부가 사용한 언어는 고전 히브리어(Proto-Hebrew)였거나 아니면 고전 히브리어의 모태가 되는 언어였을 것이라는 가정이다. 마지막 네 번째는, 언어를 분화시킨 바벨탑 사건 이전에 인류가 사용한 단일한 언어는 히브리어였을 것이라는 가정이다.

이러한 전제들을 '가정'이라고 한 까닭은 성서의 기록을 역사적으로나 과학적으로나 증명하기 곤란하기 때문이다. 하지만 역사적, 과학적으로 증명되지 않는다고 해서 이 사건들이 사실이거나 진실이 아니라고 할 수는 없다. 우리가 알고 있는 것들 가운데 역사적으로나 과학적으로 증명되지 않은 것들이 얼마나 많은가? 관찰과 경험에 의한 합리적, 과학적 접근으로 진리에 대한 해답을 얻을 수 없는 것들이 세상에는 너무나 많다는 것을 과학자들도 인정한다. 하고많은 지식인들과 기독교인들이 성서에 나오는 사건들을 역사적 사실로 받아들이고 있다. 그러한 사건들이 역사가 아니라고 부인하기에는 과학 능력에 한계가 있다는 것이다.

그렇다면 성서를 깊이 이해함이 없이 창세기의 사건들을 한낱 그리스 신화나 날조된 허구로 치부하는 태도는 세계관을 옹졸하고 편협하게 만든다는 점에서 옳지 않다고 본다. 탁 트인 세계관은 우리를 인생과 자연과 우주와 신에 대한 풍성한 생각을 품게 해줘 자유하고 균형 잡힌 인간을 만들어 줄 것이기 때문이다. 그러므로 아담의 언어로부터 히브리어의 출현과 변천을 탐색하는 일은 우리를 수천 년 역사의 현장으로 안내해 역사와 인간, 인간과 문화, 문화와 종교, 인간과 신 같은 품격 높은 개념과 고상한 사상들에 흠뻑 취하도록 이끌어 준다고 하겠다.

# 바벨탑과 언어의 혼잡

## 바벨탑을 쌓기 전 인류의 언어는 오직 하나

히브리어의 발생과 변천에 관해서는 다음 장에서 상세히 다루겠지만, 여기에서 미리 언급하는 까닭은 히브리어가 바벨탑 사건과 밀접히 관련되어 있기 때문이다. 히브리어는 사실은 언어들이 갈라진 바벨탑 사건 이전부터 아담의 언어와 깊은 관련이 있다. 그것은 아담의 언어와 떨어져서는 생각해볼 수 없다는 것이다. 왜냐하면 성서에서 아담은 인류 최초의 사람이라고 말하고 있고, 아담으로부터 이스라엘 민족이 생겨났으며, 이스라엘 민족이 사용한 언어는 히브리어였고, 이스라엘 민족의 경전인 구약성서가 히브리어로 쓰여 있기 때문이다.

구약성서 창세기에는 아담이 발달한 언어를 사용했다는 것을 분명히 밝히고 있다. 아담은 차원 높은 언어로 신과 여러 번 대화를 했다. 그는 에덴동산의 수많은 동물들에게 이름을 지어주었다. 동물들에게 이름을 지어주었다면 여러 식물들과 사물들에게도 이름을 지어주었을 것이다. 그는 또 아름다운 아내 이브와 대화를 했을 것이다. 아담과 이브가 동산에 처음 모습을 보였을 때 사랑을 나눌 만한 청년이었다는 것을 감안하면, 두 사람은 오늘날 우리처럼 매우 구체적이고 체계적이고 문법적인 대화를 했을 것이라는 상상은 지극히 자연스럽다. 인류 언어를 더듬어 가려면 창세기 11장에 언급된 바벨탑 사건을 살펴봐야 한다. 창세기 11장 1절은 인류의 언어에 대한 다음과 같은 놀라운 정보를 알려준다.

**"온 땅의 언어가 하나요 말이 하나였더라"**

창세기 11장에 기록된 바벨탑 사건은 언제 일어났는지 그 시기가 명확하지 않다. 그것은 노아의 홍수 사건(창세기 6-9장)과 아브라함의 역사 무대 등장(12장) 사이에 있다. 그리고 11장 바로 앞장인 10장은 노아의 세 아들들로부터 생겨 난 민족들이 어떻게 전 세계로 퍼져나갔으며, 그로 인해 지역 언어들인 방언이 어떻게 분화되었는지에 대해 상세히 설명하고 있다. 홍수 사건은 인간들의 만연된 죄와 그 인간들을 창조한 신의 심판의 절정을 보여주는 것이라면, 뒤이어 나오는 바벨탑 사건은 그 절정에서 급격한 하향을 보여준다.

거대한 바벨탑은 교회를 다니지 않는 사람들도 모르는 사람이 없을 만큼 유명한 문화사적인 이름이다. 바벨탑은 또한 실생활에서도 종종 나타나는 말이다. 교만한 사람을 보고 우리는 "당신 마음 안에 바벨탑을 쌓지 마시오."라고 핀잔을 놓지 않나? 사람들은 '바벨탑', '바벨탑' 하는데, 대체 바벨탑은 얼마나 높을까?

창세기에 있었던 일들을 자세히 소개한 희년서[2]는 바벨탑을 건축한 기간이 무려 43년이라고 알려주고 있다. 43년이라면 우리나라가 제국

17세기 독일의 예수회 수사이자 학자인 아타나시우스 키르허(Athanasius Kircher)가 그린 바벨탑 상상도. 키르허는 르네상스의 천재 화가 레오나르도 다 빈치에 비견되었을 만큼 과학과 예술, 학문에 정통한 지식인이었다. 건설 도중 쌓다 만 거대한 탑이 하늘 높이 치솟아 있다.

주의 일본에게 압제를 받은 기간인 36년보다 7년이나 많다. 희년서는 바벨탑의 높이가 2,600미터라고 한다.[3] 만일 2,600미터가 사실이라면 이것은 세계 6위를 자랑하는 높이 555미터의 잠실 롯데 타워보다 약 5배나 높은 것이다. 이것은 또 20세기 중반 경이로움과 두려움의 대상이었던 현대문화의 바벨탑인 뉴욕의 높이 443미터 엠파이어 스테이트 빌딩摩天樓(마천루)보다 6배나 높고, 오늘날 전 세계에서 가장 높은 건물인 두바이의 부르즈 할리파 빌딩(828m)보다 3배 이상 높은 것이다.

14세기 이탈리아의 역사가인 조반니 빌라니는 바벨탑을 쌓는 일꾼들이 산소가 희박해 더 이상 숨을 쉴 수 없을 만큼 탑이 하늘에 맞닿는 높이인 13km까지 올라갔다고 했다. 17세기 독일계 영국인 역사학자인 리챠드 베르스테간은 바벨탑의 높이가 7.6km나 된다고 호언했다. 영국의 저명한 재료과학 창시자인 제임스 고든 교수는 바벨탑이 파괴되기 직전 높이가 2.1km였다고 주장했다. 고대 그리스 역사학자인 헤로도토스는 바벨탑의 현실적인 높이를 제안했다. 그는 탑의 높이가 210미터라고 말했다. 헤로도토스의 추정처럼 바벨탑이 비록 210미터밖에 안되더라도, 그것은 1889년 프랑스 파리의 마르스 광장에 300미터 높이의 에펠탑이 세워지기 전까지는 전 세계에서 가장 높은 구조물이었다. 고대인들이 보기에 바벨탑은 "탑이라기보다는 차라리 산"[4]이었던 것이다.

### 바벨탑 사건이 인류에게 남긴 교훈

바벨탑 사건은 끊임없이 역사와 운명의 주도권이 자기에게 있는 양 오만방자한 인간이 스스로를 얼마나 끔찍한 곤경 속에 몰아넣었는지를 실감하게 한다. 그에 대한 대가는 인류가 노아 시대의 홍수 심판처럼 혹독한 심판을 받은 게 아니라, 전혀 뜻밖으로 그들이 지구 여러 곳으로 흩어지고, 창세로부터 땅에서 사용했던 하나의 언어가 수많은 언어로 갈라지게 되는 경험이었다. 이처럼 바벨의 무질서와 인류의 분열은 인간과 신의 관계가 회복 불가능할 정도로 손상되었고, 민족끼리 서로 말귀를 알아듣지 못하는 답답한 사회구조의 상황이 되었다는 것을 알려준다. 창세기의 바벨탑 사건 이야기는 이렇게 신학적, 언어인류학적, 문화사적 측면에서 학자들에게 주목을 받아왔다.

바벨(Babel)은 노아의 손자인 니므롯이 시날 평지[5]에 조성했던 고대 도시이다. 훗날 바벨론이라는 강력한 고대제국이 발흥한 곳이다. 바벨론의 폐허는 바그다드에서 남쪽으로 약 100km 떨어진 현재의 힐라 시 근처에서 발견될 수 있다. 수많은 사람들이 한곳에 모여들어 도시를 만들고 신이 계신 곳에 닿으려고 바벨에 집결했다. 그들은 높은 탑을 쌓기 시작했다. 탑을 하늘 높이 쌓아 올려 신의 문에 도달하면 송곳으로 하늘의 재료가 무엇인지 찔러보겠다는 상상을 하면서 말이다.

그들이 한껏 신나고 용이하게 도시를 형성하고 탑을 건설할 수 있었던 것은 한 언어를 사용했기에 가능했다. 모든 상황은 순조로운 듯했고 성공은 보장되는 것 같았다. 웅장한 탑이 하늘에 닿을 만큼 높이 올라가고, 이제 얼마 안 있으면 탑 꼭대기에서 하늘을 향해 인본주의의 축포를 터뜨리는 것을 눈앞에 두던 때였다. 노아 시대의 대홍수 트라우마에 시달리던 그들이었다. 그들은 두 번 다시 땅과 하늘이 흔들려 큰 홍수가 일어나지 않도록 땅속 깊숙한 데까지 견고하게 탑의 기둥들을 박았다. 그들은 그 듬직한 기둥들이 땅과 하늘 사이의 균형을 잡아줄 거라고 믿었고, 만일 신이 인간들에 대해 전쟁을 벌일 경우에는 한판 불사하겠다는 각오였다.

네덜란드 종교화가인 마르텐 반 헴스커크(Merten van Hemskerk, 1498-1574)의 작품, 헴스커크는 이탈리아에서 지내면서 판화를 위한 디자인을 만들기를 좋아했는데, 특히 세계 불가사의를 절묘하게 묘사한 것으로 유명하다. 그림사진은 고대도시 바벨과 바벨탑. 인간들의 업적을 보여주는이 광경은 경이로움과 함께 신의 분노로 곧 파괴될 것만 같은 전율감을 일으키게 한다.

하지만 그것은 무모하고 무지한 생각이었다. 인간의 생각은 신의 생각과는 다르다. 신은 인간들이 한 도시에서만 살려고 하면서 마음과 뜻을 모아 높은 탑을 만드는 것은 그들이 "한 족속이요 언어도 하나" 때문이라고 판단했다. 판단은 곧 결정으로 나타나고, 결정은 금방 행동으로 옮겨졌다. 하늘에 계시던 신이 놀랍게도 땅에 내려오신 것이다. 그러자 탑을 쌓던 사람들이 순식간에 서로 알아듣지 못하도록 언어가 혼잡하게 되었다. 그리고 같은 언어를 쓰던 족속들이 아프리카로, 유럽으로, 아시아로 흩어졌다. 이래서 바벨은 '혼잡'이란 뜻을 지니고 있다.

# 히브리어를 거슬러 에덴에게까지 올라가다

## 모든 언어들의 '왕 할아버지 언어'는 히브리어?

바벨탑 사건이 일어나기 전에는 인류의 언어는 오직 하나밖에 없었다는 사실을 성서는 확실히 밝혀주고 있다. 그렇다면 그 언어는 어떤 언어였을까? 그것은 에덴동산에서 아담이 사용했던 '에덴의 언어'가 아닐까? 아담과 하와가 인류 최초의 인간이라면 그들이 사용했던 언어는 언어학자들이 주장하는 언어와는 다른 언어인 것이다.

유전학적인 관점에서 언어를 연구하는 언어학자들은 인류의 언어가 점차 발전한 것이라고 보고 있다. 언어학자들은 인류가 최초로 언어를 사용하기 시작한 시기를 호모 사피엔스의 직계 조상인 호모 에렉투스가 지구 전역에 광범위하게 퍼져 살았던 때인 170만−10만 년 전이라고 추정한다. 타잔 소리 비슷한 이 언어를 언어학자들은 '프로토랭귀지'(Proto-language)라고 부르고 있다. 지구상에 있는 수많은 언어들을 까마득한 옛날로 거슬러 올라가고 또 올라가면 공통의 역사언어학적 조상 언어인 단 하나의 언어가 있는데, 바로 그것이 프로토랭귀지라는 것이다. 요즘 우리말로 '왕 할아버지 언어'組語(조어)이다.

## 히브리어가 인류 최초의 언어인지를 알아보려는 실험들

많은 기독교인들은 아담과 하와가 사용했던 언어가 틀림없이 히브리어였거나 히브리어의 뿌리가 되는 언어였을 것이라고 믿고 있다. 이것은 구약성서가 히브리어로 기록되어 있고, 또한 구약성서가 히브리 민족에 대한 중단 없는 설명이라는 데 근거를 두고 있다. 정통 유대인들도 에덴의 언어가 히브리어였을 거라고 확신하는 사람들이 많다. 유대인들의 히브리 성경(타나크) 주석서인 미드라시는 아담과 하와에 관한 창세기의 언급이 오로지 히브리어로만 이해할 수 있는 것이어서, 에덴의 언어가 히브리어임이 분명하다는 것이다.

히브리어가 인류 최초의 언어인지 알아보려는 몇몇 실험적 시도들이 있었다는 것도 흥미롭다. 13세기 신성 로마제국의 황제 프리드리히 2세는 학문과 예술을 좋아하고 언어에도 능통했다. 그는 언어 환경이 차단된 채 자란 유아들이 스스로 히브리어를 할 수 있는지 알아보려고 양어머니와 간호사에게 몇 유아들을 키우도록 명령했다고 한다. 하지만 여러 해가 지나도 아이들은 어떠한 말도 하지 못했다고 한다.

16세기 초 스코틀랜드 국왕인 제임스 4세도 인류 최초의 언어가 무엇인지에 대해 호기심이 많은 사람들 가운데 하나였다. 그는 프리드리히 2세가 수행했던 것과 비슷한 실험을 했다. 이 지적인 국왕은 쌍둥이 아기들이 어떤 언어를 말할 것인지 알아보기 위해 벙어리 부부와 함께 아기들을 아무도 살지 않는 섬에 있게 하였다. 관찰 결과 아기들은 서로 의사소통을 하긴 했지만, 그게 언어라고 하기에는 턱없이 격이 많이 떨어진 것으로 밝혀졌다.

아담의 언어가 인류 최초의 언어인지에 대한 호기심은 몇몇 문학인들에게서도 엿볼 수 있다. 미국의 여류작가 바바라 클라인 모스는 그런 대표적인 문학인이다. 그녀가 2015년 출간한 **낙원의 언어**(the Language of Paradise)라는 역사 소설은 한 과대망상적인 부부가 에덴동산과 같은 정원을 만든 다음 신생아가 인류 최초의 언어로 말을 할 때까지 침묵하며 관찰한 내용을 다뤘다.

언어의 기원에 대해 유별나게 큰 관심을 보인 문학인은 뭐니 뭐니 해도 유명한 단테다. 단테는 인류의 다양한 언어들의 기원과 역사에 관해 관심이 많았다. 그는 14세기초 **토착어에 대하여**라는 제목으로 된 네 권의 책을 출간했다. 단테는 이 책에서 아담의 언어는 모든 언어들의 신성한 기원이라고 주장했다. 이탈리아 방언의 다양성과 당시 라틴 문학의 한계를 뛰어넘어 통일된 문학 언어를 만들어보려는 단테가 히브리어를 이상적인 언어로 간주한 것은 흥미롭다.

하지만 훗날 단테는 관점을 바꿨다. 그의 마지막 작품은 세계 문학사의 가장 위대한 작품 중 하나인 **신곡**(La Divina Commedia)이다. 단테는 이 책에서 아담의 언어는 아담이 스스로 만들어 낸 것이라고 하면서,

그것은 땅의 언어이기 때문에 천국의 언어와 동일한 언어로 볼 수 없다고 했다. 단테가 왜 아담의 언어를 신성한 파라다이스에서 땅의 언어로 바꿨는지는 알 수 없지만, 아무튼 단테의 이러한 견해는 아담의 언어로부터 영향을 받았을 것이라고 인정되어온 히브리어가 천국의 언어와 동일한 대우를 받는 기존 풍토에 변화를 가져다 준 것만은 분명하다. 훗날 이슬람 학자들은 원 셈어(Proto-Semitic language)가 아담의 언어라고 주장하고 나섰다. 이렇듯 아담의 언어가 무엇인지에 대한 사람들의 관심과 열의는 히브리어가 모든 언어들의 공통의 언어였을 것이라는 기대감에서 나온 것이다.

히브리어가 아담의 언어를 반영하는 언어가 아닌가 하는 많은 기대와는 달리 단테와 같이 회의적인 입장을 보인 학자들도 있다. 보일의 법칙으로 유명한 영국의 물리학자이자 자연철학자인 로버트 보일은 아담의 언어가 사물의 본질을 가장 잘 설명할 수 있는 언어라고는 인정했지만, 히브리어가 바로 그 언어라는 데는 회의적이었다. 영국의 경험철학자인 존 로크도 인간 이해에 관한 에세이인 **인간 지성론**(An Essay Concerning Human Understanding, 1690)에서 보일과 비슷한 회의론을 표명했다. 현대 학자들 가운데는 움베르토 에코가 대표적이다.

### "내가 진짜 아담의 언어다"라고 자처하는 지상의 언어들

지구상에는 수없이 많은 언어들이 있었지만 근세로 오면서 상당수 언어들이 사라졌다고 한다. 아직도 지구상에는 7,000개가 넘는 언어들이 있다. 이 많은 언어들 가운데 "내가 진짜 아담의 언어"라고 주장하는 언어들이 있어 관심을 끌어왔다. 아담의 언어가 무엇인지를 확인하고 복구하기 위한 많은 시도들이 있었다. 사람들은 아담의 언어가 아담이 타락하기 이전 에덴에서 살 때 사물에 대한 완벽하고 정통한 지식. 즉 사물의 본질을 명확하게 전달하는 언어라고 생각했다.

그런 몇몇 언어들 가운데 가장 많이 거론되는 언어가 인도-유럽어(Indo-European language)다. 성서의 기록을 판단의 으뜸으로 삼는 전통적인 기독교인들 중에 이 언어가 아담의 언어를 이어받은 언어였을 거라고 추측하는 사람들이 의외로 많다. 이들은 노아의 아들인 야벳의 후손들에 관한 창세기 10장 5절을 그 근거로 제시하고 있다. 창세기 10장 5절은 야벳의 후손들이 "여러 나라 백성으로 나뉘어서 각기 언어와 종족과 나라대로 바닷가의 땅에 머물렀더라"라는 내용이다. 인도유럽어족은 유럽과 서아시아, 남아시아에 살고 있는 445개 어족語族으로서, 세계 인구의 절반 가까이 되는 사람들이 사용하는 세계 최대의 어족이다. 영국, 프랑스, 독일, 러시아, 인도 등에서 사용되고 있는 언어들이 바로 인도유럽어족에 속하는 언어들이다. 상당수 기독교인들은 바벨의 건설 현장에서 인류가 혀의 혼란을 겪기 전 아담의 언어 체계와 발음은 필시 인도유럽어의 언어 체계와 발음과 흡사했을 것이라고 생각한다.

인도유럽어가 아담의 언어의 직계 언어라는 이러한 주장은 그럴싸

하지만, 아무래도 범위가 너무 넓다. 그래서 사람들은 경쟁이라도 하듯 아담의 언어를 더 좁은 어파 혹은 언어로 보려고 했다. 그중 대표적인 언어가 원 이탈리아어(Proto-Italic language)이다. 이탈리아어는 라틴어에서 유래하는 언어군인 로망스어족의 하나다. 아담과 신의 대화를 면밀히 살펴본 초기 기독교회의 교부들은 이 대화가 소송 언어의 성격을 지녔다고 판단, 이탈리아어의 모어인 라틴어가 에덴의 언어였을 거라고 생각했다. 라틴어는 지금은 거의 사멸한 언어이지만, 이탈리아어를 비롯해 프랑스어, 스페인어, 포르투갈어, 루마니아어 등 로망스어가 이 언어에서 파생된 언어들이다. 로망스어군은 인도유럽어족의 가장 큰 언어군 가운데 하나로, 현재 아프리카, 아메리카, 유럽 등에서 6억여 명이 사용하고 있다.

인도유럽어의 한 방언인 원 그리스어(Proto-Greek language)도 에덴의 언어의 직계 언어 후보로 곧잘 거론되는 언어다. 언어인류학에서 기원전 2500년 무렵 나타났다는 원 그리스어가 인류 최초의 공통 언어였을 거라는 추측은 나름의 이유가 있다. 인류 최초의 언어에 대해 말할 때 줄곧 공론 테이블에 올라오는 언어는 산스크리트어梵語(범어)이다. 모리스 올렌더(Maurice Olender)[6] 같은 학자가 대표적이다. 그는 에덴의 언어가 산스크리트어나 히브리어일 거라고 생각했다. 산스크리트어는 인도-유럽에서 파생된 인도-아리안어다. 힌두교·대승불교·자이나교의 경전을 기록한 산스크리트어는 인도의 고전어이지만 지금도 여전히 커다란 땅덩어리에서 살고 있는 인도 사람들의 공용어이다.

한편 히브리어가 에덴에서 사용한 신비한 언어도 아니고 또한 천국의 언어도 아니라는 주장은 유대교 신비주의자들인 갑발리스트 (Kabbalist)에게서 엿볼 수 있다. 히브리어를 불완전한 언어로 본 갑발리스트들은 히브리어 구약성서인 토라와 다른 "영원한 토라"를 꿈꿨다. 스페인에서 태어난 아브라함 아불라피아는 대표적인 갑발리스트였다. 아불라피아는 히브리어가 모든 언어의 원리를 반영하는 이상적인 언어가 아니라고 주장했다. 유대교, 기독교, 이슬람교의 통합을 꿈꿨던 아불라피아는 교황 니콜라오 3세를 개종시키기 위해 로마로 갔을 만큼 열성적인 갑발리스트였다고 한다.

가톨릭 신자들은 아담의 언어를 이어받은 언어가 히브리어나 그리스어나 라틴어가 아니라 엉뚱하게 다른 언어라고 생각하는 경향이 있다. 박트리아어(Bactrian), 젠드어(Zend), 인도어(Indian)가 그러한 후보에 들어가는 언어들이다. 인류가 오늘날 지구상에서 사용하고 있는 수많은 언어들이 진화에 의한 것들이 아니라 에덴의 순수한 언어를 이어받았다고 본 사람은 학자가 아닌 독일의 수녀인 앤 캐서린 에머릭(1774-1824)이었다. 에머릭 수녀는 이 성스러운 비밀을 환상으로 보고 사람들에게 알려주고 싶어 비밀을 폭로했다고 한다. 에머릭 수녀는 성서에 기록된 히브리어, 그리스어, 라틴어는 혼잡한 언어인데 비해 인도-유럽에서 나온 박트리아어(Bactrian)[7], 젠드어(Zend)[8], 인도어(Indian)가 에덴의 순수한 공통의 언어에 매우 가까운 언어였다고 밝혔다. 가톨릭교회는 에머릭 수녀가 죽은 후 그를 성인의 반열에 추존하고 기렸다. 에머릭 수녀의 환상 증언은 그가 죽은 후 세 권의 책으로 출간되었는데, 그 중 하나가 **그리스도의 수난**(The Dolorous Passion of our Lord Jesus Christ)이란 책이다. 이 책은 멜 깁슨이 감독, 주연해 2004년 개봉한 영화 **패션 오브 크라이스트**의 원작이다.

혀로 발음하는 알파벳 히브리어가 만일 아담의 언어에서 이어져 온 것이라면 아담의 언어도 순전히 혀로만 발음했을 것이다. 이에 착안해 어떤 사람들은 현존하는 언어들 가운데서 히브리어와 발음의 흔적이 같으면서 아담의 언어를 추적해볼 수 있는 언어가 있는지 찾기 시작했다. 웨일즈어(Welsh)는 그중 유력하게 부각되고 있는 언어들 가운데 하나다. 웨일즈어는 영국 웨일즈에서 쓰이는 토착 언어다. 인도유럽어족의 한 어파인 켈트어파에 속하는 이 언어는 혀끝과 목젖을 울리며 나오는 강한 발음이라서 영국인들도 발음을 흉내 내기 어렵다고 한다. 현재 웨일즈인은 3백만 명인데, 그중 70% 이상이 웨일즈어를 구사하지 못할 정도로 이 언어는 점차 사멸해가고 있다. 웨일즈어 말고도 아담의 언어를 추적하게 하는 언어가 또 있다. 아일랜드와 스코틀랜드의 토착어인 게일어(Gaelic)가 그것이다. 게일어도 웨일즈어처럼 켈트어파에 속하는 언어로 현재 아일랜드의 제1공용어다.[9]

아담과 이브가 에덴동산에서 사용한 언어에 대한 호기심은 16–17세기 때 특히 많았다고 한다. 스웨덴 철학자 안드레아스 켐베는 **낙원의 언어**(1688)라는 자그만 책을 출간했는데, 그는 신은 스웨덴어를 , 아담은 덴마크어를, 뱀은 프랑스어를 사용한다고 말해 관심을 끌었다. 켐베는, 온 몸을 움직여 말하는 프랑스어는 어지간히 똑똑한 사람도 속일 만하다고 농담 반 진담 반 말했다. 17세기 독일의 시인이자 언어학자인 게오르그 하스도퍼는 독일어가 자연의 언어에 가깝고 모든 소리들을 지각적으로 표현하는 데 으뜸이라며 독일어를 에덴의 언어라고 주장했다. 폴란드의 작가인 데보츠키는 폴란드어(Polish)가 아담의 언어라고 주장했다.

# 08
# 히브리어

아담과 하와가 에덴에서 추방된 후 사용했던 언어는 어떤 언어였을까? 에덴에서 사용했던 언어를 계속해서 사용했을까, 그게 아니면 에덴 동쪽에서 새로 만들어 사용한 언어였을까?

# 히브리어

언어들의 영원한 조상 언어인가
평범한 하나의 언어인가?

## 히브리어의 유래와 문학적 특징

### 간결, 소박, 장엄, 숭고한 문자 히브리어

유대교와 기독교(가톨릭과 개신교)의 경전인 구약성서는 대부분 문자 히브리어로 기록되어 있고, 극히 일부분만 아람어로 기록되어 있다. 히브리어는 특이하게도 22개의 알파벳 자음으로, 오른쪽에서 왼쪽으로써 나간다. 히브리어는 문장이 동사와 명사만으로 구성되어 있어 간결하고 소박하며 전달이 분명하다는 게 가장 큰 장점으로 꼽힌다. 히브리어는 또한 장엄하고 숭고하며 운율적이다. 그리고 활력과 정열이 넘치는 언어이다. 히브리어가 언제 생겼는지는 학자들마다 다르지만 성서를 보수적으로 보는 학자들은 그 시기를 기원전 1000년경으로 추정하고 있다. 기원전 1000년이라면 신정체제인 이스라엘이 왕정 국가로서 탄생한 지 수십 년 후 솔로몬이 예루살렘에 성전을 건축하고 예배 용어들이 만들어지고 다듬어졌을 때이다.

하지만 히브리어가 이보다 한참 전에 생겨났다고 보는 견해들도 있다. 비문학적으로 히브리어는 가장 오래된 알파벳 문자인 것으로 알려져 있다. 고고학자이자 고대 이집트 역사학 교수인 더글라스 페트로비치는 히브리어가 세계에서 가장 오래된 알파벳이라는 사실을 증명하려 했다. 페트로비치 교수는 시나이 반도와 이집트에서 발견된 30여 개의 비문에 기록된 문자들을 연구하고 이 문자들이 히브리어가 틀림없다고 주장했다. 페트로비치 교수는 이 비문들이 세워진 연대를 기원전 1842-1446년 사이라고 확신했다. 이 연대는 대략 이스라엘 민족이 이집트에 이주해 살기 시작한 때로부터 모세의 인도로 약속의 땅인 가나안을 향해 이집트를 벗어날 때까지의 기간이다.

### 히브리어는 알파벳의 기원?

그렇다면 히브리 문자는 이스라엘 민족이 아브라함-이삭-야곱으로 이어지는 구어체 발음을 이집트의 상형문자를 본떠 알파벳으로 만든 데서 유래된 것일까? 이것은 문자 히브리어가 언제 생겼는지 이해하는 데 핵심이 되는 물음이다. 이 물음에 답하기 위한 올바른 정보는 구약성서 출애굽기에 있다. 출애굽기는 구약성서의 두 번째 책으로 모세가 쓴 것으로 알려져 있다. 출애굽기는 여호와 하나님이 이스라엘 민족을 이집트에서 구원해 내시어 그들을 자신의 백성으로 택하시고 율법을 내리시고 예배하는 법을 가르쳐줬다는 내용을 기록한 책이다. 이런 점에서 출애굽기는 신학적 역사서뿐 아니라 예언적 역사서로서의 진가를 유감없이 발휘하고 있다.

출애굽기의 극적인 요소는 많은 사람들에게 숱한 상상력을 불러일으켜 왔다. 출애굽기의 주인공은 이스라엘 민족을 구원하시고 이스라엘을 통해 자기를 계시하시려는 여호와 하나님이다. 하지만 2백만 명도 넘는 이스라엘 민족을 이끌고 이집트에서 탈출해 약속의 땅 가나안으로 인솔한 한 위대한 인물이 주인공이라고 해도 과언은 아니다. 그는 모세이다. 모세는 토라[10]의 권위와 수령과 지속적인 실천에 기초를 놓은 이스라엘의 역사적 심부름꾼이었다. 그는 이스라엘 역사상 전무후무한 사람이었고, 인류가 낳은 가장 완벽하고 위대한 사람이었다. 모세는 초월적인 신과 가까이 지내며 대화를 했다고 한다. 그런 그이기에 모세는 신에게서 받은 명령을 받아 이스라엘의 법전으로 만든 탁월한 입법자가 될 수 있었다. 고대 이스라엘 사람들과 1세기 지중해 세계에 살았던 사람들은 그에게서 왕, 선지자, 제사장의 기상을 발견하려 했을 만큼 모세는 인간이 가질 수 있었던 최고의 영웅적인 인물이었다.

## 모세가 신에게서 받았다는 히브리어 십계명

지금 필자는 이스라엘 역사에서 있었던 모세의 눈부신 활약상 전부를 이야기하려고 하는 것은 아니다. 그것을 책으로 묘사한다면 세 권도 넘을 것이다. 여기에서는 모세 시대 때 훗날 이스라엘의 국어가 된 히브리 문자가 언제 나타났고, 히브리 음성 언어는 어디까지 거슬러 올라가느냐 하는 문제를 더듬어보려고 한다. 즉, 히브리어의 뿌리가 되는 지점이 이스라엘의 족장인지, 바벨탑인지, 아니면 에덴인지 탐색하는 추적이다.

구약성서 출애굽기는 모세가 이스라엘 민족을 이끌고 신이 주기로 맹세한 약속의 땅으로 행군하는 모습을 상세히 소개하고 있다. 이스라엘 민족은 모세의 영도로 이집트를 떠난 지 1개월 보름 후에 지금의 시나이 반도 남단에 있는 시내 광야에 도착했다. 그곳에는 웅장하고 험준한 시내 산이 있었다. 해발 7,500피트(약 2,290미터)인 이 산은 현재 '예벨무사'라고 불리는 산이다. '예벨무사'는 '모세의 산'이란 뜻이다. 이스라엘 백성은 이 산 밑에 진을 쳤다.

이스라엘 백성은 시내 광야에서 약 1년 동안 있으면서 가나안으로 들어가기 위한 필요한 준비들을 했다. 모세는 혼자서 시내 산 정상에 올라갔다. 그 산꼭대기에서 모세는 인류 역사상 그 누구도 체험하지 못할 진기한 경험을 했다. 신으로부터 직접 십계명이 쓰인 두 개의 돌판을 받은 것이다. 돌판에 새겨져 있는 글자들은 신이 친히 쓰신 것이라고 성서는 여러 군데서 밝히고 있다. 이 놀라운 사실을 독자 여러분은 믿을 수 있겠는가? 수많은 기독교인들은 이것을 믿고 있다. 성서가 거짓말을 할 까닭이 없다고 생각하기 때문이다.

이스라엘의 법전은 십계명과 그 하위법인 언약법전으로 나뉜다. 십계명이 국가의 최고법규인 헌법이라면 언약법전은 법률이라고 하겠다. 시내 산 정상에서 모세가 신으로부터 받은 증거의 두 돌판이 십계명에만 새겨져 있었는지 아니면 언약법전에까지 새겨져 있었는지는 모호하다. 분명한 것은, 십계명은 두 돌판에 새겨져 있었다고 성서는 밝히고 있다. 이 일이 있었던 때는 기원전 1445년이다. 이 연대가 정확한지는 이스라엘 민족의 출애굽 사건이 언제 있었는지에 대해 보는 관점에 따라 달라진다. 출애굽 연대에 대해서는 학자들마다 의견이 분분하다. 그것은 이스라엘 민족이 이집트에 체류한 기간에 따라 달라진다. 장기 체류를 고수하는 '이른 연대설'은 대체로 기원전 1446년으로 추정하는 반면, 단기 체류를 고수하는 '늦은 연대설'은 이보다 180년가량 후대인 1266년 앞뒤 연대로 추정하고 있다. 출애굽 연대 산정은 이스라엘 족장들의 연대와 이스라엘 초기 역사를 가늠하는 기준이 된다는 점에서 역사적으로 대단히 중요하다.[11]

그렇다면 히브리 문자는 모세 시대 이스라엘 민족의 출애굽과 가나안 여정 때 만들어졌다는 것일까, 아니면 이스라엘 민족이 이집트에

고대 팔레스타인의 유물이 집중적으로 발굴되는 여리고 지역. 여리고는 예루살렘에서 동북쪽으로 30km, 요단 강에서 서쪽으로 8km 떨어진 요단 계곡에 위치한 고대도시로, 기원전 9000~6000년 경부터 있었던 세계에서 가장 오래된 도시 가운데 하나다. 이집트를 빠져나온 이스라엘 민족이 가나안 땅을 정복할 때 맨 먼저 빼앗은 도시가 바로 이 여리고다.

체류하고 있었던 430년 동안에 이미 만들어졌다는 것일까? 그리고 그게 전자든 후자든 히브리어의 음성 형성은 어쩌면 이보다 훨씬 전인 이스라엘 족장 시대, 아니 바벨탑 시대나 에덴 시대로까지 거슬러 올라가는 게 아닐까?

### 고고학적으로 밝혀진 히브리어

히브리어가 모세 시대에 문자로 있었다는 것은 꼭 성서의 기록이 아니더라도 고고학으로도 어느 정도 입증되고 있다. 고대 이집트 사람들은 이스라엘 민족을 '하비루'(Habiru)라고 불렀다. 하비루는 일정한 곳에 정착하지 않고 여기저기 떠돌아다니며 남의 재산을 약탈하는 '무법자'라는 뜻이다. 많은 학자들은 이 말이 이스라엘 민족의 조상인 '히브리 사람'(Hebrew)을 가리킨다고 보고 있다. 구약성서에는 이 단어가 맨 처음 등장하는 곳이 창세기 14장 13절인데, 아브라함을 가리켜 이 말을 쓴 것을 볼 수 있다. '하비루'가 '강을 건너온 자'라는 뜻이 있다고 보는 견해도 있다. 만일 이 해석이 맞는다면 아브라함이 신의 명령으로 고향인 갈대아 우르[12]를 떠나 가나안에 이주할 때 유프라테스 강을 건넜다는 데서 유래한 말일 수도 있다.

하비루가 '무법자'든 '낯선 자'든 '강을 건너온 자'든 정착민인 이집트인들에게는 이 단어가 경멸조의 말로 쓰인 것만은 분명하다. 그것은 일정한 곳에 머물지 않고 소속감이 없는 떠돌이 외국인을 가리키는 말이었으니까. 아무튼 '하비루'의 어감으로 미루어 보면 이스라엘 민족은 순수 혈통을 가진 사람들로 이루어진 종족이라기보다는 여러 하류민 계층의 잡다한 사람들이 모여 이룬 집단이었을지도 모른다.

일반 역사에서 '하비루'라는 단어는 기원전 14세기경 있었던 것으로 보이는 '엘 아마르나'라는 문서에서 발견된다. 이것은 팔레스타인의 통치자들이 외부 침입자들을 막기 위해 이집트의 파라오 아멘호텝 4세(기원전 1379–1362)에게 도움을 요청하는 서신인데, 서신에는 외부 침입자들을 '하비루' 또는 '아비루'라고 불렀다. 아멘호텝 4세는 고대 이집트 신왕국인 제18왕조의 10대 왕으로 태양신 아톤을 이집트의 유일신으로 받아들이고 이름을 아크나톤(Akhnaton)으로 바꾼 후 왕권을 강화하기 위해 수도를 테베에서 아케타톤[13]으로 옮겨 아마르나 시대를 열었던 왕이다. 그는 아름다운 왕비 네페르티티와의 사이에 투탕카멘을 낳았다.

아마르나 외교 문서에 있는 '하비루'는 13세기 람세스 2세 통치 때와 14세기 람세스 4세 통치 때에는 '아비루'라는 명칭으로 쓰였던 것으로 밝혀졌다. 이렇게 당시 국제 공용어라 할 수 있는 아카드어로 점토판에 쓰인 아마르나 외교 문서는 구약성서의 사건을 확인해 준다는 점에서 큰 가치가 있다. 창세기에 언급되는 '히브리 사람'의 존재를 성서 밖에서 엿볼 수 있기 때문이다. 이스라엘 민족의 이집트 장기 체류를 주장하는 '이른 연대설'은 모세가 이스라엘 백성을 이끌고 이집트를 빠져 나온 시기를 기원 전 1446년으로 보고 있다. 그 시기는 아멘호텝 2세가 이집트를 통치하던 때였다. 한편 이집트 단기 체류를 주장하는 '늦은 연대설'은 람세스 2세의 열세 번째 아들인 메르넵타가 이집트를 강력하게 통치하던 때 출애굽 사건이 있었다고 주장한다.

그야 어쨌든 성서 밖 고고학적인 문서들과 비문들에는 성서의 히브리 사람을 가리키는 언급들이 다수 발견되었고, 그 히브리 사람들이 대거 한 시기에 이집트를 탈출했다는 것이다. 그리고 성서는 히브리 사람들이 가나안 여정에서 시내 산이라는 곳에서 십계명을 받았는데, 그 십계명에 새긴 글자가 히브리어였다는 것을 강하게 시사한다. 성서는 그때 문자가 있었다는 것을 분명히 밝히고 있다. 신으로부터 십계명을 받은 모세는 십계명의 하위법인 언약서를 가져다가 백성에게 낭독하여 듣게 했다. 그렇다면 언약서 또한 십계명 글자처럼 히브리어였지 않겠나? 그렇다면 히브리어 문자의 토대가 되는 히브리 말은 언제부터 있었을까? 이 문제를 합리적으로 풀어보려면, 우리는 에덴동산의 현장으로 시간을 한참 거슬러 올라가지 않으면 안된다.

## 에덴의 언어─아담과 이브가 사용했던 언어

### 현대인의 언어와 같은 지적이고 체계적인 언어

이 책을 읽는 독자에게 제의를 한다. 눈을 감고 에덴동산을 상상해보라! 아담과 하와가 햇빛 찬란한 동산에서 뛰놀다가 나무 그늘에 앉아 서로 어깨를 기대고 다정하게 이야기를 하고 있는 모습! 그들은 대화를 하고 있다. 대화를 한다면 언어가 있었다는 것이다. 이른바 '에덴의 언어'다. 그것은 원시 인간의 원시 언어가 아니라 현대인의 언어와 같은 체계적이고 지적인 언어였을 것이다. 그것은 세속의 때가 조금도 묻지 않은 순수하고 깨끗한 언어였을 것이다. 그 에덴의 언어가 하늘나라에서 천사들이 사용하는 천상의 언어든, 신이 창조적 능력으로 그들의 뇌에 주입해 생겨난 언어든, 분명한 것은 아담과 하와가 언어를 사용했다는 사실이다.

아담과 하와가 에덴동산에서 얼마나 살았는지는 성경이 말해주지 않아 우리는 알 수 없다. 다만 추측할 따름이다. 그들은 신께 한 약속을 저버리고 금단의 열매를 먹고 에덴에서 추방되었다. 내 개인적인 추측이지만, 그들이 에덴에서 살았던 기간은 적어도 반년은 되었을 것이다. 아담과 하와는 죄를 지은 결과 에덴에서 추방되어 동산의 동편에서 살았다. 그들이 정착한 곳은 에덴에서 한참 멀리 떨어진 곳이었을 것이다. 아담과 하와가 영광스러운 지위가 박탈되고 그저 한낱 평범한 남녀로 살아가는 장면은 상상만 해도 처연하다.

하지만 인간은 바로 그런 절망적인 상황 속에서 희망을 바라보는 존재다. 아담과 하와는 인간에게 있는 희망이 무엇인가를 보여주는 최초의 사람들이었다. 약간의 신학적인 설명을 가한다면, 신의 창조 언약은 인간의 타락에도 대비했던 것이다. 신은 인간이 타락해 자신과의 관계가 단절되는 경우를 예상해 관계 회복의 안전장치를 마련해놓고 있었다. 그것은 인간과 모든 피조물에 대한 신의 창조 목적을 이루기 위한 일종의 출구 전략과도 같은 것이다. 그 창조 언약의 연속선상에서 신이 아담과 맺은 언약은 신과 이스라엘의 관계를 나타내는 메타포로서 기능하게 되는 것이다.

### 에덴의 언어와 에덴 동쪽의 언어

언약은 언어를 살아 숨 쉬게 한다. 그것은 인간 쪽에서 언약에 신실하지 않더라도 신은 변함없이 약속을 지키겠다는 의지의 분출이다. 에덴에서 살 때 아담과 하와는 그 언약 안의 빛 아래서 신의 언어를 배우고 익혔다. 그러기에 에덴에서 쫓겨난 후에도 품격 있는 삶을 살 수 있었다. 신을 경외하는 신앙심과 세상을 이해하는 마음의 창을 함께 가진 문화인으로서의 삶이다. 그들은 더위와 추위를 피할 수 있는 집을 지었고, 생존하기 위해 사냥을 하거나 농사를 지었고, 대를 이을 자녀들을 낳았고, 자녀들이 신처럼 살 수 있도록 교육하고 예절을 가르쳤으며, 에덴에서 경험했던 신에 관한 이야기를 자녀손들에게 들려주었을 것이다. 이것은 충분히 상상할 수 있는 장면들이다. 이렇게 아담 부부가 에덴 동쪽에서 삶을 일궈 나갈 수 있었던 것은 서로 마음과 뜻이 통할 수 있는 의사소통의 도구인 언어가 있었기에 가능했다.

그렇다면 아담과 하와가 에덴에서 추방된 후 사용했던 언어는 어떤 언어였을까? 에덴에서 사용했던 언어를 계속해서 사용했을까, 그게 아니면 에덴 동쪽에서 새로 만들어 사용한 언어였을까? 언어의 속성으로 보면 나는 그 중간이라고 생각한다. 아담 부부가 에덴에서 생활하는 동안 사용했던 언어는 신으로부터 받은(혹은 주입된) 신성한 언어였을 것이다. 신성한 언어란 천사들이 사용하는 것과 같은 흠이 없고, 순수하고, 때가 묻지 않은 깨끗한 언어이다. 하지만 에덴에서 쫓겨나 그들이 살아야 했던 에덴 동쪽에 있는 땅은 신의 영광과 은총이 충만한 에덴과는 전혀 다른 곳이었다. 그곳은 신의 영광과 은총이 찌그러지고 훼손된 세속의 낯선 땅이었다.

그렇다면 신은 아담과 하와를 잊으셨다는 걸까? 그렇지 않다. 성서는 신이 아담과 하와에게 여전히 관심이 있다는 것을 보여준다. 관심의 형태만 다를 뿐 관심의 내용은 에덴에서나 에덴 동쪽에서나 한결같다. 달라진 것은 아담과 하와의 환경이다. 달라진 환경이지만 에덴의 언어는 아담과 하와의 기억 속에 간직되어 있었을 것이다. 이것은 아담과 하와가 우리와 같은 인간이라는 사실과 언어의 속성 때문이다. 이렇듯 아담과 하와가 에덴에서 사용한 순수하고 흠이 없는 신적 언어는 그들이 사탄의 유혹에 넘어가 타락하게 되면서 더불어 변질되었다고 봐야 한다. 인간의 타락은 창조의 언어를 땅의 언어로, 관계의 언어를 단절의 언어로 변질케 하였다. 그 결과, 창조자와 창조자가 만드신 사물들에 대한 본래의 모습은 다른 모습으로 보이기 시작했다. 이처럼 언어의 변질은 인간과 신, 인간과 인간, 인간과 사물의 관계를 뒤틀리게 만들었다. 마치 선악을 알게 하는 나무를 "먹음직도 하고, 보암직도 하고, 지혜롭게 할 만큼 탐스럽기도 한" 나무처럼 보이도록 한 것처럼 …. 그리고 마침내 언어의 변질은 바벨탑 건설 현장에서 벌어지게 되었던 언어의 대혼란에서 그 절정에 이르렀다.

이 글을 읽는 어떤 독자는 의아해할지도 모른다. '아담과 하와가 역사적인 인물이 아닌데 무슨 언어를 했다고?'라고 생각할 것이다. 아담과 하와가 설혹 있었더라도 수만 년 전에 살았던 호모 사피엔스였다고 생각하는 어떤 사람들은 '소설 같은 이야기군' 하며 콧방귀를 뀔지 모른다. 아담과 하와를 무슨 픽션이나 신화에서나 나오는 인물들로 착각하는 사람들이 있다. 이것은 성서를 잘못 이해한 데서 나온 오해의 소치이다. 아담과 하와의 역사성을 부인하는 사람들 못지않게 아담과 하와가 10,000-6,000년 전 역사적으로 실존했다고 생각하는 사람들도 의외로 많다.

아담과 하와는 우리와 똑같은 인간이다. 물론 아담과 하와는 죄를 짓기 전에는 우리와 비교할 수 없는 신적 기상과 성품을 지니고 있었다. 그들이 죄를 짓고 난 후부터는 그들에게 있던 신적 형상과 모양은 현저히 약화되었지만, 여전히 그들은 신적 형상과 모양을 지닌 기품 있는 사람들이었다. 다시 말하면 아담과 하와가 죄를 짓기 전 그들의 마음에 비친 신의 영광은 죄를 지은 후에는 그 영광이 상당한 정도로 훼손된 것이었다. 하지만 그렇다고 해서 그들이 에덴에서 가지고 있던 기억과 경험까지 없어진 것은 아니었을 것이다. 에덴에서의 기억과 경험은 에덴 후에도 지속되었을 것이라고 보는 게 합리적이다.

그렇다면 에덴의 언어도 단절됨이 없이 에덴 동쪽에서의 언어생활로 이어지지 않았을까? 물론 에덴의 신성한 언어는 세속의 언어로 변질되었을 수는 있겠지만, 에덴의 언어의 특성은 그대로 지속되었을 것이다. 언어가 가지고 있는 속성인 사회성, 역사성, 체계성, 안정성을 감안하면 아담 부부가 에덴 동쪽에서 사용하는 언어는 완전하지는 않더라도 에덴의 언어의 자취가 물씬 묻어나 있을 것이다. 비록 그 언어의 흔적이나마 말이다. 언어가 가지고 있는 이러한 속성들은 아담과 하와로

하여금 언어를 창조적으로 사용하게 하였고 발전시켰을 것이다.

그렇다면 에덴 동쪽에서 아담과 하와가 사용한 언어는 사실상 인류 최초의 언어라고 할 수 있을 것이다. 어떤 사람들은 그 언어가 히브리어라고 주장한다. 그럴 만한 몇 가지 이유들이 있다. 첫 번째 이유로는, 구약성서가 셈어인 히브리어로 기록되었다는 것이다. 두 번째 이유로는, 이스라엘 민족이 아담의 자손인 셈의 후예라는 사실이다. 세 번째로는, 이사야, 스바냐, 스가랴 등 구약의 몇몇 뛰어난 예언자들이 종말의 때에 히브리어가 민족들의 공통어가 될 거라고 예언하고 있다. 네 번째로는, 신약성서의 예언서인 요한계시록에서도 종말에 구원 받을 백성들이 하나의 언어로써 서로 소통할 것처럼 말하고 있기 때문이다. 그리고 마지막 이유로는, 언어학적으로나 고고학적으로 볼 때도 히브리어는 세계에서 가장 오래된 알파벳일 가능성이 있기 때문이다. 이처럼 아담과 하와의 언어가 만일 히브리어였다면 히브리어는 인류 최초의 음성 언어였을 것이다.

### 에덴동산은 어디에?

그런데 아담과 하와가 사용했던 언어가 히브리어가 아니고 다른 언어였을 것이라고 주장하는 사람들도 있다. 16세기 독일의 의사요 언어학자인 요하네스 고로피우스 베카누스는 지구상의 모든 언어들을 후세로 내려가게 한 최초의 제1언어를 찾으려 했던 열정적인 학자들 가운데 한 사람이었다. 고로피우스는 면밀한 조사를 통해 인류가 사용하는 수많은 언어들 가운데 가장 오래된 언어는 아담과 하와의 언어라고 확신했다. 고로피우스는 아담과 하와의 언어는 히브리어가 아니라 브라반트어(Brabantic)라고 주장했다. 브라반트는 벨기에 중북부에서 네덜란드 남부에 이르는 지역을 말한다. 고로피우스는 지구상에서 가장 오래된 언어는 짧은 단어들로 구성된 단순한 체계를 가진 언어라고 생각했다. 그는 심지어 브라반트어가 인류 최초의 언어라고 확신한 나머지 에덴동산을 브라반트 지역에서 찾으려 하였고, 아담과 이브가 브라반트어식 이름이라고 믿었다.

고로피우스처럼 에덴동산을 유럽이나 아프리카나 터키 북부 아르메니아나 혹은 인도 어디에선가 찾으려는 사람들은 수도 없이 많다. 노아의 홍수가 전 지구적으로 일어났으므로 현재의 눈으로 보는 지구에서 에덴동산을 찾는 것은 어리석은 짓이라고 주장하는 사람들도 있다. 하지만 인류와 언어의 기원에 대해 성서적 관심이 많은 사람들은 대체로 에덴동산이 유프라테스 강과 티그리스 강 상류 어딘가에 있었을 것으로 추측한다.

# 아담의 후손들과 에덴의 언어의 내려감

## 아담의 후손들—믿음의 계보

지금 우리는 아담과 하와의 언어가 인류 최초의 언어였고, 그렇다면 그 언어는 히브리어가 아닌가 하는 문제를 놓고 이야기를 하고 있다. 앞서 이야기했지만, 언어는 역사 안에서 규칙적이고 체계적인 특성을 지니며 세대에서 세대로 이어지는 사회적 약속이다. 구약성서 창세기는 최초의 사람 아담으로부터 인류가 어떻게 땅에 충만하게 되었는지를 밝혀주고 있다. 창세기가 알려주는 아담의 족보는 이렇다.

아담 – 셋 – 에노스 – 게난 – 마할랄렐 – 야렛 – 에녹 – 므두셀라 – 라멕
– 노아 – 셈 – 아르박삿 – 셀라 – 에벨 – 벨렉 르우 – 스룩 – 나홀 – 데라
– 아브라함(아담의 19대손).

아담의 족보는 아담 부부로부터 인류가 지구상에 퍼졌다는 것과, 그 아담으로부터 시작해 대대로 같은 신을 믿었던 믿음의 사람들의 계보가 있었다는 것을 말해준다. 뿐만 아니라 그것은 아담의 언어가 세대에서 세대로 전수되는 언어의 역사였다는 것을 시사해준다. 우리가 부모들로부터 언어를 배우듯 아담의 자손들도 부모들로부터 언어를 배웠다는 것은 두말할 나위가 없다. 셋은 엄마아빠인 아담 부부에게, 에노스는 엄마아빠인 셋 부부에게, 게난은 엄마아빠인 에노스 부부에게

언어를 배우고 전수받았을 것이다. 에노스 때는 하나님께 공적으로 예배를 드렸다고 한다.

아담은 930세까지 살았다. 성서는 하와의 수명을 언급하지 않지만 하와도 남편만큼 오래 살았지 않나 싶다. 노아의 아버지 라멕은 777년을 살았다. 라멕은 아담의 8대손이다. 창세기 연대표에 의하면, 아담은 라멕이 60세쯤 되었을 때까지 살았다. 그렇다면 아담의 후손들은 아담 할아버지와 하와 할머니가 들려준 공동의 기억들을 가지고 있었을 것은 당연하다. 그들은 창조 이야기, 에덴에서 쫓겨난 이야기, 대홍수 이야기를 비록 원형 그대로는 아니더라도 원형에 가깝게 어떤 형태로든 기억 속에 담아내 대를 이어갔을 것이다. 이런 식으로 언어와 신앙과 풍습 등 문화는 대대로 이어져 아담의 9대 후손인 노아에게 왔고, 마침내 노아의 10대 후손인 이스라엘의 조상인 아브라함에게까지 왔던 것이다.

### 에덴의 언어로부터 바벨탑까지의 언어로

언어가 어느 날 갑자기 어디에선가 툭 떨어지는 것이 아니라면, 아담의 자손들은 아담으로부터 시작된 에덴의 언어를 최소한 바벨탑 사건 때까지는 사용했을 가능성은 크다고 하겠다. 이렇게 주장하는 것은 필자의 견해가 아니라 성서에 근거한 것이다. 구약성서 창세기는, 인류는 바벨탑을 쌓기 전에는 오로지 하나의 언어만을 사용했고, 높은 탑이 무너지고 그 탑을 쌓았던 엄청난 무리가 지구 곳곳에 흩어지면서 공통언어인 제1언어가 수많은 언어들로 갈라졌다고 밝히고 있다. 언어들의 분산과 파생 경로는 민족들의 출현과 이동 과정을 보여주는 것이다. 하지만 진화설을 신봉하는 인류학과 언어학은 성서의 증거를 거부하고 있어 못내 아쉽다. 그 결과 인류의 역사는 키 큰 감나무 가지에 걸린 빛바랜 연처럼 어정쩡한 것이 되고 말았다. 그것은 인류의 잃어버린 역사일 수도 있다.

바벨탑 사건이 있기 전, 아담과 하와의 언어는 온전한 형태든 다소 변형된 형태든 세대를 따라 이어져 내려오면서 노아 시대까지 왔다. 노아 시대 때는 지구에 큰 격변이 있었는데, 그건 바로 대홍수였다. 홍수는 전 지구를 덮었을 만큼 어머어마한 규모였다고 한다. 대홍수는 노아가 600세 되던 해에 일어났는데, 그 해는 노아의 할아버지인 므두셀라가 죽었던 해다. 므두셀라는 969세로 인류 역사상 가장 오래 살았던 사람이다. 노아는 500세 때 셈, 함, 야벳 세 아들을 낳았다. 세 아들들 중 장남은 셈이었던 것 같다. 만일 셈이 장남이었다면 그는 100세 때 대홍수를 경험했을 것이다. 성서 연대표에 의하면, 대홍수는 아담이 태어난 지 1,656년 후였다. 지금 우리가 주목할 것은, 바벨탑 사건 이후 바로 이 셈의 후예들이 사용한 언어들 가운데 하나가 히브리어였을 가능성이다. 어쩌면 그것은 바벨탑 사건 이전에도 셈의 후예들이 줄곧 사용해온 언어였을 것이다. 이제부터 그 이야기를 해보겠다.

## 바벨탑의 언어 혼잡

대홍수가 끝나고 노아의 세 아들들로부터 다시 인류는 급속히 번성하기 시작했고, 그에 따라 문화도 발전해 나갔다. 오늘날 이라크 남부 평야지대인 시날 땅에는 니므롯이라는 힘 있는 용사가 나타나 사람들을 모아 왕국을 세웠다. 사람들이 도시를 세우고 자원이 몰려들면서 인간은 자기들의 힘으로 역사와 문화를 이끌어갈 수 있다고 확신하기 시작했고, 급속도로 인본주의가 싹트면서 인간 중심의 세계 질서 재편을 위한 야망이 하늘을 찌를 듯했다. 바벨탑 사건은 이러한 시대상황을 배경으로 한 것이다.

하나의 언어가 수많은 다른 방언들로 나타나게 되었다는 이야기를 하는 책은 세계문학 가운데 성서가 유일하다. 구약성서 창세기는 그 특이한 현상이 바벨탑 사건이라고 밝히고 있다. 창세기에 기록된 바벨탑 사건을 요약하면, 지금으로부터 5천 년이 채 안 된 때에 저 메소포타미아의 시날 평지에서 사람들이 하늘 높이 치솟는 계단식 탑을 쌓다가, 신의 개입으로 말이 혼잡해져서, 건설이 중단되고 지구 위 사방으로 뿔뿔이 흩어져, 수많은 방언들이 생겼다는 것이다. 인류에게 하나의 언어가 아닌 수많은 방언들이 있다는 것은 서로 말이 통하지 않는 세상이 되었다는 뜻이다.

바벨탑 사건은 대홍수가 그친 시점(기원전 2619)과 아브라함이 태어난 시점(기원전 2166) 사이에 일어난 게 분명지만, 그 시기가 언제인지는 추측에 의존할 수밖에 없다. 한 가지 유일한 단서는 창세기 10장 25절이다. "에벨은 두 아들을 낳고 하나의 이름을 벨렉이라 하였으니 그때에 세상이 나뉘었음이요"라는 내용이다. 이것은 바벨탑을 쌓아 흩어짐을 면해보려는 인간들이 신의 저지로 원대한 계획은 무산되고 언어들은 교란되어 지구 곳곳으로 흩어진 시기가 언제쯤인지 가늠해주는 매우 귀중한 정보다. 언어가 나뉘었다는 것은 민족적·지역적·정치적·문화적으로 구분이 생겨났다는 것을 의미한다. 이런 일이 벨렉이 살았던 시대에 일어났다는 것이다.

벨렉은 노아의 5대손이다. 그렇다면 벨렉이 살았던 시대가 언제인지를 알 필요가 있다. 벨렉은 239년을 살았는데, 이것은 창세기 연대표에 의하면 벨렉이 기원전 2417년에 태어나 2176년에 죽었다는 것을 말해준다. 벨렉은 대홍수가 끝나고 정확히 101년 후에 태어났다. 만일 벨렉이 태어났을 즈음 바벨탑 사건이 일어났다면 노아 홍수 이후 약 100년 동안에 메소포타미아 일대에 국한해 거주했던 당시 인류의 수는 만 명쯤 되었을 것이고, 200세쯤 된 노년에 바벨탑 사건이 일어났다면 50만 명쯤 되었을 것이다. 벨렉이 태어난 지 251년이 지나 인류 미래의 희망인 아브라함이 태어났다. 아브라함이 사용한 언어가 과연 무엇인지는 히브리어를 이해하는 데 굉장히 중요하다. 이에 대해 살펴보기 전 우리는 바벨탑 시대부터 아브라함이 갈대아 우르를 떠나기 전까지 메소포타미아 지역에서 사용한 언어가 무엇이었는가를 알아볼 필요가 있다.

## 태고사의 마지막 절망적 이야기—바벨탑 사건

천지를 창조한 신의 뜻은 사람들이 온 지구상에 퍼져 생육하고 번성하여 땅에 가득 차는 것이었다. 하늘의 별 같은, 바닷가의 모래알 같은 수많은 사람들이 한곳에 집결해 높은 탑을 건설한 것은 신의 뜻에 거슬리는 행위였다. 인간 스스로 삶의 품격을 떨어뜨리고 선한 의지를 거부하고 순수성을 경멸하는 행위—자기 수치의 거품을 쉴 새 없이 뿜는 바다의 거친 물결처럼 불만과 탐욕, 결핍과 도발에 탐닉하는 행위였던 것이다. 더욱이 인간이 신처럼 되려고 하고 이름을 내려는 것은 신에 대한 배반 행위나 마찬가지였다.

이렇게 바벨의 건설 현장은 문화와 종교가 인간성을 고양하게 하고 인간의 삶을 긍정적인 방향으로 작동하게 한 게 아니라, 인간성을 파괴하고 인간의 삶을 부정적인 방향으로 치닫게 했다. 즉 바벨의 건설 현장은 문화와 종교 그 자체를 파괴시키고 인본주의적 문화를 낳는 무지의 축도였던 것이다. 그 결과는 아이러니하게도 '재앙 아닌 재앙'이었다. 땅과 하늘을 잇는 거대한 탑 건축은 중단되고, 소통 수단인 통일 언어는 혼잡하게 되었으며, 한곳에서 똘똘 뭉쳐 살려고 했던 사람들은 지구 전역으로 뿔뿔이 흩어져야 했다. 그들을 흩뜨린 바벨의 건설 현장에는 세우다 만 엉성하고 모양 사나운 탑만이 휑뎅그렁하게 서 있어 후세 사람들에게 두고두고 조롱거리가 되었다. 그 처연한 모습은 훗날 그 탑을 본 사람들에게 인간이 신처럼 될 수 있다는 야욕이 얼마나 헛

되고 부질없는 것인가를 깨닫게 했다.

바벨탑 사건은 너무나 오래 전에 있었던 태고사이므로 신화에 불과하다는 의견들이 있지만, 이 이야기가 상당히 신뢰할 만한 근거들을 가지고 있다고 주장하는 언어학자들도 꽤 많이 있다는 사실은 성서를 진리로 받아들이는 사람들에게는 희소식이 아닐 수 없다. 아무튼 바벨탑 사건은 신비한 메시지로 가득해 이 사건을 어떻게 해석할지를 놓고 학자들마다 견해들이 분분하다. 이를테면, 인간의 오만과 그릇된 지식의 욕망에 대한 신의 심판, 인간의 교만한 몽상과 배역에 대한 신의 응징, 다양성을 추구하는 신의 의도의 표출, 신과 같이 되고자 하는 인간의 헛된 욕망의 무산 등이 그러한 견해들이다.

하지만 나는 바벨탑 사건에서도 인간을 향하신 신의 특별한 은총을 본다. 바벨탑 건설과 그 결과는 "생육하고 번성하여 땅에 충만하라"는 인류를 향한 창조주의 축복의 선언이 인간 역사의 현장에서 역설적으로 실현된 사건이다. 1세기 유대 역사가인 유세비우스의 눈에도 바벨탑 사건이 신의 심판이 아닌 신의 축복이라고 비쳐졌다. 바벨탑 사건을 인류의 다양한 문화적 차이라는 관점으로 접근하고 문명의 요람이라고 관찰했던 유세비우스의 안목은 실로 탁월하다.

바벨탑 사건을 인류 문화의 다양성의 동기와 신의 축복이라고 보는 필자와 같은 의견은 소수 의견이지만, 반갑게도 나와 같은 견해를 가진 신학자가 있다. 장신대학교의 하경택 교수다. 하 교수는 나보다 훨씬 젊지만 내 은사다. 그는 한 연구논문에서 바벨탑 사건의 의미에 대해 이런 의견을 내놨다.

"언어의 분화와 흩어짐은 단순히 저주나 징벌이 아니라 하나님의 축복이요 의도하심임을 알 수 있다. 하나님이 원하시는 세계는 하나의 말만 요구되는 획일적인 세계가 아니라 창조세계 안에서 각기 다른 말과 문화를 가지고 다양한 모습으로 사는 것이다. 그러한 의미에서 '바벨탑 이야기'는 21세기 현대인들이 고민하고 추구하는 '세방화'(glocalization)의 모습에 대한 중요한 시사점을 제공하고 있다."

바벨탑 사건은 희망보다는 절망으로 점철된 태고사의 마지막 이야기이다. 이 사건을 끝으로 이제부터 신은 인간을 절망적인 곤경으로부터 구출해 내기 위한 전혀 색다른 방식을 쓰실 것이다. 그렇다면 바벨탑 사건은 어리석은 인간에 대한 신의 심판이 아니라, 그러한 인간을 구원하기 위한 색다른 방식의 은혜의 전조라고 해야 할 것이다. 그것은 뜻밖에 지구 곳곳에 종족들이 흩어지고 그 종족들이 서로 다른 방언으로 말하기 시작했다는 것이다. 바벨탑 사건은 그래서 무모하고 교만한 인간에 대한 신의 변함없는 사랑의 표현인 것이다. 그 은혜의 동선을 따라가면 바벨탑이 세워졌던 곳으로 추정되는 이라크 남부의 갈대아 우르에 거주하는 아브라함을 만나게 된다.

# 인류 미래의 소망 아브라함이 사용한 언어는?

## 언어의 혼잡과 민족들의 대이동

성서는 벨렉이 살았던 때에 바벨탑 사건이 일어나 민족들이 지구 곳곳으로 이동하고 언어가 갈라졌다고 말하고 있다. 성서력에 의하면 벨렉은 기원전 2417년에 태어나 239년을 살고 2178년에 죽었다. 아브라함은 기원전 2166년에 태어났다. 만일 이 성서력이 정확하다면 벨렉은 아브라함이 태어나기 불과 12년 전에 죽었다는 계산이 나온다. 벨렉의 출생부터 아브라함의 출생까지는 6대에 걸쳐 251년이라는 세월이 흘렀다. 그 세월 동안 에덴의 언어는 어떤 형태로든 노아 이전 시대까지 이어져 왔을 것이고, 대홍수 이후에도 8명의 생존자들을 통해 에덴의 언어는 이어져 왔을 것이다. 대홍수 이전의 구세계와 대홍수 이후의 신세계에서 사용했던 언어는 전혀 새로운 언어가 아닌, 같은 언어였을 것은 의심의 여지가 없다.

노아는 자녀들을 늦게 봤다. 500세 때부터 셈, 함, 야벳을 낳았다고 한다. 노아의 아들들은 모두 대홍수 전 결혼을 했다. 홍수가 끝나고 이들에게서 난 70명의 자손들이 세 갈래로 민족들을 이루어 번성하기 시작했고, 약 200년 후 바벨탑 사건으로 언어가 혼돈되어 민족들이 중동 지역을 중심으로 지구 곳곳으로 흩어졌다. 야벳의 후손들은 서쪽으로 이동해 아나톨리아[14], 그리스, 스페인의 지중해 연안으로 갔다. 함의 후손들은 남쪽으로 아라비아와 이집트, 소말리아 해안으로 갔다. 셈의 후손들은 동쪽 메소포타미아[15]에 머물러 정착했다. 민족들이 흩어지면서 새로운 시대가 다시 열리고 새로운 역사가 다시 시작되었던 것이다. 그에 따라 민족들은 역사적 · 정치적 · 사회적 · 문화적으로 각기 다른 배경을 갖게 되었다.

## 인류 최초의 문자인 수메르의 쐐기문자

바벨탑 사건 이후 언어가 혼잡되고 민족들이 나뉘게 되면서 언어들도 더욱 분화되었다. 문자가 생긴 것도 이 무렵이다. 문자는 음성 언어를 기록하기 위한 상징체계이다. 이때에는 문자가 그림으로 의미를 전달하는 그림문자였다. 그것은 단어로 의미를 전달하는 표의문자나 상형문자 이전의 단계로서 원시 문자였다. 현재까지 알려진 바로는, 인류가 최초로 사용한 문자는 기원전 3500~3000년 메소포타미아의 수메르인들이 사용했던 쐐기문자이다. 갈대나 금속으로 만든 날카로운 철필로 점토 위에 새긴 문자의 선이 쐐기 모양 같다고 해서 이 고대의 문자를 쐐기문자라고 부른다. 세계 최초의 영웅담인 길가메시 서사시와 기원전 18세기의 함무라비 법전이 이 쐐기문자로 기록되었다.

쐐기는 한자로 설형楔形이라고 한다. 그래서 한자권에서는 쐐기문자를 설형문자楔形文字라고 한다. 설형문자는 그림문자에서 발달한 상형문자의 일종이다. 쐐기문자보다는 약간 늦은 시기에 만들어진 것으

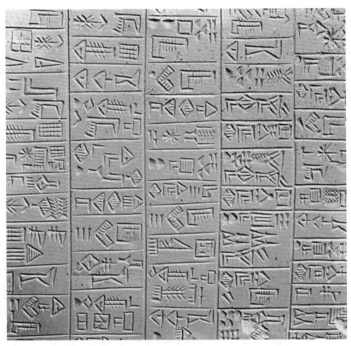

지금까지 발견된 인류 최초의 문자인 수메르어. 점토판에 갈대로 만든 예리한 철필로 새겼다고 해서 쐐기문자라고 한다. 기원전 3500~3000경부터 현대의 이라크 남부 지역인 고대 수메르 지역에서 사용했던 언어이다. 이스라엘의 족장인 아브라함이 맨 처음 사용했던 언어가 이 언어인 것으로 보인다.

로 보이는 이집트 문자도 상형문자다. 상형문자는 점점 발달해 음소를 표기할 수 있는 음절문자인 표음문자가 되었다. 엘람, 아카드, 히타이트, 바빌로니아, 앗시리아, 고대 페르시아 등 고대근동의 제국들은 모두 쐐기문자를 받아들여 자기들의 문자로 사용했다.

## 문자 히브리어의 출현

자, 우리의 관심은 늘 히브리어에 있다. 그렇다면 문자 히브리어는 언제부터 나타났다는 걸까? 문자 히브리어는 음성 히브리어의 표음이므로 양자는 불가분의 관계에 있다. 그래서 음성 히브리어에 대해 알아보기 전, 여기서 잠시 문자 히브리어의 기원에 대해 살펴보자.

히브리어는 이스라엘 민족이 왕정 국가를 세운 기원전 1000년 무렵 단일 민족국가인 이스라엘의 국어로 사용한 언어라는 것은 의심의 여지가 없다. 언어란 어느 한 순간 금방 출현하는 것은 아니다. 그것은 장구한 세월 동안 같은 문화권에서 사는 사람들로 이루어진 공동체에서 체계화된 의사소통의 수단이다. 그런 점에서 이스라엘의 공용어인 히브리어의 출현은 왕정 이스라엘보다 시대를 한참 거슬러 올라간 때였을 것이다. 그것은 아마도 왕정이 출현하기 이전 시대인 300년 동안 지속된 사사 시대였거나, 아니면 그보다 더 앞선 시대인 모세 시대 때나, 모세 시대 때도 아니라면 그보다 훨씬 더 앞선 시대인 족장 시대로까지 거슬러 올라갈 수도 있다.

앞서 우리는 모세가 시내 산에서 신으로부터 받았다는 십계명이 새겨진 두 돌판에 대한 이야기를 나눴다. 십계명은 신께서 직접 쓰신 것이다. 성서에 의하면 모세는 십계명과 함께 언약서를 낭독했다고 한다. 그렇다면 돌판과 언약의 책에 쓰인 문자는 문자 히브리어 말고는 다른 문자일 가능성은 거의 희박하다. 모세가 시내 산에서 십계명을 받았던 때는 기원전 1445년에 일어난 일이다. 만일 이 시기에 사용된 히브리어가 현재 우리가 읽고 있는 히브리어 성서에 나오는 문자와 같은 것이라면, 그것은 현대 히브리어 문자인 정방형의 히브리어와 구별되는 문자였을 것이다. 하지만 현대 히브리어처럼 모세 시대의 히브리어 알파벳도 22개로 구성되어 있었고, 알파벳 이름들도 현재와 같았을 것이다. 기원전 15세기의 모세 시대 때부터 기원전 6세기 이스라엘이 멸망할 때까지 초기 히브리어는 다른 언어에 별다른 영향을 받지 않고 비교적 안정적인 면모를 보여주었다.

초기 히브리어 알파벳은 히브리 민족의 출현과 동떨어져서는 생각해볼 수 없다. 초기 히브리어 알파벳은 북부 셈어 알파벳, 특히 초기 페니키아어와 초기 아람어와 매우 깊은 관련이 있다. 페니키아 문자는 원시 가나안 문자에서 나온 음소문자이다. 그리스 문자를 비롯해 아랍 문자, 로마자, 키릴 문자 등이 페니키아 문자에서 온 것이다. 그렇다면 초기 가나안 문자는 초기 히브리어 알파벳의 원형이었을 가능성이 높다. 아브라함이 신의 부름을 받아 아내 사라와 함께 가나안에 들어왔을 때(성서력으로 기원전 2091) 만일 함의 후손들인 가나안 사람들이 문자를 갖고 있었다면 아마 틀림없이 아브라함은 가나안 말과 함께 가나안 문자도 깨우쳤을 것이다. 하지만 고고학적으로 발견된 비문은 가나안어가 빨라야 기원전 16세기경의 것으로 판명되어 성서의 기록과는 다소 차이가 난다.

## 음성 히브리어—어쩌면 모든 언어들의 조상일지 몰라

이스라엘 족장들이 히브리어 문자를 사용하지 않았더라도 음성 언어로서의 히브리어의 출현은 바벨탑 사건 때보다 훨씬 이전인 에덴에까지 거슬러 올라간다. 히브리어는 어쩌면 모든 언어의 조상이었는지 모른다. 지구상에 존재했거나 존재하는 모든 언어들은 히브리어에서 유래되었다는 것이다. 이것은 필자의 사적인 견해가 아니라, 바벨탑 사건이 일어나기 전 "온 땅의 언어가 하나요 말이 하나였다"는 성서에 근거한 것이다. 바벨탑 현장에서 한 언어가 각기 다른 언어들로 갈라졌을 때 히브리어는 바벨탑 사건과는 무관하게 원래의 순수한 형태를 간직했을 수도 있다. 왜냐하면 바벨탑 건설 현장에 셈의 후손들이 모두 다 오지 않았으리라는 추정은 얼마든지 가능하기 때문이다. 설혹 메소포타미아의 바벨에 모든 사람들이 다 모였다고 하더라도 언어가 갈라졌을 때 셈의 하나님은 셈의 후손들이 사용하는 언어는 그대로 존속시켰을지도 모른다. 둘 다 가능한 선택지이다.

만일 셈의 후손들이 사용하는 언어, 즉 셈어가 바벨탑 건설 현장에서의 언어 혼란 상황에서 신의 특별한 은총으로 비껴갔다면 그것은 틀림없이 에덴으로부터 기원한 신성한 언어였거나 신성한 언어의 자취였을 것이다. 셈의 후손들이 사용했던 언어는 셈이 사용했던 바로 그 언어였고, 셈이 사용했던 언어는 아담이 사용했던 바로 그 언어, 곧 인류의 유일한 원래 언어인 '에덴의 언어'였다. 그 언어는 아브라함부터 시작되는 히브리인들이 바통을 건네받아 한 언어의 형태로 혹은 언어의 진한 자취로 세대를 따라 이어져 왔다. 이런 추측이 만일 맞는다면 신은 에덴의 언어를 보존하길 원하셨던 게 분명하다. 신은 그 언어가 선택 받은 사람들이 사용하길 원했고, 인간과 세상을 향한 자신의 뜻을 기록한 성서의 서체가 되길 원했고, 먼 훗날 태어날 메시아의 언어가 되길 원했으며, 종말의 시대에 천상의 언어가 되길 원하셨다!

### 인터내셔널 맨 아브라함—6개 국어를 알았다고?

우리가 읽는 구약성서는 원래는 히브리어로 써진 것이다. 구약성서가 히브리어 문자로 쓰였다고 해서 기독교인들은 이 경전을 '히브리 구약성서' 혹은 '히브리 성서'라고 부른다. 히브리 성서는 히브리어(Hebrew)로 기록된 유대인의 경전이면서 동시에 기독교의 경전이다. 오늘날 유대인들은 히브리 성서를 '타나크'(Tanak)[16]라고 부른다. 구약성서는 헬라어, 라틴어, 영어 등으로 번역되어 우리나라에 들어왔다. 우리는 대한민국의 공용어인 한국어로 된 한글 성경을 읽고 있다.

구약성서를 읽을 때 우리는 가끔 고대 이스라엘 족장들의 언어는 무엇이었을까 하는 생각이 들 때가 있다. 이것은 지극히 자연스러운 지적이고 영적인 생각의 발로이다. 성경에 나와 있는 고대 이스라엘 족장들은 아브라함-이삭-야곱으로 이어지는 3세대이다. 야곱의 11번째 아들인 요셉은 족장은 아니지만, 그의 역할이 매우 컸다는 점에서 전통적으로 기독교는 요셉을 족장의 범주에 포함시켜온 게 관례처럼 되었다.

히브리 성서는 히브리어 문자로 기록되었으므로 히브리인들의 언어가 히브리어였다는 것은 명약관화한 사실이다. 성서는 아브라함이 히브리인이었고, 아브라함의 3대손인 요셉도 히브리인이었다고 밝히고 있다. 그렇다면 상상력을 크게 동원하지 않더라도 아브라함이 히브리어나 혹은 히브리어의 모어를 알고 있었을 것이란 생각은 지나친 상상이 아니다.

아브라함의 고향은 오늘날 이라크 남부에 자리 잡은 갈대아 우르였다. 성경에는 아브라함의 조상들이 언제부터 갈대아 우르에서 살았는지 언급이 없다. 확실한 것은, 아브라함의 아버지 데라가 이 고대 도시에 둥지를 틀고 생업을 영위한 것을 보면, 갈대아 우르는 아브라함의 선조들이 진작부터 대를 이어 살아온 본향이었을 것이다. 전승에 의하면 아브라함의 아버지 데라는 달신(Nannar)을 섬겼으며 신발을 만들어 시장에 내다 판 수입으로 생계를 꾸려 나갔고, 아브라함은 부친의 일을 거들어 주며 우산을 만드는 일에 종사했다고 한다.

우르(Ur)는 인류 최초의 문명으로 알려진 메소포타미아 지역의 남부에서 발흥한 수메르 문명 시기에 세워진 도시였다. 비옥한 이곳에 수메르인들이 몰려들기 시작한 것은 기원전 3500년경부터였다. 유프라테스 강과 티그리스 강이 페르시아 만으로 흘러들어가는 하구에 위치한 이 도시는 기원전 30세기 무렵 도시 형태를 띠면서 발전하기 시작해, 기원전 26세기 무렵부터 큰 도시를 형성하며 찬란한 문명을 꽃피웠다. 수메르의 수도 우르는 바벨론이 통치하는 수백 년 동안은 평화를 구가했다. 하지만 기원전 2350년경 수메르는 북쪽에서 남하한 유목민인 아카드[17]의 사르곤 1세에게 정복되었다. 종전까지 수메르어를 사용했던 우르인들은 이때부터 아카드어를 사용했다. 아카드어는 최초의 셈어다. 아카드어는 앗시리아인들[18]과 바빌로니아인[19]들이 사용한 언어로 발전했다. 아카드어는 점토판에 쐐기 문자로 썼기 때문에 고고학적인 발굴을 통해 수많은 유물들이 발견될 수 있었다. 3만여 점에 달하는 이 어마어마한 점토판들은 니느웨의 앗수르바니팔 도서관에 보관돼 있다. 아카드 통일 왕국은 오래 가지 못했다. 아카드는 수메르를 통치한 지 100여년 후 코카서스에서 내려온 구티족에게 멸망당했다.

아카드 지배 체제는 갈수록 약화되어 수메르는 여러 도시 국가로 나뉘게 되었다. 수메르는 우르 제3왕조 시대(기원전 2112~2004)에 반짝 부흥을 했다가 엘람인의 침입으로 역사의 무대에서 사라지려는 운명에 처했다. 그때부터 수메르는 메소포타미아 서쪽에서 남동쪽으로 이동한 아모리인의 영향권 안에 들어갔다. 아모리인들에 의해 통일된 메소포타미아는 기원전 2100년경부터 청동기 시대로 접어들게 되었다. 이후 수메르는 기원전 1730년 바벨론의 함무라비 왕이 국력을 신장하면서 역사의 무대에서 완전히 사라졌다. 수메르가 수도로 삼았던 우르는 훗날 갈대아인들이 신바벨론 제국을 세운 이후 '갈대아 우르'로 불렸다. 우르는 아브라함이 살던 당시에 가장 번영했던 고대도시였다.

아브라함이 신의 부름을 받아 우르를 떠나기 전 초기 생애는 이러한 시대적인 배경이 있다. 성서력에 따르면 아브라함은 기원전 2166년에 태어났다. 아브라함은 175년을 살고 기원전 1991년에 죽었다. 이 연대가 정확하다면, 아브라함은 메소포타미아의 전통적인 언어인 수메르어도 알고 셈어인 아카드어도 알았을 것이다. 일반사가 보여주는 메소포타미아의 이러한 정황은 이스라엘의 족장들이 히브리어를 사용했을 가능성을 암시하는 성서의 정황과 사뭇 일치한다.

아브라함은 갈대아 우르에 살았을 때는 수메르어와 아카드어를 능숙하게 했을 것이다. 아브라함이 장가를 든 나이가 몇 살이었는지 성경은 알려주지 않는다. 아브라함은 신이 지시하는 땅(가나안)으로 이주하라는 명령에 즉각 순종해 아내 사라와 조카 롯을 데리고 정든 우르를 떠났다. 필자의 추측으론, 그때 아브라함의 나이가 아마 60세가 조금 넘었지 않나 싶다. 갈대아 우르를 떠난 아브라함은 가나안에 들어오기 전 밧단 아람의 하란에 머물렀다. 그가 하란에 체류한 기간은 최소한 10년은 넘었을 것이다. 하란은 메소포타미아의 고대 언어인 아람어와 수메르어, 아카드어가 혼재하는 국제도시였다. 아브라함이 10년 이상 하란에 머물렀다면 그는 틀림없이 3개 언어를 알았을 것이다.

아브라함은 75세 때 가나안에 들어왔다. 그가 가나안에 들어왔을 때 그 땅에는 가나안 사람들이 거주하고 있었다. 가나안 사람들이 사용하는 언어는 히브리어와 어순과 문법이 비슷한 언어다. 구약성서 창세기는 아브라함이 가나안에 살면서 가나안 방언을 사용하며 의사소통을 했던 것으로 여러 곳에서 알려주고 있다. 아브라함이 메소포타미아와 가나안에서 살았을 때 히브리어가 있었는지는 성서에는 잘 나타나 있지 않지만, 여러 정황들을 종합해보면 히브리어는 독자적으로 셈의 후손들에게 그 흔적이 있는 채로 내려왔을 것이다. 그러면서 히브리어는 주변의 동족 언어들과 어울려 지내면서 점차 하나의 셈어 계통의 주된 하나의 언어로 자리 잡아 갔을 것이다.

이러한 히브리어의 다채로운 변천 과정에서 아브라함이 갖고 있는 위치는 대단히 중요하다고 생각한다. 창세기 기자가 알려주는 아브라함은 지적이고, 인품이 좋고, 사업 수완이 있는 데다, 리더십이 출중한 사람이다. 그러기에 그의 주변에는 늘 많은 추종자와 식객들이 따랐다. 그가 하란에서 가나안으로 왔을 때 그를 따르고 싶은 수십 명의 추종자들도 함께 내려 왔을 것이다. 가나안 거주 초기에 장정 318명을 거느리고 포로로 잡힌 조카 롯을 구한 사건이 그것을 증명한다. 이런 정황들을 감안하면, 아브라함은 아람어를 구사하는 꽤 많은 사람들과 함께 가나안에서 생활했다는 것을 확인할 수 있다. 그렇다면 아브라함과 그의 주변 사람들이 메소포타미아에서 사용했던 수메르어, 아카드어, 아람어는 모압어, 암몬어, 에돔어 등 가나안의 셈어들과 크고 작은 접촉을 하면서 히브리어 문자를 태동하게 하였을 공산이 매우 높다고 하겠다.

아브라함은 가나안에 오자마자 기근이 들어 이집트에 가서 수년 동안 머문 적이 있다. 그렇다면 아브라함은 이집트어도 어느 정도는 알았을 것이다. 이집트어도 히브리어, 아람어와 함께 셈어파에 속하는 언어다. 하지만 아무래도 아브라함이 주로 사용했던 언어는 아람어와 히브리어였을 것이다. 아브라함이 만일 아람어와 히브리어를 사용했다면 그 아들 이삭도 아람어와 히브리어를 사용했을 것이다. 그리고 이삭의 아들인 야곱도 그러했을 것이다. 성서는 야곱이 아람어를 했을 것이라는 사실을 알려준다. 야곱은 형의 복수를 피해 가나안의 남쪽 지방인 브엘라해로이에서 삼촌이 살고 있는 밧단 아람의 하란(오늘의 터키)으로 도망쳤다. 그는 우물에서 사촌 여동생인 라헬에게 한눈에 반해 아리따운 라헬과 들뜬 마음으로 장시간 동안 이런저런 대화를 나눴다. 그 대화 자리에 통역사가 옆에 있었다는 말은 성서 안에서 눈을 씻고도 찾아볼 수 없다. 그때 야곱은 아람어로 더듬거리며 겨우 말했는지는 몰라도, 20년 후에는 능숙하게 아람어를 구사했을 것이다. 그는 삼촌이 붙들어놓아 하란에서 20년 동안 살았다.

야곱이 아람어에 능숙했다는 사실은 창세기 기자가 증거하고 있다. 야곱은 화가 잔뜩 오른 삼촌 라반을 피하려고 가족들을 데리고 길을 재촉해 하란으로부터 480km 떨어진 길르앗 산까지 왔다. 그 먼 거리를 열흘 동안에 황급히 온 걸 보면 야곱이 얼마나 긴박했는지를 알게 한다. 야곱 일행은 이제 거기서 조금만 더 달아나면 얍복 강이 나오고, 그 얍복 강을 건너면 가나안 땅의 세겜 산이 바라보이는 요단 맞은편에 당도한다. 그 벅찬 감격을 채 맛보기 전 야곱과 그의 일행은 빠르게 추적해 온 라반 일행과 길르앗 산에서 딱 조우해야만 했다. 한 동안 갈등과 소란이 있은 후 야곱과 라반은 화해를 했다. 두 사람은 앞으로 사이좋게 지내자는 약속을 하고, 그 증거로 '증거의 돌무더기'를 쌓았다. 라반은 그 돌무더기를 아람어로 '여갈사하두다'라고 불렀고, 야곱은 히브리어로 '갈르엣'이라고 불렀다. 이 지점에서 우리는 야곱 시대 사람들이 일상 언어로 주로 사용한 두 언어는 아람어와 히브리어라는 사실이라는 것과, 훗날 히브리인들의 공용어인 히브리어의 정체성이 이때부터 자리매김한 것을 확인할 수 있다.

야곱의 아들인 요셉은 17살 때 형들의 미움을 받아 상인들에게 팔려 애굽에 내려왔다. 요셉은 30살 되던 해에 애굽의 총리대신이 되었다. 머리가 좋은 요셉은 이집트어를 유창하게 했을 것이다. 가나안에 기근이 들자 요셉의 형제들은 식량을 사려고 이집트에 내려왔다. 요셉이 이집트에 내려 온 지 22년 후였다. 요셉의 형제들은 요셉에게 호된 심문을 받았다. 그때 요셉의 형제들이 사용한 언어는 가나안어나 아람어나 히브리어 중 어느 하나였을 것이다. 요셉은 형제들이 주고받는 말들을 훤히 알아들었지만, 형제들이 자기를 쉽게 알아볼까봐 일부러 통역관을 세웠다. 이스라엘 민족은 이집트에서 430년을 살았다. 그 긴 세월 동안 이스라엘 사람들은 현지어인 이집트어와 함께 조상들의 언어인 히브리어도 사용했을 것이다. 히브리어는 아마도 수많은 민족 단위로 번성한 이집트에서 히브리인들의 공용어이었는지도 모른다.

여기서 우리는 분명한 사실을 알게 된다. 아브라함이 메소포타미아에서 살았을 때는 수메르어와 아카드어를 사용했고, 하란에 살았을 때는 아람어를 사용했고, 가나안에 살았을 때는 아람어와 가나안어를 사용했고, 이집트에 살았을 때는 이집트어를 약간은 말할 수 있었다는 사실 말이다. 아브라함은 이런 굴곡진 삶의 여정에서 어떤 형태로든 히브리어를 알게 되었고, 또 부분적으로나마 히브리어를 사용했을 가능성은 얼마든지 있다. 결국 아브라함은 6개 언어를 말할 수 있었다! 그중 몇 개 언어는 구사 능력이 수준급은 아니었을지는 몰라도 …. 이런 결론은 일반 역사와 구속사의 여러 정황에 비추어 지극히 합리적인 생각이라고 할 것이다. 아브라함이 여러 언어들을 할 수 있었던 것은 근동의 여러 나라들을 돌아다녔기에 가능했다. 기원전 21-20세기를 살았던 아브라함은 그 당시에 참으로 보기 드문 '인터내셔널 맨'(International man, 국제인)이었다고 할 것이다. 놀랍지 않은가?

# 문자 히브리어의 변천

## 모세 시대부터 기원전까지

우리는 지금까지 음성 히브리어가 에덴에서부터 기원해 노아 시대의 대홍수와 바벨탑 사건을 거쳐 이스라엘의 족장들과 그의 후손들인 이스라엘 자손들의 언어로 이어져 내려왔다는 것을 살펴봤다. 그러면 문자로 된 히브리어는 언제부터 나타났을까? 앞에서도 언급했듯이 히브리어 문자는 구약성서를 떠나서는 생각할 수 없다. 구약성서가 히브리어로 기록되어 있기 때문이다. 그렇다면 구약성서가 언제 기록되었는지 알아야 하지 않겠나? 24권으로 구성된 히브리 성서의 작성 시기를 모두 다 알 필요는 없다. 가장 먼저 기록된 '모세오경'의 작성 시기를 알면 충분하니까.

모세오경은 모세가 썼다는 창세기, 출애굽기, 레위기, 민수기, 신명기 다섯 권이다. 그래서 종교 개혁의 기수 마틴 루터는 이 다섯 권의 책을 '모세의 다섯 권의 책들'(The Books of Moses)이라고 이름 붙여 주었다. 오경을 영어권에서는 '펜타튜크'(Pentateuch)라고 부른다. 이것은 그리스어로 다섯을 뜻하는 '펜타'(penta)와 파피루스 두루마리를 뜻하는 '튜코스'(teuchos)가 결합하여 생긴 용어이다. 이것은 구약성서의 가장 첫 부분이며 권위적인 다섯 권의 책들이 모세라는 한 저자에 의해 쓰였다는 기독교의 확신을 반영한다.

전통적인 기독교인들의 확신대로 오경을 만일 모세가 썼다면 그 시기는 기원전 1445년부터 약 40년 동안이다. 출애굽 사건을 늦은 연대로 잡더라도 오경이 기록된 시기는 기원전 1300-1200년이 될 것이다. 하지만 히브리어 문자는 모세가 오경을 기록했던 때보다 훨씬 이전에 출현했을 가능성이 있다. 이것은 가나안 사람들이 원시 알파벳을 기원전 2000년경부터 사용한 고고학적인 여러 발견들이 나왔기 때문이다. 학자들은 고대 팔레스타인에서 맨 처음 나타난 알파벳 문자가 페니키아어라고 보고 있다. 히브리어는 이 페니키아어에서 분파된 언어라는 것이다. 구약성서 사사기나 이사야서 등에는 히브리어가 가나안 방언과 섞여 쓴 언어라는 점도 히브리어가 족장시대 때부터 부분적으로 사용된 언어였다는 사실을 방증해준다.

남북으로 분열된 이스라엘은 먼저 북 왕국이 앗수르에게 멸망되고 (기원전 722), 남 왕국 유다가 바벨론에게 멸망(기원전 587년)되면서 음성 히브리어도 문자 히브리어도 점차 사라져 갔다. 이스라엘 사람들의 바벨론으로의 이주는 이스라엘 특유의 문화를 크게 뒤바꿔놓았다. 그들이 사용하던 공용어인 히브리어는 점차 국제어인 아람어로 대체되었다. 성서에 의하면, 포로에서 풀려난 이스라엘 사람들이 고토에 돌아왔을 때는 대부분 모국어인 히브리어를 잊고 아람어를 하거나 가나안의 아스돗 방언을 했다고 한다. 히브리어는 이스라엘이 페르시아와 로마의 통치를 받으면서 이스라엘 민중에게 더욱 잊혀 갔다. 히브리어는 회당의 성서 낭독이나 문학에서나 쓰일 뿐 일상 언어로는 아람어에 크게 밀렸다.

## 예수님의 외국어 실력-3개 언어 구사?

예수님이 사역을 하시면서 사용한 언어가 무엇인가 하는 것도 호기심을 일으키는 질문이다. 이것은 1세기 팔레스타인 상황을 알면 어느 정도 해답을 얻을 수 있다. 1세기 팔레스타인에서 사용한 공용어는 아람어였다. 아람어는 당시 근동의 국제어였다. 히브리어는 아람어와 같은 셈어라서 아람어에 쉽게 동화될 수 있었다.

그렇다면 예수님은 그 시대 유대인들의 공용어인 아람어를 제1언어로 사용하셨을 것이다. 예수님이 주로 사용하신 언어가 아람어라는 사실은 신약성서의 사복음서의 증언으로 분명해진다. 예수님이 죽은 소녀를 살리실 때 "달리다굼"[20]이라고 했다거나, 십자가에 못 박혀 운명하실 때 "엘리 엘리 라마 사박다니"[21]라고 했다는 것은 예수님의 제1언어가 아람어라는 것을 확인해 준다.

다음으로 예수님은 그리스어도 유창하지는 않더라도 웬만큼 구사하셨을 것이다. 1세기 팔레스타인은 헬라 문화에 강한 영향을 받았다. 일반 역사와 신약성서는 팔레스타인을 포함한 지중해 연안 전역이 헬라 문화권에 둘러싸여 있었다는 것을 알려 준다. 이것은 헬라어가 국제어로 자리 잡았다는 것을 알려 준다. 그 당시 헬라어는 대중이 사용한 코이네 헬라어(Koine Greek)였다. 신약성서에는 예수님이 헬라어로 대화를 한 것으로 보이는 몇몇 장면들이 나온다. 이를테면 헬라 사람인

백부장과의 대화, 수로보니게 여인과의 대화, 요단 동편의 데가볼리 주민들과의 대화, 유대 총독인 빌라도와의 대화 등이 그러한 사례들이다. 이런 장면과 정황 등을 근거로 유추하면 예수님은 주어진 상황에 따라 헬라어를 적절하게 사용하며 헬라어로 의사소통을 하고 대중에게 가르치셨던 게 분명하다.

다음으로 예수님은 히브리어도 하셨을까 하는 호기심이다. 결론부터 말하면 예수님은 히브리어 문자를 잘 아셨고, 그 히브리어로 말씀하셨다. 예수님은 구약성서에 통달하셨다. 당대에 학식 있는 자들도 해박한 지식을 가진 예수님을 당해 내지 못했다. 그 당시 예수님은 랍비 중의 랍비이셨다. 그는 인류를 구원하실 메시아이셨다. 예수님은 사람들에게 천국의 비밀을 선포하고 그 천국 백성으로서의 마땅한 삶이 무엇인지를 가르치시고, 약한 자들을 고치시려고 열심히 사역을 시작하셨다. 예수님은 고향인 나사렛 사람들 앞에서 구약성서의 이사야를 펴들고 낭랑한 목소리로 이렇게 낭독했다고 누가복음을 기록한 누가는 증거한다.

"주의 성령이 내게 임하셨으니 이는 가난한 자에게 복음을 전하게 하시려고 내게 기름을 부으시고 나를 보내사 포로 된 자에게 자유를´ 눈먼 자에게 다시 보게 함을 전파하며 눌린 자를 자유롭게 하고"_눅 4:18

이런 정황들로 미루어 예수님은 일반 민중은 잘 사용하지 않은 히브리어를 곧잘 즐겨 사용하신 것을 알 수 있다. 예수님 당시 팔레스타인에는 여러 언어들이 공존했다. 디아스포라 유대인들은 거주지 언어에 동화되면서 히브리어는 거의 잊혀 갔지만, 팔레스타인에서는 농촌에서 사는 사람들이나 유대교에 몸담고 있는 일부 사람들은 히브리어를 간간히 사용했다.

1세기 팔레스타인 상황은 히브리어가 아람어와 거의 동일시되는 언어였다는 것을 보여준다. 이것은 아람어가 근동에서 널리 통용되는 국제어였을 뿐 아니라. 히브리어와 매우 가까운 '사촌 언어'였기 때문이다. 예수님을 못 박은 십자가 위에 붙은 패에는 메시아를 모욕하는 "나사렛 예수 유대인의 왕"이라고 써 있었는데, 그것은 히브리 말과 로마 말과 헬라 말 3개 국어로 죄명이 기록되었다고 성서는 전하고 있다. 여기서 히브리 말은 아람어를 가리킨다. 이것을 보더라도 당시 아람어는 명맥뿐인 히브리어를 대신하는 용어였던 것으로 보인다. 당시 팔레스타인 유대인들은 아무래도 근동의 공통어인 아람어를 가장 많이 사용하고, 그 다음에는 그리스어를, 그 다음에는 라틴어를 사용했을 것이다. 라틴어는 로마의 관리들과 군인들이 사용하는 언어였다. 아마도 예수님은 라틴어는 잘 모르셨을 것이다.

### 후기 히브리어-랍비들만 사용한 히브리어

일반 민중에게 겨우 명맥만 유지해 온 히브리어는 서기 70년 로마

군단에 의해 성전이 파괴되고 예루살렘이 함락되면서 1,500년 관록의 존재감이 급격히 사라질 운명에 처하게 되었다. 유대인들은 지중해 연안 이곳저곳에 뿔뿔이 흩어져야 했고, 그에 따라 히브리어도 자취를 감추게 되었던 것이다. 그럼에도 히브리어는 소수의 사람들에 의해 보존되었다. 그런 경향은 로마가 그리스를 멸망시키고 지중해의 명실상부한 패권국이 되었던 기원전 1세기부터 나타났다고 해야 할 것이다. 이렇게 기원전 1세기부터 서기 3세기까지 소수의 유대인들이 사용한 히브리어를 편의상 '후기 히브리어'라고 부르기도 하고, 이를 주로 랍비들이 사용했다고 해서 '랍비 히브리어'라고도 부른다. 랍비 히브리어는 문학작품에서 많이 사용되었다. 구약성서의 율법을 주석한 미쉬나나 미드라시 같은 랍비 문헌들이 이때 나왔다.

### 중세 히브리어

히브리어는 10-13세기 중세 시대에 들어와서도 유대 문화와 성서, 그리고 성서의 주석들을 디아스포라 유대인들과 그들의 후손들에게 전달하는 중요한 매개체의 역할을 담당하며 간신히 명맥을 유지했다. 몇몇 유대인들은 히브리 문학을 놀랄 만큼 발전시켰다. 유대인들은 유럽의 과학문명과 이슬람 문명의 가교를 놓았다. 이처럼 중세 시대에 히브리어는 유대인들의 철학 사상과 문학, 의학, 과학의 발달과 함께 그명맥을 겨우 이어 갔던 것이다.

## 현대 히브리어

고전 히브리어는 유대교의 언어로서 성서 연구, 종교 의식, 기도 등에만 사용되며 세계 도처에 흩어져 있는 유대인들을 소통하게 하는 끈이었다. 사실상 고전 히브리어는 소멸된 거나 마찬가지였을 정도로 히브리어는 종교나 학술에 극히 제한적으로만 명맥을 유지했던 것이다.

그러던 차에 극적으로 히브리어가 부활하게 되는 분위기가 차츰 조성되기 시작했다. 18세기에 들어와 유럽에서는 유대인들의 개화 운동이 일어나기 시작하고, 19세기에는 유대주의 운동이 싹트면서 유대적인 것들을 되찾고 잃어버린 고토를 회복하자는 시온이즘(Zionism)이 일어났다. 현대 히브리어는 이런 배경에서 태어난 것이다. 현대 히브리어는 고전 히브리어를 모방한 언어이다.

현대 히브리어를 탄생시킨 사람은 벤 예후다(Ben Yehuda, 1858-1922)라는 언어학자였다. 러시아에서 태어난 벤 예후다는 어릴 때부터 히브리어에 관심을 갖게 되었는데, 그러한 관심은 프랑스에 유학하면서 사멸한 히브리어를 한 국가의 언어로 부활시키는 게 실현 가능하다는 확신을 갖게 되었다. 그는 그 꿈을 실현하기 위해 1881년 팔레스타인으로 이주해 예루살렘에 정착하면서 연구에 연구를 거듭해 마침내 현대 히브리어를 창안해 냈다.

벤 예후다가 세상을 떠난 26년 후 유대인들은 팔레스타인에 나라를 세웠다. 1948년 5월 14일의 일이다. 이날 야곱의 후손인 이스라엘 사람들은 나라를 잃은 지 2,534년 만에 팔레스타인 지구를 이스라엘의 새로운 유태인의 영토이자 이스라엘 왕국과 유다 왕국을 계승한 국가로 선포했다. 예루살렘 성전 파괴가 서기 70년이었으니, 그로부터 실로 1,878년 만의 일이다. 그들은 국호를 '이스라엘'이라고 했다. 야곱이 얍복 강 나루터에서 천사와 씨름을 한 후 받았다는 그 이스라엘 말이다. 실로 3,700년도 넘은 저 옛날 천사에게서 받았다는 영예로운 이름이다. 유대인들은 벤 예후다가 창안한 현대 히브리어를 나라의 공용어로 삼았다.

## 히브리어는 천국의 언어일까?

### 에덴의 언어의 회복, 가능할까?

인류는 원래 오직 하나의 언어를 사용했다. 언어가 하나라는 것은 언어 계통이 하나라는 뜻이다. 이것은 땅 위에 사는 사람들의 입술이 같은 발음, 같은 뜻으로 서로 의사소통을 했다는 것을 말해준다. 같은 발음으로 말을 했으므로 방언이나 사투리는 개입할 여지가 없었다. 그러던 언어에 급격한 혼란이 일어났다. 바벨탑 사건 때문이었다. 바벨탑 사건을 계기로 하나의 언어는 여러 개의 언어로 갈라졌다. 언어의 혼란으로 인해 사람들은 서로 오해하고 불신하고 싸움질했다. 이게 인간의 역사, 인류의 역사이다.

언어의 혼란은 신의 뜻이 아니다. 그것은 세계와 역사의 주도권을 쥐려는 인간 욕망의 부득이한 결과다. 지구상에는 수많은 언어들이 생겼다가 사라졌다. 교통과 통신이 고도로 발달한 21세기 상황에서도 현재 언어들은 7,000개나 있다고 한다. 우리들 한국인은 영어를 배우느라 얼마나 골치가 지끈거렸는가? 고고학자들은 발견한 유물을 어떻게 해석해야 할지 몰라 진땀을 뻘뻘 흘리고 있다. 그동안 많은 선각자들이 세계 평화와 인류 번영을 위해 모든 사람들이 알아들을 수 있는 만국 공통어를 만들어보려고 갖은 애를 썼다. 에스페란토(Esperanto) 같은 인공어가 그런 바람의 결과다. 하지만 인공어는 별 효과가 없는 것으로 드러났다.

인간이 영광스러운 존재란 사실은 인간이 신처럼 '말'을 하고 있다는 데서 더욱 실감한다. 언어는 신이 인류에게 주신 크나큰 선물이다. 완전한 언어는 최초의 인간인 아담과 하와가 아름답고 신성한 에덴동산에서 사용했던 언어다. 그 언어는 바벨탑 사건 이전까지 사람들이 사용했던 공용어였다. 그 언어의 흔적은 지상의 여러 언어들에 남아 있을 것이다. 우리는 그 언어의 온전한 회복을 희구하고 있다. 그렇다면 언어가 하나로 통합되는 날이 올까? 이 우주와 우주의 물리적이고 연대기적인 크로노스의 시간의 종말을 고하고 기회와 행운의 카이로스의 시간이 도래하는 그때일까? 과연 인류는 에덴에서처럼 하나의 언어만 사용할 수 있을까?

## 에덴의 언어—천국의 언어일까?

성서는 인류가 하나의 언어를 사용할 수 있다는 가능성이 있다고 시사한다. 놀랍게도 역사적으로 그런 일이 있었다. 2,000년 전 예루살렘의 오순절 현장에서였다. 신약성서 사도행전에 따르면, 예수께서 승천하신 후 10일 후인 오순절날 예수를 따르는 120명이 예루살렘의 한 집에 모여 간절히 기도했다. 그때 하늘로부터 급하고 강한 바람 소리가 나고 하늘의 바람이 집안에 가득 찼다. 그 순간 불의 혀 같은 것이 사람들의 머리 위에 있으면서 사람들이 각기 여러 언어들로 말을 했다는 것이다. 서로 알아듣지 못한 언어들이 알아들을 수 있는 하나의 언어로 통일되었던 것이다. 종말에 일어날 일들과 도래할 천국에 대해 예언하는 요한계시록도 하늘나라에서는 허다한 천국 시민들이 같은 말을 하는 것처럼 묘사하고 있다.

기독교인들은 저 하늘 어딘가에 하나님의 나라인 천국이 있다고 믿는다. 천국이 있다면 천국에서 소통되는 언어가 있을 것이다. 그것은 땅의 언어와 전혀 반대되는 하늘의 언어, 곧 파라다이스어이다. 천국의 언어는 땅의 언어보다 더욱 실제적이고 구체적인 언어일 것이다. 그렇다면 그 언어는 과연 무엇일까? 영어일까? 스페인어일까? 아니면 요즘 한류로 뜨고 있는 한국어일까? 이 땅에 살 때 영어를 공부하느라 엄청 스트레스를 받았는데 천국에 가서도 또 영어를 하라고? 지레 걱정하지 않아도 된다. 천국에서는 영어를 몰라도 사는 데는 전혀 지장이 없다. 천국 시민 모두가 말하고 알아듣는 공통어가 있거나, 그런 공통어가 없더라도 초현실적인 소통의 수단이 있기 때문이다. 천국의 언어는 기독교 초기 오순절에 경험했던 언어 현상일까? 그럴 가능성은 충분하다. 천국에서 사는 사람은 지상에 있을 때 사용했던 언어를 그대로 사용하더라도 듣는 쪽에서는 모국어로 이해하기 때문에 소통에 전혀 문제될 게 없을 것이다.

그런데 나는 천국의 언어가 오순절이 보여준 것과 같은 언어 현상이 아니라 에덴의 언어일 거라고 생각한다. 천국에서는 에덴의 언어가 재현될 것이다. 아담과 하와가 아름다운 에덴에서 사용했던 언어가 천국의 공용어일 것이라는 생각은 성서에 의해 지지를 받는다. 구약성서와 신약성서는 그럴 가능성을 여러 곳에서 암시하기 때문이다. 혹 천국의 언어가 에덴의 언어라면, 에덴의 언어의 자취인 히브리어도 하나의 가능성 있는 하늘나라의 언어로 떠오른다. 셈의 후손들이 사용했고 구약성서를 문자로 담아낸 고전 히브리어가 천국의 공용어일 수도 있다는 상상은 지극히 자연스럽다.

# 09
# 언어의 품격

아담과 하와가 에덴에서 추방된 후 사용했던 언어는 어떤 언어였을까? 에덴에서 사용했던 언어를 계속해서 사용했을까, 그게 아니면 에덴 동쪽에서 새로 만들어 사용한 언어였을까?

# 언어의 품격

품격 있게 말할 수 있는 비결은?

## 일반 언어와 에덴의 언어

지금까지 우리는 인류의 역사는 언어와 함께 걸어온 것이라는 것을 살펴봤다. 인간에게 말과 글이 없는 세상은 상상할 수조차 없을 만큼 언어는 우리 삶에 없어서는 안 되는 공기 같이 소중한 것이다. 말과 글 못지않게 그림도 훌륭한 커뮤니케이션 수단이 되어왔다. 21세기 디지털 문명은 이모티콘 등 새로운 문자의 출현을 예고하고 있다.

오늘도 78억 명 세계인들은 말을 하고 글을 쓰고 누군가에게 이모티콘을 보낸다. 이것을 숫자로 환산하면 가히 셀 수 없는 천문학적 숫자가 될 것이다. 사람들은 왜 이렇게 말을 하고 글을 쓸까? 그것은 언어가 개인과 공동체의 생존과 발전에 없어서는 안 되는 절대적인 도구이기 때문이다. 언어란 또 사물의 본질에 연관된 어떤 것, 즉 진리와 분리할 수 없는 사물에 대한 참된 인식의 통로이기 때문이다. 언어는 이렇게 우리에게 의사소통의 도구이며 세계를 인식할 수 있는 창틀일 뿐 아니라, 존재하는 것들에 대한 바른 인식을 통해 그 존재들을 창조적으로 바꾸는 행위인 것이다.

이런 점에서 인류가 생존한 비밀은 언어라고 주장하는 학자들도 많다. 어떤 학자들은 수많은 원인류는 사멸했지만 현생인류인 호모 사피엔스가 살아남은 것은 그들이 발달한 언어를 가지고 있었기 때문이라고 본다. 호모 사피엔스는 앞서 등장한 네안데르탈인보다 신체적 조건이 열등했지만 발달한 언어가 있어 생존이 가능했다는 것이다. 그게 사실이라면 '언어는 힘'이 아닐까?

이 책은 인류 최초의 언어가 무엇이고, 지구상의 수많은 언어들의 모어가 있다면 그 제1언어는 무엇인가를 알아봤다. 우리는 인류 최초의 언어를 두 가지 측면에서 살펴봤다. 하나는 진화생물학적 관점에서 바라본 언어이고, 또 하나는 성서적 관점에서 바라본 언어이다. 전자가 일반사에서 말하는 '일반 언어'라고 한다면, 후자는 구속사에서 말하는 '신적 언어' 곧 '에덴의 언어'이다.

필자는 이 두 개의 언어를 학문적으로 논증하려고 했던 게 아니다. 그러한 시도는 처음부터 무모하고 과대망상 같은 짓이기 때문이다. 필자가 '에덴의 언어'를 인류 최초의 언어 중 하나의 가능한 유형으로 논의에 끌어들인 것은 '에덴의 언어'를 언어 일반이론의 기반으로 삼거나 전제로 제시하려는 게 아니다. 그것은 '에덴의 언어'가 언어의 최초의 발화점, 즉 언어에 대한 상상력이 미치는 최종적인 지점일지도 모른다는 생각에서다. 어쩌면 그것은 언어의 본질, 언어의 존재 이유, 언어의 목적일수도 있다. 그렇다면 우리는 언어를 생각할 때 일반 언어와 에덴의 언어를 동시에 마음에 품고 이 세계와 인간과 신에 대해 질문을 하고, 거기로부터 깨달은 응답을 가지고 살아야 한다. 바로 그럴 때 가장 이상적인 인간, 가장 이상적인 삶을 살지 않을까 생각한다.

## 말은 그 사람의 인격

말은 그 사람의 인격이다. 말은 한 사람의 인생관과 세계관을 비춰주는 거울이다. 좋은 말이 있고 나쁜 말이 있다. 좋은 말은 어머니의 젖가슴처럼 푸근하고 봄날 뜨락에 내리쬐는 햇살처럼 부드럽다. 나쁜 말은 성난 동물처럼 사람을 물어뜯고, 깨진 사금파리처럼 날카롭다. 좋은 말은 선한 말이다. 나쁜 말은 악한 말이다. 선한 말은 꿀송이 같아서 마음에 달고 뼈에 양약이 된다. 하지만 악한 말은 치명적인 독과 같다. 그것은 송곳처럼 아픈 데를 찌르고, 칼처럼 사람을 벤다. 이래서 말은 사람을 죽이기도 하고 살리기도 하는 것이다.

과학이 우리에게 진리인 것처럼 성서도 우리에게 진리이다. 과학의 언어와 성서의 언어는 그래서 궁극적으로 하나로 통합되는 언어이다. 성서는 말한다. 신은 하늘과 땅과 만물과 사람을 창조하셨노라고! 신은 에덴동산을 만드신 후, 아담과 하와를 창조하시고, 아름다운 낙원에서 살게 하셨으며, 그들에게 언어를 선물로 주셨다. 그 언어로 만물을 지배하라는 뜻이 담겨 있다. 아담과 하와가 사용한 언어는 하늘의 언어이면서 동시에 땅의 언어였다. 그렇다면 인간이 사용하는 언어는 원래부터 생명의 언어, 사랑의 언어, 축복의 언어가 아니겠나.

아담과 하와가 금단의 열매를 먹고 에덴에서 추방되었지만, 그 언어는 어떤 형태로든 후손들에게 전해 내려갔을 것이다. 더 없이 순수하고 흠 없는 에덴의 언어는 천 년의 세월이 흐른 후 바벨탑 현장에서 변질될 위기에 처했다. 하지만 신은 선택받은 무리를 통해 에덴의 언어의 형체가 이어가도록 은혜를 베푸셨다. 그 언어가 히브리어든, 독일어든, 스웨덴어든, 영어든 영원한 수수께끼로 남아 있다. 내 개인적인 희망은, 그 언어가 히브리어가 아닌가 싶다. 왜냐하면 히브리어는 구약 백성인 이스라엘 민족의 공용어이고, 구약성서를 기록한 문자이며, 예수님께서 사용하신 제1외국어였기 때문이다.

세상이 악해지면서 언어도 악해진 요즘이다. 타락한 언어를 우리는 어떻게 바로 잡을 수 있을까? 나는 모든 사람들이 예수님처럼 말해야 한다고 생각한다. 예수님은 이 세상에 오셔서 타락한 언어를 바로잡아 주셨다. 그분은 언어가 완벽하셨다. 그분은 인류 역사상 가장 은혜롭고 정확하게 말을 하신 분이시다. 예수 그리스도를 따르는 사람을 크리스천이라고 한다. 그렇다면 크리스천은 예수처럼 말해야 하지 않겠

나. 크리스천이 아닌 분들 가운데서도 말을 덕스럽게 하는 분들이 참 많다. 하물며 은혜를 입은 크리스천이겠는가.

나는 이 책을 읽는 분들에게 두 가지 조언을 하고 싶다. 크리스천이든 아니든 누구에게나 해당되는 조언이다. 하나는 '성경 말씀'이고, 하나는 말을 할 때 늘 신경을 써야 하는 '6개의 문'이다. 이 글은 필자의 책 **말의 축복**(CLC. 2019)에 나오는 내용을 거의 전재한 것이다. 여기에 나오는 글이 최상이라고 생각 되어서다. 자, 그러면, 선하고 은혜로운 말을 하도록 사도 바울이 권면한 보석 같은 말씀을 먼저 보자.

"무릇 더러운 말은 너희 입 밖에도 내지 말고 오직 덕을 세우는 데 소용되는 대로 선한 말을 하여 듣는 자들에게 은혜를 끼치게 하라"_엡 4: 29

또 하나는, '6개의 문'이다. 우리는 말을 내뱉기 전 생각해야 한다. 어떻게? '신중하게!' 수도 없이 많은 말들을 밖으로 내뱉기 전 공항 보안검색대를 통과하는 짐들처럼 일일이 검사하는 일은 사실상 불가능한 일이다. 그런 식이라면 하루에 불과 몇 마디밖에 하지 못할 것이다. 그렇다면 어떤 원리를 습득해 그 원리대로 연습하고 실천해보려는 방법 외에는 별 도리가 없다.

## 여섯 개의 황금문

그런 점에서 필자는 서양에서 회자되는 **세 개의 황금문**(Three Gates of Gold)에 나오는 세 가지 말의 원리에 평소 필자가 생각하는 세 가지를 더한 6가지 원리를 제시하고 싶다. **세 개의 황금문**이란 베스 데이(Beth Day, 1855)라는 작가가 쓴 시의 제목으로, 우리가 말을 할 때 반드시 세 개의 문을 통과한 후에 하라는 금언과 같은 시다. 그리스도인이 황금문으로 상징되는 세 개의 좁은 문들을 통과할 때 천국에 들어갈 수 있듯이, 우리가 하는 말도 세 개의 좁은 문들을 통과할 때 선한 말이 된다.

말은 목구멍에서 나오는 소리다. 목구멍은 예수님이 말씀하신 '좁은 문'과 같은 것이다. 예수님은, 좁은 문은 좁고 길이 협착하여 찾는 자가 적지만, 그 문은 생명으로 인도하는 문이라고 하셨다. 이와 같이 말이 나오는 좁은 목구멍을 세 개의 좁은 문에 유비類比한 베스 데이의 시는 반듯하고 선한 언어를 해야 하는 우리들에게 상당히 음미할 가치가 있다. 베스데이가 말하는 세 개의 문이란 다음과 같다.

첫 번째 문 : 그것은 사실인가? (Is it true?)
두 번째 문 : 그것은 필요한가? (Is it needful?)
세 번째 문 : 그것은 친절한가? (Is it kind?)

베스 데이는 남에게 들은 말을 폭로하고 싶은 충동을 느낀다면 그

베스 데이의 시에 나오는 〈세 개의 황금문〉(Three Gates of Gold). 말을 할 때는 반드시 세 개의 문을 통과한 후에 하라는 금언과 같은 시다. 세 개의 황금문은 예수님의 '좁은 문 비유'를 연상하게 한다. 예수님의 좁은 문 비유는 처음에는 길이 좁고 거칠어 그 문에 들어가고 싶지 않지만, 믿음으로 참고 걸어가면 결국엔 황금빛 나는 천국에 입성한다는 뜻이다.

게 사실인지 아닌지 여부를 먼저 확인하는 절차가 있어야 한다고 본다. 그 다음 단계에서는 상대방이 그 말을 필요로 하는지를 스스로 물어봐야 한다고 본다. 그런 다음 마지막 단계에서는 반드시 그 말이 상대방의 감정을 훼손하지 않고 분위기를 밝고 아름답게 할 수 있는가를 살펴봐야 한다고 말한다. 이런 세 가지 단계를 거친 후 내뱉는 말은 실수가 없다는 거다.

하지만 나는 이 세 가지 관문에 세 가지를 더한 여섯 가지의 관문을 통과한 말이라야 비로소 좋은 말이라고 생각한다. 우리가 하는 말이 아래와 같은 요건을 충족하고 있다면 아주 훌륭한 언어가 될 것이다.

첫 번째 문 : 그것은 은혜로운가? (Is it graceful?)

두 번째 문 : 그것은 진실한가? (Is it true?)

세 번째 문 : 그것은 필요한 것인가? (Is it necessary?)

네 번째 문 : 그것은 영감을 주는 것인가? (Is it inspiring?)

다섯 번째 문 : 그것은 친절한가? (Is it kind?)

여섯 번째 문 : 그것은 유익이 되는가? (Is it helpful?)

입은 지극히 작지만 그 영향력이 엄청나게 크므로, 그것은 하나의 세계다. 말에 실수가 없는 사람은 이 세상에는 단 한 명도 없다. 다른 종교를 가진 분들에게는 대단히 죄송하지만, 말에 온전하신 분은 예수님밖에 없다. 그분은 하나님이시기 때문이다. 우리는 선한 말을 하여 그 말을 듣는 사람들에게 은혜를 끼쳐 덕을 세우고, 우리들 가정과 직장과 나라를 아름답게 가꿔야 한다. 이웃에게 친절하게 말하고, 격려하는 말을 하고, 축복의 마음을 담은 말을 하고, 사랑과 은혜가 가득한 말을 하자.

# 부록01

## 창조냐
## 진화냐?

창조냐 진화냐 하는 질문은 택일을 강요하는 진부한 주제가 아니다. 이에 대한 짤막한 답변이 무엇이냐는 그 사람의 세계관을 반영한다. 그만큼 창조냐 진화냐는 이 세계와 자연, 인간과 신, 그리고 현재의 삶과 미래의 삶에 대한 세계관의 관점과 방향을 결정짓는 거대한 두 개의 창이다.

# 창조냐 진화냐?

'신앙이냐 과학이냐'를 놓고 고뇌하는 현대인

## 현대인들의 뇌리에 무의식적으로 똬리를 튼 진화론

### 현대인의 특징, 만능과학주의

창조와 진화는 우리나라뿐 아니라 미국에서도 이따금 뜨거운 이슈
다. 2005년 8월 미국의 한 학교가 생물학 수업 시간에 창조론의 하나
인 '지적 설계'(ID: Intelligent Design)를 넣으려고 하자 미국사회가 찬반양론
으로 갈라져 들썩였다. 그러자 조지 부시 당시 미국 대통령이 이 논쟁
에 뛰어들었다. 대통령은 '지적 설계'를 미국 공립학교 수업 시간에 진
화론과 함께 동등하게 가르치면 좋겠다는 듯한 발언을 했다. 대통령의
이 발언은 뜨겁게 달궈진 창조론과 진화론 논쟁에 기름을 부은 격이 됐
다. 타임지는 과학 진영과 종교 진영 간 일어난 이 열띤 논쟁을 '진화 전
쟁들'(The Evolution Wars)이라는 제목으로 커버스토리에 실어 보도했다.

창조냐 진화냐 하는 질문은 택일을 강요하는 진부한 주제가 아니다. 이에 대한 짤막한 답변이 무엇이냐는 그 사람의 세계관을 반영한다. 그만큼 창조냐 진화냐는 이 세계와 자연, 인간과 신, 그리고 현재의 삶과 미래의 삶에 대한 세계관의 관점과 방향을 결정짓는 거대한 두 개의 창이다. 그런 점에서 창조와 진화에 대해 살펴보는 이 장은 기독교인은 물론 비기독교인들에게도 유익한 기회가 될 것이다. 특히 이 장은 창조와 진화를 피상적으로 알고 있는 기독교인들에게는 통찰력을 자극해 균형적인 세계관 형성에 보탬을 줄 것이다.

창세기란 기원에 관한 책이다. 창세기는 이 세상이 어떻게 생겨났으며, 땅에 사는 민족들이 어떻게 생겨났고, 이스라엘이 어떻게 생겨났는지에 관한 책이다. 창세기는 책을 펴자마자 신의 창조 이야기로 시작한다. 인류 최초의 사건은 창조주의 세상 창조이다. 하지만 진화론과 빅뱅설에 알게 모르게 세뇌된 많은 현대인들은 거의 본능적으로 신의 세상 창조를 거부한다. 성경을 있는 그대로 믿으려는 크리스천 중에서도 이지적인 사람들은 창세기에 시선이 머물면 의문과 혼란이 생긴다.

'신은 정말 이 세상과 인간을 창조하셨을까? 혹시 창세기의 창조기사는
　인간의 종교적 상상력의 소산이거나 신학적 산물 아닐까?'

과학주의가 거의 진리인 것처럼 되어 버린 요즘 세상에 대화 도중

'천지 창조론', '아담 인류 조상론'을 꺼냈다가는 '쪼다' 취급받기 십상이다, 사람들은 화기애애하게 얘기꽃을 피우다가도 이 문제가 화제에 오르면 서로 핏대를 내며 다툴 때가 많다. 현대인은 과학적 이론과 경험을 무조건 신봉하려는 경향이 있다. 현대인들의 뇌리에 진화론은 무의식적으로 똬리를 틀고 있다. 기독교인이 아니더라도 신앙에 호의적인 어떤 현대인들은 창세기의 창조 기사를 허구나 신화쯤으로 보는 것 같다. 이런 시각은 오다가다 만나는 크리스천들에게서도 심심찮게 엿볼 수 있다. 교회 안에서는 창조론을 따르지만 교회 바깥에서는 진화론을

따르는 이중적인 행태를 보이는 크리스천들 말이다. 이런 모습은 예전엔 충격적인 일로 받아들여졌지만 요즘엔 별로 놀랄 일이 아니다. 그런 크리스천들은 널려 있으니까. 그와는 반대로 진화를 받아들이면서도 마뜩지 않아 늘 '이상한 불안감'에 사로잡힌 사람들도 있다. 창조를 믿자니 어설프고, 그렇다고 진화를 신봉하자니 왠지 삶이 메마른 것 같아 고뇌하는 현대인의 모습이다.

미국 사회를 뜨겁게 달군 창조론과 진화론 논쟁을 보도한 〈타임〉지의 2005년 8월호. 표지에 "지적 설계를 가르치라는 압력이 문제를 야기하다: 신은 과학 교실의 한 자리를 꿰찰게 되나?"라는 부제목이 보인다. 대통령의 이름인 'Bush'와 대통령이 이 논쟁에 영향력을 행사했다는 'push'(압력)가 묘한 언어유희로 눈길을 끈다.

## '신의 창조'는 웃음거리가 된 세상

오늘날 교회 바깥은 온통 과학적 진화론이 지배하는 세상이다. 이런 마당에 공적인 자리에서 창조론 운운했다가는 조롱거리가 되기 십상이다. 실제로 2017년에 그런 일이 일어났다. 중소기업벤처기업부 장관 후보자의 국회 인사청문회 자리에서 모 장관 후보자가 지구의 나이가 6천 년이라고 말했다가 빈축을 산 적이 있다. 그는 여론의 질타를 받자 "신앙적으로는 창조론을 믿고 있다."고 한 발 물러서며, "창조과학자들이 말하는 1년은 여기서 우리가 말하는 실제 1년과는 다를 수도 있다."고 얼버무렸다. 무수한 비난의 화살들이 두 마음을 가진 그 후보자의 가슴에 날아들었다. 그는 피를 철철 흘리고 결국 낙마하고 말았다.

'창조냐 진화냐' 하는 문제는 '신앙이냐 과학이냐'는 두 개의 선택지중 어느 하나만을 선택하지 않으면 안 되는 실존적 물음과도 같은 것이어서, 우리는 이따금 이런 물음에 직면하면 늘 당혹스럽고 골치가 아픈 게 사실이다. 이 세계는 창조에 의한 것인가, 아니면 저절로 생겨난 것인가? 이 세계가 만일 어떤 목적을 가지고 생겨났다면 그것은 절대적 존재인 신을 연상하게 하고, 반대로 자연적 현상으로 말미암은 것이라면 그것은 진화를 연상하게 한다. 창조와 진화를 둘러싼 논쟁은 20세기 중반부터 지금까지 수십 년 동안 격렬하게 진행되어 왔고, 앞으로도 심하면 심했지 수그러들 것 같지 않아 보인다. 학자들은 저마다 하나의 관점만이 합리적인 해결책이라고 주장하기 때문이다.

이 뜨거운 주제는 토론하기에 너무나 골치 아프다. 하지만 골치 아프다고 해서 그냥 적당히 넘어가서는 안 될 일이라고 본다. 왜냐하면 이것은 인간과 세계를 바라보게 하는 큰 틀이기 때문이다. 존경받는 신학자인 올렌버거는 "인간 존재는 창조의 질서와 역사로부터 분리되어 있는 것인가, 아니면 창조의 질서와 역사에 의존하며 그것들에 의해 구성되는가?"라는 질문이 세계관 형성의 첫걸음이라고 했다. 그만큼 창세기의 창조를 어떻게 받아들이느냐에 따라 세계관에 차이가 난다는 것이다.

신이 천지를 창조했다고 하는 창세기 1-2장은 세계와 우주의 기원에 관한 거대 담론이다. 그러므로 이것을 어떻게 받아들이느냐에 따라 성경관과 세계관은 크게 달라질 수밖에 없다. 지금 이 책을 읽는 독자가 크리스천이라면 창조 기사에 대한 확고한 견해를 갖기를 바란다. 창조 기사에 대한 관점은 좋든 싫든 기독교인의 삶과 신앙에 긍정적 혹은 부정적 영향을 미치기 때문에 그렇다. 천지 창조와 아담의 역사성은 기독교인들의 신앙과 깊은 관계가 있다. 어떤 사람들은 진화론을 수용하고 아담의 역사성을 부정하더라도 신앙을 유지하는 데 별 지장을 받지 않는다고 주장한다. 어떤 사람들은 그럴 경우 기독교 세계관은 와해되고 신앙은 좌초된다고 주장한다. 어떤 사람들은 역사적 아담과 문학적 아담을 양립시키며 이 골치 아픈 문제를 해결하려고 한다.

'창조냐 진화냐'는 '종교냐 과학이냐'와 같은 말로 이해해도 크게 무리는 없을 것이다. 기독교인은 '창조냐 진화냐'하는 물음 앞에서 당황한다. 왜냐하면 진화는 과학적으로 증명된 진리라는 생각에 우선 압도되어 있기 때문이다. 먼저 알아둘 것은, 과학은 반드시 진리가 아니라는 것이다. 과학은 진리이면서도 변동성의 요소가 있기 때문이다. 한편 창조는 진리이다. 그것은 변동이 불가능한 것이기 때문이다. 창조는 과학적 검증의 대상이 못 된다는 점에서 '진리일 수' 있다. 결국 창조냐 진화냐 하는 판단은 언제나 유보적일 수밖에 없다.

## 선택을 강요받는 기독교인

창조와 과학 중 어느 하나를 선택해야 하는 실존적 물음 앞에 어떤 태도를 가져야 좋을까? 이것은 비기독교인보다는 기독교인이 절실하다. 아무래도 기독교인이 비기독교인보다 고민이 크기 때문이다. 그래서 기독교인에게 이렇게 당부하고 싶다.

"창조와 과학이 충돌할 때 기독교인은 이것을 불편하게 여기지 말고 직면하라."

성서가 만들어졌을 때인 고대 세계에서도 고대인들의 과학이 있었다. 고대인들은 그 과학의 창을 통해 우주와 인류의 기원에 대해 진지하게 사색을 했다. 과학이 눈부시게 발전한 오늘날에도 우주와 인류의 기원에 대한 문제는 뜨거운 이슈다. 창조 기사의 일방적인 선언에 맹목적으로 추종해야 할 것인지, 아니면 반짝이는 지성으로 신학과 과학을 조화시킬 것인지 태도를 분명히 해야 할 때가 된 것이다. 천지 창조를 6-7천 년 전쯤으로 생각해왔던 기독교인들의 전통적인 성서 해석은 아래와 같은 세 가지 입장들 가운데 어느 하나를 선택하지 않으면 안 되는 처지에 몰리게 되었다.

> 첫째. 기독교의 전통적인 해석을 고수하고 과학을 부정하는 입장
> 둘째. 기독교의 전통적인 해석과 반대되는 과학적인 해석을 하는 입장
> 셋째. 기독교의 전통적인 해석을 수용하면서 과학적인 해석도 일부
>      수용하는 입장

## 아담-역사적 인물인가, 가공의 인물인가?

### 유신진화론

창세기 1-2장에 있는 창조 기사에 대해 위와 같은 세 가지 관점이 있다는 것을 염두에 두고 우주의 나이와 기원에 관한 다양한 견해들을 알아두면 성서에 대한 무한한 신뢰와 함께 성서 해석에 대한 유연하고 지성적인 사고를 갖게 될 것이다.

독자 제현께 양해를 구하는 것은, 이 책은 이 방대한 분야를 다루려는 게 아니다. 이 책의 목적은 언어의 기원과 본질에 관한 것이다. 그럼에도 아담의 역사적 존재를 어느 정도는 규명하는 작업은 의미가 있다고 생각한다. 이 책에서 필자는 성서의 진술과 인문학적 지식을 토대로 인간 언어는 진화의 산물이 아닌 신이 주신 선물이라는 것을 말하고 싶고, 또한 신은 인간의 언어를 통해 이 세상과 자연과 인간에 대한 자신의 뜻이 무엇인지를 줄기차게 알리시려 한다는 것을 역설하고 싶다. 이것을 어떻게 받아들이느냐 하는 것은 독자 여러분의 몫이다.

자, 그러면 아담의 역사성을 학자들은 어떻게 생각하고 있는지를 살펴보겠다. 우리는 학자들의 견해를 엿보기에 앞서 두 가지를 먼저 짚고 넘어갈 필요가 있다. 하나는, 무신론자는 아담의 역사성 자체를 부인하므로 그들이 왜 이렇게 생각하느냐는 여기에서 거론할 가치조차 없다. 이 관점은 무신론적이므로 아예 하나님의 창조를 거부하는 자연주의 진화론적 견해이다. 철학자들이나 불가지론자들이 대개 이러한 견해를 취하고 있다. 이 관점은 하나님의 존재를 믿지 않으므로 세계의 기원을 자연주의적인 현상에서 찾으려 하기 때문에 역사적 아담의 존재를 부인하는 것이다. 이 관점은 신의 개입이 전혀 없는 진화론을 받아들인다.

또 하나는, 진화론이라고 해서 꼭 무신론은 아니라는 사실이다. 명망 있는 기독교 신학자들과 변증가들 가운데 많은 분들은 순수한 창조론과는 다른 견해들을 내놨다. 창조에 진화를, 혹은 진화에 창조를 조화시킨 '매력적인 견해들'이 그러한 이론들이다. 이 이론들은 하나님의 창조를 인정하되, 그 창조가 진화의 방식을 따라 진행되었다고 생각하는 견해이다. 과학자나 신학자들 사이에 스펙트럼이 넓고, 그래서 견해들도 다양한 이것을 하나의 정립된 이론으로 말하면 '유신론적 진화론', 혹은 '진화론적 유신론'(진화론적 창조론)이라고 한다. 이 두 용어는 일반대중이 얼른 이해할 수 있도록 흔히 '유신진화론'이라는 말로 표현되고 있다. 유신진화론은 진화론을 과감히 수용, 현대인들의 변화하는 세계관에 능동적으로 대처하기 위한 복음주의적 계열의 기독교 입장이다. 이것은 과학과 신학을 어느 선까지 접목하느냐에 따라 입장이 다양하다. '유신론적 진화론', '진화론적 유신론', '목적론적 진화론', '진화론적 창조론', '창조론적 진화론'(테야르 드 샤르댕) 등 기독교인들에게 예민한 단어인 '진화'라는 말을 넣은 진보적인 견해들로부터 '진화'라는 말 자체에 거부감을 갖는 기독교인들을 의식해 '능력으로 충만한 창조'(하워드 반 틸), '바이오로고스'(프랜시스 콜린스) 등 에두른 표현으로 과학을 창조로 품으려는 견해들에 이르기까지 스펙트럼이 매우 넓다.

유신진화론이 대두된 이유는 기독교 학자들이 천체 물리학, 생물학, 지질학 등 과학적 지식 시대를 사는 현대인들에게 창조를 납득할수 있도록 설명하기 위해 기존의 전통적인 창조관을 수정·변형할 필요가 있다고 절감했기 때문이다. 유신진화론은 창조론, 지적설계 등과 같은 유사과학의 주장과는 달리 진화론을 비롯한 모든 현대 과학의 연구 성과들을 기독교 신앙의 틀 안에서 인정, 기독교가 전통적인 가치인 창조론을 수호하자는 열린 이론이다. 이에 따라 유신진화론은 현생 인류가 유인원과 인간의 공통조상으로부터 점차 진화되었으되, 그 진화 과정에서 신이 어떤 방식으로든 개입했다고 본다. 노만 가이슬러 같은 존경 받는 조직신학자마저 현대인들이 거의 신뢰하다시피 하는 진화가 왜 과학적으로 증명이 되고 있는지를 솔직하게 피력해 파문을 일으킨 적이 있다. 19세기 후반부터 이름난 신학자들 가운데 신의 창조를 인정하면서, 한편으론 그 창조가 진화의 방식을 따라 진행되었다고 생각하는 이들이 상당히 많이 있다는 사실은 독실한 기독교인들에게는 충격적인 일이 아닐 수 없다.

유신론적 진화론과 진화론적 유신론은 우주와 만물의 기원과 발전 과정을 앞서 말한 것처럼 창조와 진화라는 이중의 창을 하나의 창으로 보려는 관점이다. 두 이론은 비슷하면서도 다소 차이가 있다. 유신론적 진화론과 진화론적 유신론은 수식어 뒤에 나오는 '진화론', '유신론'을 강조점으로 '유신론적 진화론'은 무게 중심이 진화에, '진화론적 유신론'은 무게 중심이 창조에 있다는 것을 알 수 있다. 즉 유신론적 진화론은 진화에 창조를 끌어와 설명하는 이론이며, 진화론적 유신론은 창조에 진화를 끌어와 설명하는 이론이라는 것을 알 수 있다.

유신론적 진화론자들은 이 대자연에 신의 능력이 충만하게 있다고 본다. 그들은 신의 초자연적인 개입을 완전히 부인하지 않으면서 오랜 세월 동안 점진적으로 진화의 과정이 있었지만, 인간 창조의 경우와 같이 어떤 특정한 시점에는 신이 자연에 개입하시어 초자연적인 창조 사역을 행했다고 본다. 반면에 진화론적 창조론자들은 오직 자연 법칙 안에서 진화의 방식으로 창조를 설명하고, 점진적인 진화 현상을 '진화론적 창조' 혹은 '완전한 능력을 갖춘 창조'(fully gifted creation) 이론으로써 입증할 수 있다고 본다. 이렇듯 유신진화론은 과학과 신앙이 서로 충돌을 피하고 공존과 상생을 도모하는 게 장점으로 인식되면서 과학계와 신학계 양 진영에서 각광을 받고 있다.[22]

성서를 하나님의 무오한 말씀으로 받아들이는 전통적인 신앙의 소유자는 창조론을 변형시킨 이 같은 유신 진화론에 거의 본능에 가까운 거부감을 표시하고 있다. 그럼에도 일부 독실한 크리스천들 가운데 이러한 변형된 창조론을 수용하는 사람들이 의외로 많다는 사실은 필자로서는 씁쓸하다. 변형된 창조론자들은 고대 세계의 특정한 과학적 사실들에 관한 성경의 메시지를 현대 과학과 일치시키려는 과학적 일치주의를 배격한다. 변형된 창조론자들은 또 아담과 이브가 역사적으로 실재한 인물이 아니더라도 성서의 권위를 의심하지 않으며 기왕에 지닌 믿음 체계를 손상 받지 않는다고 주장한다. 어떤 신학자는 역사적 아담이 존재하지 않아도 자신의 신앙은 주 예수 그리스도 위에 견고히 터를 잡고 있기 때문에 기독교 신앙의 핵심과 본질적 믿음을 해치지 않는다고 밝혀 다른 신학자들을 깜짝 놀라게 했다.

## 생명과 우주의 기원에 관한 6가지 모델

창조와 진화는 생물과 우주의 기원을 떠나서는 생각할 수 없다. 많은 의욕적인 학자들이 합리적인 해결책을 내놓으려고 다투어 나섰다. 하지만 학자들은 저마다 자기의 관점이 가장 그럴 듯하다고 주장해 문제 해결은커녕 혼란은 더욱 가중되고 논란은 전보다 더욱 격렬해져 갔다.

그러던 터에 미국의 생물학자이자 교육자인 제랄드 라우(Gerald Rau)가 자연주의적 진화론에서부터 젊은 지구 창조론에 이르기까지 여섯 가지 기원의 모델을 일목요연하게 정리해 **기원 논쟁의 지형 그리기: 만물의 시작의 여섯 가지 모델**[23]이라는 책으로 내놓았다. 그는 학자들의 치열하고 다양한 견해를 지도로 구성해 합리적인 해결책을 모색해보려고 했다. 각 모

제랄드 라우(Gerald Rau), 《기원 논쟁의 지형 그리기: 만물의 시작의 여섯 가지 모델》의 저자. 생명과 우주의 기원에 관한 6가지 모델을 제시해 과학계와 신학계의 주목을 끌었다.

델은 우주, 생명, 종, 인간 등 네 가지 기원에 대해 과학적 증거와 함께 신학적 평가를 보여주고 있다. 생명과 우주의 기원에 관한 제랄드 라우의 6가지 모델은 참고할 가치가 커, 본서는 그의 이론들을 중심으로 '창조냐 우주냐'라는 주제를 살펴보려고 한다. 다음은 제랄드 라우가 "생명과 우주의 기원에 관한 현대의 6가지 이론들"을 한눈에 볼 수 있

도록 만든 지도 만들기(Mapping)이다.

### 생명과 우주의 기원에 관한 현대의 6가지 이론들

| 무신론적 관점 | 진화론적 관점 | 창조론적 관점 |
|---|---|---|
| 자연주의적 진화론 | 무목적적 진화론 | 늙은 지구 창조론 |
| | 계획된 진화론 | 젊은 지구 창조론<br>*원형적 창조론 |
| | 지시된 진화론 | |

#### 모델 1: **자연주의적 진화론**(Naturalistic Evolution View)

이 관점은 무신론적이므로 아예 신의 창조를 거부하는 견해이다. 철학자들이나 불가지론자들이 대개 이러한 견해를 갖고 있다. 이 관점은 신의 존재를 거부하므로 세계의 기원을 자연주의적인 현상에서 찾으려 하기 때문에 역사적 아담의 존재를 부인한다. 이 관점은 신의 개입이 전혀 없는 진화론을 받아들인다. 진화론은 다윈에 의해 주창되어 1876년 토마스 헉슬리에 의해 과학적으로 지지된 학설로서, 1세기 이상 진화론적인 세계관은 세계관의 주류가 되다시피 해왔다.[24]

#### 모델 2: **무목적적 진화론**(Nonteleological Evolution)

이 관점은 이 세계의 기원이 초자연적인 절대자의 능력에 의한 것이긴 하지만, 창조 이후부터 절대자가 초자연적인 것에는 개입하지 않는다는 견해이다. 이 견해는 18세기 계몽주의의 대표적인 사상들 가운데 하나인 이신론(Deism)에서 나왔다. 이신론은 기독교 신앙을 이성과 합리에 제한시킨 세계관으로, 프랑스의 볼테르, 루소 등을 중심으로 활발하게 이루어진 학설이다. 이신론은 오늘날까지 이어져 상당수 학자들이 이신론에 뿌리를 두고 우주와 세계의 기원에 대한 나름의 확신을 갖고 있다.[25]

### 모델 3: 계획된 진화론(Planned Evolution View)

무목적적 진화론이 확연히 변형된 창조론이라면, 계획된 진화론은 그보다는 개념이 약한 변형된 창조론이다. 계획된 진화론과 다음에 소개하는 지시된 진화론은 진화를 수용하되, 진화에 목적론을 부여하는 견해이다. 즉, 두 견해는 신의 창조는 인정하되 신의 목적이 있는 진화론에 의해 우주와 만물의 기원과 발전에 관해 설명하는 학설이다.

계획된 진화론은 전능한 신이 처음부터 어떤 분명한 목적을 가지고 세상을 창조하였고, 창조 이후부터는 정교한 진화에 의한 방법으로 자신의 창조활동을 계속한다고 보는 견해이다. 따라서 계획된 진화론은 진화론적 창조론이란 말로 대체, 사용해도 큰 무리는 없다. 계획된 진화론은 신이 창조의 때부터 역사가 진행되는 동안 자연 과정에 나타난 지적이고 지속적인 설계에 의해 우주와 인간을 포함한 모든 생명을 창조했다고 보다. 즉 진화적 창조론자들은 창조주가 목적론적 진화 시스템에 의해 자연 법칙들을 정하셨고, 그 자연법칙에 따라 지속적인 창조활동을 하고 있다고 생각한다. 이러한 학자들의 견해대로라면 생명의 진화는 "목적이 이끄는 자연 과정"인 셈이다.

계획된 진화론자들은 성경이 말하는 인류 최초의 인간인 아담과 하와에 대해서도 색다른 견해를 취하고 있다. 이들 학자들은 아담과 하와는 인류의 조상인 한 쌍의 부부가 아니라고 생각한다. 아담과 하와는 인류 전체를 가리키는 한 무리의 사람들 혹은 상징적인 이름이다. 이들 학자들은 아담과 하와는 역사적으로 존재하지 않았지만, 성서 전체의 스토리라인을 형성하는 중요한 인물이라는 것을 인정한다.[26]

이러한 학자들 가운데 특히 데니스 라무뤼(Denis Lamoureux)는 급진적인 진화적 창조론자이다. 그는 성서의 신이 천지를 창조했다고는 믿는 사람이다. 하지만 신의 창조는 어디까지나 진화의 방식으로 되었다고 주장한다. 수억 년 전 죽음을 확인하게 하는 화석의 존재를 결정적인 진화의 증거라고 보는 라무뤼는 기독교의 전통적인 타락론을 부정한다. 그는 역사적으로 존재하는 어떤 아담과 이브는 있을 수 없다는 점진적 인류다조설(gradual polygenism)을 받아들이는 아

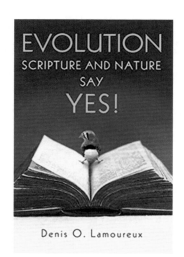

데니스 라무뤼(Denis Lamoureux)의 저서 《진화》(Evolution, 2016). 펴진 성서 위에 '성서와 자연은 진화가 있다(Yes)라고 말한다'는 부제가 붙어 있다. 현대의 대표적인 진화론적 창조론자인 라무뤼는 미국 조셉 대학교의 과학 종교 교수로, 과학과 종교의 갈등 해소를 위해서는 진화를 적극 수용해야 한다고 주장해 파문을 일으켰다.

찔한 진화적 창조론자이다. 다시 말해 라무뤼가 생각하는 인류는 선행 인류들이 진화하면서 인류가 신의 형상과 인간 타락의 양상이 "점진적으로", "알 수 없는" 방식으로 나타난 것이다.

### 모델 4: 지시된 진화론(Directed Evolution View)

이 관점은 신의 창조는 인정하되 진화적인 방법과 수단이라는 어떤 일관성 있는 원칙이 창조의 원리를 이끌어간다는 견해이다. 다시 말하면, 신은 세상을 창조하셨을 때부터 진화적인 원리를 허용했고, 창조 때부터 있었던 진화의 원리는 우주의 역사에서 지속적으로 반영된다는 견해이다. 흔히 알려진 '지적 설계'(ID: Intelligent Design)란 지시된 진화론의 한 형태이다. 지적 설계란 세상의 창조자가 복잡한 우주의 체계를 미리 설계해놓고 구조와 형태를 부여해 모든 시스템이 작동되기 이전에 체계 안에 있는 구성원이 확실하게 제 위치에 있으면서 활동하도록 한다는 이론이다.

지시된 진화론은 계획된 진화론과 얼핏 구별하기가 쉽지 않다. 그러나 전자가 신의 의도가 우주가 생성되던 때부터 진화론적인 방식에 의해 지시된 것이라면, 후자는 단순히 우주가 생성되던 때부터 어떤 신적인 목적이 개입되어 창조 이후부터는 그 목적에 의한 진화가 진행된다는 것을 의미한다. 계획된 진화론자들 가운데는 역사적 아담과 하와를 부인하는 학자들도 있지만, 지시된 진화론은 아담과 하와가 역사적으로 존재한 인물이며, 따라서 그들은 인류 최초의 사실상의 조상이라는 견해를 취한다.[27] 지적 설계론은 스펙트럼이 넓다. 지적 설계자들이라고 해서 모두 진화론을 지지하는 것은 아니다. 지적 설계 운동에 가담하고 있는 학자들 가운데 상당수는 오히려 창조론을 옹호하고 있다.[28]

이들 학자들의 공통적인 특징은 물질주의적인 관점인 진화론에 강력히 반대하면서 생명의 기원을 증거에 기초한 과학 이론에 의해 밝히려고 한다는 점이다. 이 때문에 창조 기사를 현대과학과 일치시키려고 하지 않는다는 공통점이 있다. 성경과 일반 계시(과학)의 상호관계인 과학적 일치주의가 아니더라도 우주와 인류의 기원을 얼마든지 설명할 수 있다는 것이다. 지적 설계론자들은 자연 안에 깃든 복잡한 체계(지적 설계)를 실제적인 증거들로 규명하고, 자연 안에 미리 설계와 구조의 형태를 장치한 설계자(창조주)를 비종교적인 방식으로 옹호하기 위해 심혈을 기울이고 있다. 이처럼 지적 설계론자들은 지시된 진화론부터 늙은 지구 창조론과 젊은 지구 창조론에 이르기까지 다양하게 포진하고 있는 게 특색이다.

### 모델 5 : 늙은 지구 창조론(Old-Earth Creationism View)

이 관점은 하나님이 세상을 창조하셨지만 그 연대는 오래되었다는 견해이다. 이 견해에 따르면, 지구의 연대가 오래되었다고 해서 진화 과정이 개입된 게 아니라, 수억 년 혹은 수십억 년 오래된 지구는 오로지 신의 창조로 만들어진 것이다. 늙은 지구 창조론은 지구의 나이가 아주 오래 되었기 때문에 현대 과학의 우월한 이론들과 조화할 수 있다는 장점이 있다.

과학자들은 지구의 나이를 작게는 38억년, 많게는 46억 년으로 추정한다. 그리고 우주는 약 40-130억 년 전 우주적 대폭발(Big bang)로 시작되었다고 주장한다. 과학자들은 지구의 나이가 아마도 태양계에 있는 달이나 다른 행성들과 비슷하지 않을까 추정하고 있다. 아무튼 과학자들의 주장대로 지구의 나이가 38억 년이든 46억 년이든, 이것은 성경이 밝히는 나이와는 엄청난 차이가 있다. 성경의 연대 계산 방식으로는 지구의 연대가 기껏해야 1만 년도 채 안 되는 것으로 나타나고 있으니까.

성경에 등장하는 고대인들의 나이를 모두 더해 보면 고작 6천-7천 년 정도밖에 되지 않는다. 그렇다면 인류 최초의 문화도 거슬러 올라가면 6천-7천 년 정도밖에 되지 않는다는 것이다, 일찍이 아일랜드의 제임스 어셔(James Ussher) 주교도 기원전 4004년에 천지창조가 이루어졌다고 주장했다. 어셔 주교의 주장대로라면 지구의 나이는 2021년 현재 정확히 6,018살이 된다. 결국 성경이 말하는 지구의 나이는 작으면 6,000살, 많아야 10,000살밖에 안 된다. 이렇게 엄청나게 차이나는 연대의 괴리를 어떻게 해야 납득할 만하게 설명할 수 있을까?

우리 중에 어느 누구도 지구가 탄생한 광경을 목격한 사람이 없다. 또한 우리 중에 어느 누구도 지구가 어떠한 과정을 거쳐 성장을 했는지

목격한 사람이 없다. 그러려면 그 사람은 6천 년 내지는 46억 년을 살아야 했을 것이다. 과학자들이 다양한 연구방법을 동원해 지구의 나이를 측정해왔지만, 그 측정 연도가 정확하다는 결정적인 증거자료는 아직 발견되지 않았다. 그렇다면 우리는 무조건 창조가 맞고 진화는 틀리며, 그 반대로 진화는 맞고 창조는 틀리다고 확신을 하거나 주장하면 안 된다고 본다. 둘 다 확인이 안 되는 가설이기 때문이다. 그렇다면 지구의 나이가 얼마인가 하는 문제는 후세에 남겨놓을 수밖에 없는 과제라고 할 것이다.

### 모델 6 : 젊은 지구 창조론(Yuong-Earth Creationism View)

이 관점은 진화를 철저히 거부하고 창세기 1-2장에 나타난 창조를 액면 그대로 받아드리는 견해라는 점에서 '창조론' 혹은 '과학적 창조'(창조 과학)라고 불린다. 이 견해는 보수주의적 신학자들 사이에서는 정설로 굳어져서 오래된 지구 창조론의 약어인 'OEC'에 대비되는 'YEC'라는 약어로 잘 알려져 있다. 젊은 지구 창조론은 창세기의 "날"을 우리가 인식하는 하루 24시간을 의미한다고 보므로, 지구의 나이를 대략 6,000년으로 계산한다. 젊은 지구 창조론은 아담을 역사적 인물로 보는 데 있어 조금도 의문을 품지 않는다. 아담을 인류 최초의 인간으로 보며, 모든 인류는 그로부터 나와 번성하였다고 생각한다.

젊은 지구 창조론은 크게 두 가지로 나뉜다. 하나는, 순수한 믿음으로 바라본 현대 과학 발전 이전에 나타난 창조론과, 또 하나는, 현대

과학 발전 이후 나타난 근대의 젊은 지구 창조론이다. 두 이론은 지구의 나이를 성경의 연대와 맞추려고 한다는 점에서는 비슷하지만, 각론에서는 견해차가 있다. 젊은 지구 창조론을 옹호하는 창조 과학은 오래 된 지구의 나이, 오랜 연대를 보여주는 지질학적 동일 과정설, 진화론, 생명의 기원, 빅뱅 이론 등 현대의 과학 이론을 부정하기 때문에, 기독교 내부에서는 물론 외부에서도 반지성주의자들로 매도되며 유사과학으로 비난받고 있다. 그럼에도 창조 과학자들은 성서의 문자들이 영감으로 기록되었다는 축자영감설을 철저히 받아들여 신의 세상 창조, 노아의 홍수, 아담과 하와의 역사 등을 역사적 사실 그대로 인정하고 있다.[29]

창세기의 "날"에 대해 좀 부연하자면, 창조 기사에 나오는 이 "날"을 어떻게 해석하느냐에 따라 지구의 나이는 크게 달라진다. 어떤 창조론자들은 창세기의 "날"을 곧이곧대로 하루 24시간으로 간주한다. 이 견해대로라면 지구의 나이는 10,000−6,000살이다. 또 어떤 창조론자들은 "날"을 장구한 시간을 나타내는 상징적인 용어로 간주한다. 창조의 "날"을 우리가 아는 하루 24시간이 아닌 매우 긴 시간 혹은 상징적인 시간으로 보려고 하는 까닭은 성경을 현대과학과 일치시키려는 이른바 '과학적 일치주의'의 영향 때문이다. 지구의 나이가 오래되었을 것이라는 늙은 지구 창조론이나 일만 년을 넘지 않았을 것이라는 젊은 지구 창조론은 신이 6일 동안에 지구를 창조했다고 하는 데는 의견이 같지만, 지구의 연대에 대해서는 견해의 차이가 있다. 이것은 창조의

"날"에 대한 해석이 확연히 다르기 때문이다.


## 아담의 역사성

아담의 과거 특정한 시간적, 역사적 인간 상황을 여기에서 '아담의 역사성'이라고 하는 이유는 '역사성'(historicity)은 '역사'(history)와 의미가 다소 다르기 때문이다. 한 인간에 대한 역사와 역사성이 무엇이냐 정의한다면, 먼저 '역사'는 한 사람이 과거 어떤 특정한 시간에 실제로 행했던 사실 그 자체를 조사해 얻은 지식이다. 한편 '역사성'은 과거 사실에 진실을 부여해 얻은 지식이다. 그러므로 역사가 '과거에 진짜 무슨 일이 일어났는가' 하는 것을 다루는 것이라면, 역사성은 거기에 더해 현재의 관찰자가 '과거에 진짜 무슨 일이 일어났는가를 어떻게 알 수 있는가' 하는 것을 다루는 것이다. 이런 점에서 본다면 역사는 객관적 요소에, 역사성은 주관적인 요소에 방점이 있다.


아담의 역사 혹은 역사성 유무는 기독교인들의 신앙에 큰 영향을 미친다. 아담이 역사적 인물이 아니라면 기독교인의 전통적인 신앙관, 즉 창조에서부터 타락―구속으로 이어지는 성경의 스토리라인은 허물어질 우려가 있다. 아담의 역사성은 이렇게 기독교인의 세계관에 큰 영향을 줄 뿐만 아니라 성경을 대하는 데에도 영향을 줄 것이다. 그것은 필연적으로 교회와 설교, 신앙생활과 복음 전파 등 신앙 전반에 걸쳐 엄청난 영향을 미칠 것이다.

그런 점에서 지구의 나이와 생명의 기원에 대한 관점의 차이는 필연적으로 아담에 대한 다른 관점을 낳게 한다. 아담에 대한 관점은 성서의 근거와 그 근거를 토대로 하는 해석학적 측면, 성서 전체에서 얻을 수 있는 신학적인 측면, 그리고 과학과 조화되어야 하는 이른바 신앙과 과학의 통합적 측면 등이 종합적으로 고려되지 않으면 난제를 풀기 어렵다. 복음주의적인 학자들 사이에서 아담의 역사성에 관한 관점은 아래 네 가지다. 그중 하나는 역사적 아담은 없다는 견해이고, 세 개는 역사적 아담은 있다는 견해이다. 세 개는 아담의 역사성에는 동의하지만 견해들마다 결이 다르다.

### 견해 1 : "역사적 아담은 없다"

이것은 진화적 창조론자들의 주장이다. 데니스 라무뤼가 대표적인 학자이다. 라무뤼는 기독교적인 믿음을 소중히 여기면서도 수많이 발견되는 화석의 증거들로 미루어 성서가 묘사하는 역사적인 아담은 없다고 주장한다. 라무뤼는 현대 과학이 성서와 도저히 일치될 수 없다는 '과학적 일치주의'(scientific concordism)를 부정하고 '비과학적 일치주의'를 지지한다.

라무뤼에 따르면, 신은 진화라는 자연 과정을 통해 우주를 창조했으며, 인간을 포함한 모든 생명 있는 것들은 진화를 통해 발전한 결과라고 주장한다. 라무뤄는 압도적인 화석 기록과 진화 유전학은 현대 인간과 침팬지가 약 6백만 년 전에 살았던 하나의 공통 조상이었음을 보여주고 있으며, 이 공통 조상으로부터 인간과 침팬지가 분화했다고 주장한다. 이에 따라 아담은 역사적으로 존재한 인물이 아니라 성서가 무오한 영적인 진리들을 설파하기 위해 설정한 하나의 인물에 불과하다는 것이다. 따라서 아담은 역사적으로 실재하지 않았어도 그 사실이 기독교 믿음의 본질을 해치거나 신앙을 약화시키지 않는다고 라무뤄는 생각한다. 역사적 아담이 실제 인물일 필요는 없다는 것이다. 그러나 라무뤄는 두 번째 아담인 예수 그리스도는 역사적 인물이라고 확신하고 자신의 기독교 믿음은 진화론에도 불구하고 아무런 지장을 받지 않는다고 주장한다. 라무뤄는 이렇게 기염을 토했다.

> "우리는 자신을 에덴동산 한가운데에 세워야 한다. 비역사적인 첫 번째 아담은 당신과 나다. 그러나 역사적인 두 번째 아담이 우리의 죄를 위해 죽으셨고 우리를 죄와 죽음의 사슬에서 해방시키셨다는 사실이 바로 복음이다. 아멘."

### 견해 2 : "역사적 아담은 있다"

이것은 휘튼 칼리지 교수인 존 왈톤이 주장했다. 왈톤은 "원형적 창조론"을 일관되게 주장하며 아담이 역사적인 인물이었다고 확신한다. 그러나 왈톤이 생각하는 아담의 역사성은 성서의 아담과는 결이 상당히 다르다. 왈톤은 성서가 아담의 역사성을 강조하기보다는 오히려 인류의 원형적 대표자라는 사실을 부각하는 데 초점을 맞추고 있다고 생각한다. 따라서 아담과 하와는 역사적으로 실재하였던 인물들이었지만, 지구상에 존재했던 최초의 인간 혹은 모든 인류의 조상은 아니라는 것이다. 아담과 하와가 인류의 조상이라는 사실은 생물학적 측면(특히 창세기 2장)이 아니라 원형적 측면에서 고려되어야 마땅하다고 월튼은 주장한다.

### 견해 3 : "역사적 아담은 있다"

커버넌트 신학교의 구약학 교수인 존 콜린스는 아담과 하와가 실제로 역사 속에서 존재한 인물이라고 보는 대표적인 학자다. 콜린스는 아담과 하와는 역사적 인물로서 성경의 스토리라인을 구성하는 중요한 인물이며, 두 번째 아담인 예수 그리스도를 통해 구원받아야 할 아담의 후손들도 경험으로 그 사실을 안다고 주장한다. 콜린스는 창세기 2장이 성서 전체의 스토리라인과 세계관을 위한 무대를 설정하고 있고, 성서의 저자들은 그것을 잘 인식하고 있다고 주장한다. 콜린스에 따르면, 그리스도 자신도 아담의 역사성을 확증하셨고, 바울도 아담 안에서 사망과 그리스도 안에서 생명을 대조한 로마서 5장에서 아담의 역사성을 믿었다고 하면서 성경의 스토리라인이 다음과 같은 특징들이 있다고 결론을 맺는다.

첫째. 인류는 한 쌍의 조상(아담과 하와)으로부터 유래한 한 가족이다.
둘째. 신은 아담과 하와를 초자연적인 방식으로 창조하셨다.

셋째. 인류의 근원인 아담과 하와는 세상 속으로 죄를 들여왔다.

콜린스는 과학과 성경을 일치시키기 위해 인간의 기원에 대해 신께서 "중요한 시점에, 특별하게, 초자연적인" 방식으로 행동하신 이른바 신규 창조의 주제인 "틈새의 신"을 불가피하게 수용한다. 그러나 콜린스가 생각하는 아담은 늙은 지구 창조론에 기초한 것이므로 젊은 지구 창조론자가 생각하는 아담과는 결이 다르다. 창조의 "날"을 장구한 시간으로 보며, 창조의 날들 안에 진화의 과정을 반드시 배제하지 않은 입장을 취하기 때문이다. 즉 아담은 역사적 인물이지만 태초에 생존했던 유일한 부부가 아니었을 수도 있다고 콜린스는 생각한다.

### 견해 4 : "역사적 아담은 있다"

윌리엄 배릭(William Barrick)은 젊은 지구 창조론자다. 배릭은 아담이 역사적으로 실재한 인물이며 인류 최초의 인간이라고 확신하는 학자들 가운데 대표적인 한 사람이다. 배릭은 아담이 역사적으로 실재한 인물이 아니라고 하는 생각은 기독교 신앙의 근간을 흔들고 주요 교리들을 파괴하는 것이라고 주장한다.

아담은 신이 초자연적으로 창조한 최초의 인간이며 모든 인류의 조상이었다고 배릭은 생각한다. 그는 창세기 1-2장과 신약성서 전체, 특히 사도 바울이 아담의 역사성과 그리고 죄로부터 해방과 구원이라는 주제를 명확하게 논증하고 있다는 점을 들어 성서가 무오한 하나님의 말씀이라고 믿는다. 배릭은 아담의 역사성을 인정하는 것은 신의 창조 활동, 인간의 역사, 신의 형상으로 창조된 인간의 본성, 죄의 기원과 성격, 죽음의 존재와 그 특성, 죄에서 구원받음의 실재성, 창세기에 기록된 사건들의 역사성, 성서의 권위와 영감 및 무오성 등 기독교의 수많은 교리들의 기초가 된다고 주장한다. 그러므로 배릭은 젊은 지구 창조론의 관점에서 아담의 역사성을 긍정하는 것이야말로 기독교 신앙을 유지하는 데 필수적인 관건이라고 보고 있다. 바로 이 때문에 진화론을 위시한 현대 과학과 성서가 충돌하는 경우에는 마땅히 성서의 편에 서야 한다고 배릭은 강하게 주장한다.

리처드 에버벡과 토드 비일도 배릭과 견해를 함께하는 학자들이다. 에버백은 성경의 텍스트는 아담과 하와의 역사적, 신학적 진술을 신뢰하게 한다고 하면서, "적어도 우리는 그들이 실존했던 역사적 개인들이었다는 믿음을 간직해야 한다. 본문을 그대로 읽으면 이 믿음이 확실함을 보여줄 충분한 이유가 있음을 알게 된다."고 주장했다. 토드 비일도 창세기 1-11장을 역사 내러티브(역사 문헌)로 간주해 문자적으로 해석해야 한다면서 아담이 역사적으로 실재한 인물이라고 주장했다. 토드 비일은 젊은 지구 창조론을 옹호한다. 그는 창조 과정의 하루를 문자적 24시간으로 보고 있다.

# 부록 **02**

# 과학이냐
# 종교냐?

과학과 종교는 인류의 행복한 미래를 위해 서로 존중하고 협력해야 한다. 그러기 위해서
는 독립적인 두 영역은 서로 다름을 인정하면서 열린 자세로 대화를 해야 한다.

# 과학이냐 종교냐?

## 과학적 인간, 종교적 인간

### 과학과 종교의 공통점은 진리 추구

과학과 종교는 둘 다 인간을 다른 동물들로부터 구분하게 하는 결정적인 표지이다. 지구상에 있는 어떤 동물도 과학을 탐색하지 못했고 발달시키지 못했다. 어떤 동물도 종교를 일으키고 종교적인 생활을 한 적이 없다. 오직 인간만이 과학을 발달시켜 왔고, 고상한 종교생활을 해왔다. 이처럼 과학과 종교는 지구 위 모든 생명체들 가운데 오직 인간만이 가지는 고유한 특징이다. 이것은 과학과 종교가 인간을 인간답게 만드는 통로가 된다는 것을 여실히 보여준다.

종교는 진리를 추구한다. 과학도 진리를 추구한다. 진리를 추구한다는 점에서 과학과 종교는 공통점이 있다. 하지만 과학과 종교는 어감에서부터 충돌한다. 이 둘의 관계를 생각할 때 우리는 얼른 '과학과 종교의 갈등' 혹은 '과학과 종교의 대립'이라는 말이 떠오른다. 과학과 종교를 '갈등'이니 '대립'이니 말하는 것은 역사적으로 이 둘은 양립할 수 없는 개념이며, 두 가치를 대변하는 진영의 주장이 한 치 양보 없이 서로 팽팽하게 맞서고 있다는 것을 반영한다. 하지만 두 진영의 갈등과 대립은 화해와 조화 같은 상호 긍정의 여지를 남겨두고 있다. 둘 사이에 긍정의 여지가 있다는 것은 양 진영이 대화와 양보를 통해 문제를 해결할 수 있는 길이 열려 있다는 뜻이다.

현대인은 과학을 신봉한다. 현대인은 과학적 인간이다. 현대인은 또한 종교를 신봉한다. 현대인들 가운데 어떤 사람들은 종교적 인간이다. 현대인들은 모두 다 과학을 절대적인 진리라고는 생각하고 있지는 않지만, 과학은 종교처럼 진리로서 인류의 행복과 번영을 위해 꼭 필요한 가치라고 인정하고 있다. 한편, 현대인들은 모두 다 종교를 신봉하는 것은 아니지만, 종교가 과학처럼 인류 사회에 없어서는 아니 되는 가치라는 사실만큼은 부정하지 않는다. 그리하여 과학과 종교라는 두 개의 큰 울타리 안에서 살고 있는 현대인들의 마음에는 과학의 맞은편에 항시 종교가 자리 잡고 있고, 종교의 맞은편에 항시 과학이 자리 잡고 있는 것이다.

## 과학과 종교의 용어의 정의

'기독교'는 원래는 구교舊敎인 천주교天主敎와 로마 가톨릭에 항거하여 생긴 신교新敎인 개신교改新敎를 아우르는 용어를 가리킨다. 하지만 우리나라와 중국에서는 가톨릭을 기독교라 부르지 않는다. 일반적으로 가톨릭은 개신교와 구분해 천주교로, 개신교는 천주교와 구분해 기독교라 부른다. 새삼스럽게 왜 기독교와 천주교란 말을 끄집어내느냐 하면, 과학과 종교를 이야기할 때 기독교의 입장과 천주교의 입장이 크게 다르기 때문이다.

과학과 종교에 관해 이야기할 때 과학의 반대되는 개념으로 통상 '종교'라는 용어를 쓰는데, 실은 이 용어는 '신학'이라고 말해야 옳은 표현이다. 이 경우 신학은 기독교 신학을 가리킨다. 모든 고등 종교들이 기독교처럼 인격적인 신을 믿는 것은 아니지만, 궁극적이고 절대적인 존재를 인정한다. 고등 종교들에 신학이 있는 이유다. 하지만 동서양에서 신학이라고 말할 때 보통 그것은 기독교 신학을 가리킨다. 종교와 신학의 담론은 서구 기독교 세계에서 등장, 발전해왔다. 종교와 신학의 담론이 서구 기독교 세계에서 관심사가 되어 왔듯이 기독교 강국인 우리나라에서도 이 담론은 심심찮게 쟁론거리가 되고 있다.

과학과 종교, 종교와 과학에서 가장 큰 쟁점은 우주의 생성 기원과 인간을 포함한 생명체의 출현에 관한 것이다. 이 쟁론의 중심에는 늘

'진화'가 자리 잡고 있다. 오늘날 기독교 이외의 종교들은 진화를 수용한다. 이 점에서는 천주교도 마찬가지다. 이 때문에 서로 충돌하는 두 개념인 '과학과 종교'를 논할 때 '과학'의 대립되는 개념에 '종교'라는 말이 과연 적절한가 하는 의문이 제기된다. 그래서 이 표현보다는 '과학과 신학'이라는 표현이 더 적절한 것으로 보이지만, '신학'이라는 용어는 일반적이지 않아 이 책에서도 '과학과 종교'라는 말로 서술하려고 한다. 이 장에서는 이따금 '신앙'이라는 용어도 등장할 것이다. '신앙'이라는 용어가 등장하면 독자들은 이 말이 '종교'라는 말과 같은 뜻으로 쓰인다는 것을 염두에 두고 독서를 하면 좋겠다.

## 과학과 종교—친구인가 적인가?

### 근대과학의 등장 이래 권위를 위협 받아온 기독교

인류는 수천 년 동안 이 세계와 인간을 이해해 오면서 오늘에 이르게 되었다. 지구를 포함한 이 광대한 우주와 신비한 생명체의 존재의 기원, 활동, 목적에 대한 이해는 종교의 중심적인 관심 대상이자 주제다. 종교는 문화의 구체적인 현상이다. "종교는 문화의 실체이고, 문화는 종교적 형식이다."[30] 이 세계와 인간을 이해하는 데 있어 동원되는 창窓이 문화라면, 종교는 그 문화와 떼려야 뗄 수 없는 관계에 놓여 있다. 인류는 각자의 종교 문화권에서 특유의 눈으로 세계와 인간을 이해해왔다.

하지만 세계와 인간에 대한 이해 활동을 독점해온 종교는 탄탄하게 누려오던 영광의 지위가 위협을 받게 되었다. 과학의 발달과 문화 다원주의는 종교를 삶의 변방으로 내몰았다. 문화 다원주의도 위협적이지만 진짜로 종교에 위협적인 존재는 근대 과학이다. 대표적 종교인 기독교는 근대 과학의 등장과 눈부신 활동으로 절대 왕좌가 크게 위협을 받으면서 지위가 박탈되려는 위기에 처해 있다. 진리의 왕좌에 과학이 종교를 밀어내고 과학 혼자서만 앉게 될 날도 멀지 않아 보이는 형국이다. 그와 더불어 기독교인들의 창조에 대한 전통적인 신념도 흔들리게 되었다.

그에 따라 기독교인은 과학과 종교 사이에서 창조에 대해 어떤 입장을 선택하지 않으면 안 되도록 내몰렸다. 그것은 기독교 안에서 다양한 반응과 노선으로 나타났다. 어떤 기독교인들은 창조를 고수하려하고, 어떤 기독교인들은 과학 편에 서려고 하고, 또 어떤 기독교인들은 애써 무관심한 척하는 태도를 보이고 있다. 많은 기독교인들은 어떤 입장을 취하면서 자기 신앙을 지켜나가야 할지 곤혹스러워 한다. 이것은 그가 과학을 종교와 전혀 다른 것, 그 반대로 종교를 과학과 전혀 다른 것으로 생각하기 때문이다. 이런 경향은 비기독교인 쪽에서도 마찬가지다. 사람들의 의식 혹은 무의식에 뿌리 깊이 자리 잡은 고정관념과 편견은 과학과 종교를 이분법적으로 극명하게 갈라놓으려고 갈

수록 기승을 부린다. 많은 사람들이 확증 편향과 정서적 적대감의 수
렁에 빠져 상황은 나빠지고 미래는 파국으로 치닫는 치킨게임처럼 삭
막하고 우울하다.

### 종교는 거추장스러운 외투나 빛바랜 사진첩 같은 것?

이 세계와 생명의 기원과 존재 그리고 자연법칙을 설명하는 두 개
의 큰 틀은 과학과 종교다. 현대인들의 과학에 대한 신봉은 변하거나
흔들릴 수 없는 진리나 같다. 현대인은 어떤 사실이 '과학적으로 증명
된 사실', '과학적으로 입증된 사실'이라고 언론이나 학회지에서 발표하
면 그것을 얼른 진리로 수납하는 경향이 있다. 그만큼 '과학적'이라는
말은 위력적이다. 그 말 안에 '절대적인', '객관적인', '권위적인', '틀림
없는', '확실한' 같은 부동의 권위와 고품격 가치가 들어 있는 것으로 비
쳐지기 때문이다. 그리하여 이제 과학은 종교와 대등한 권위를 가지게
되었다.

현대인들은 과학적으로 생각하고 과학적으로 세계를 바라보는 게
자연스럽고 일상화되어 있다. 이런 과학적 사고와 세계관을 가지고 얻
은 물질적 혜택과 풍요를 누릴 때 현대인은 비로소 이 복잡한 세상에서
삶의 기쁨과 성취를 만끽하며, 자기 존재를 확인하고, 자기 정체성을
가진다고 생각한다. 확실히 현대인의 과학적인 세계 이해는 그 자체로
각 개인의 삶을 의미 있게 해주는 것 같다. 이래서 현대인에게 과학은

진리가 되는 것이다.

그런데 과학이 진리라면 과학도 종교가 아닌가 하는 생각을 많은 현대인들은 갖고 있다. 현대인들의 이 같은 생각의 이면에는 과학에 대한 믿음을 종교에 대한 믿음과 대등시하거나, 아니면 과학을 종교보다 더 신봉하려는 신뢰감이 깔려 있다. 현대인에게 과학의 세계는 종교만큼 권위를 지닌 경이롭고 신비로운 세계가 된 것이다.

이렇듯 성공적인 삶을 영위하기 위해 현대인에게는 과학적 사고와 과학적 세계관이 필수불가결한 지참물이 되었다. 그리하여 현대인에게 종교는 추운 겨울 거추장스러운 외투 같은 것이거나 아니면 빛바랜 사진첩 같은 것으로 취급받고 있다. 현대인의 의식 밑바탕에는 '과학은 과학, 종교는 종교'라는 생각이 깊이 깔려 있다. 이렇듯 현대인에게 과학과 종교 두 영역은 모순적이어서 도저히 합치될 수 없는 어떤 것으로 비쳐져 있다. 그러기에 두 영역은 각기 다른 틀로 보지 않으면 안 되는 '두 개의 다른 세계'인 것이다. 이것은 종교를 과학으로부터 전혀 동떨어진 대상으로 보게 하는 원심력으로 작용하게 했다. 과학과 종교를 분리하려는 현대인의 문화적 고착의식을 생기게 하는 이유다.

**창조론과 진화론, 공존이 가능한가?**

과학과 종교는 여러 곳에서 충돌하고 있지만, 가장 큰 충돌 지점은 만물의 기원이다. 만물의 기원의 중심에는 언제나 인간이 위치하고 있다. 기원을 둘러싼 논쟁은 '창조론'과 '진화론'이다. 창조론과 진화론은 이 세계가 어떻게 생겼는지에 대한 두 개의 상충하는 해석의 틀이다. 그런데 도저히 화합할 수 없는 두 개의 상충하는 이론이 결론적으로 같은 지점에서 만나게 된다고 생각하는 학자나 신학자가 더러 있다. 그렇다면 창조론과 진화론은 세계를 이해하는 서로 다른 두 개의 창窓이지만, 원래부터 하나의 진리로 수렴되는 궁극적인 이론이라는 걸까? 다시 말해 이 공존할 수 없는 두 개의 서로 다른 세계관은 공존이 가능하게 되는 하나의 세계관으로 통일될 수 있다는 건가?

진화가 과학을 지탱하게 하는 중심 추라면 창조는 신학을 지탱하게 하는 중심 추다. 그런 점에서 사실 과학과 신학은 섞어질 수 없는 물과 기름 같은 것이다. 과학은 현상의 원인을 자연에서 발견해 내 설명 가능한 보편적인 모델이나 이론을 찾아내려는 학문이다. 그에 반해 신학은 현상의 원인을 초자연적인 존재인 신에게서 찾아내려는 학문이다. 과학은 자연 질서 법칙과 존재의 진리를 발견하고 연구해서 그 객관적 정확성과 타당성을 체계적으로 수립한 지식이다. 과학을 전문으로 연구하는 사람을 과학자라고 한다. 반면, 신학은 절대자인 신이 인간과 자연과 세계에 대해 맺고 있는 관계와 그 관계를 통해 관찰하고 경험하는 신을 연구하는 학문이다. 신학을 전문으로 연구하는 사람을 신학자라고 한다.

그렇다면 과학과 신학, 이 둘을 어떻게 볼 것인가? 과연 어느 게 진리인가? 그리고 어느 하나가 진리라면 어느 하나는 진리가 아닐 것이라는 대전제가 과연 타당한 것인가? 이제부터 이 어려운 주제를 다뤄보기로 한다. 필자가 독자들에게 양해를 구할 것은, 나는 과학자가 아니라는 '사실'이다. 글을 쓰면서 과학자가 이 주제를 다루는 게 좀 더 낫겠다는 생각이 종종 들 때가 있었다. 하지만 스스로를 위로하는 것은, 과학자도 그렇고 신학을 전문으로 하는 나도 그렇고 창조의 현장에 가보지 않은 것은 서로가 피장파장이라는 안도에서다. 어쩌면 성경에 기대어 인간과 세계를 설명하는 내가 훨씬 더 진리에 가까운 안목을 가지고 있는지도 모를 일이다. 이게 자신감이라면, 이 자신감은 성서의 기록이 과학적 발견보다 더 진리일 것이라는 평소의 내 개인적인 신념에서 나온 것이다. 하지만 나는 성경의 기록을 반드시 문자적으로 해석하고 싶지는 않다. 성경의 언어는 과학의 언어와 반드시 일치하지 않기 때문이다. 다시 말해 성경은 영원한 진리이지만 과학적인 진술은 아니라는 것이다. 그러면 지금부터 과학과 신학의 관계와 두 대립적인 개념을 어떻게 봐야 할 것인지에 대한 소견을 피력해볼까 한다.

# 과학과 종교의 갈등의 역사

## 신종 코로나 바이러스 유감

과학과 신학은 동지인가, 아니면 적인가? 이런 질문은 수준 낮은 질문이면서도 수준 높은 질문이다. 이 문제에 대한 산뜻한 답변을 내놓기란 생각만큼 쉽지 않다. 그만큼 이것은 머리를 싸매야 하는 골치 아픈 질문이다. 예를 몇 개 들어보면 좋겠다. 지금 당신이 돌멩이를 들어 공중을 향해 던진다고 하자. 그 돌멩이는 하늘로 올라갈까, 아니면 땅으로 떨어질까? 정답은 '땅에 떨어진다'다. 공중에 던진 돌멩이가 땅에 떨어진다는 것은 상식이다. 이것은 자연법칙이기 때문이다.

아이작 뉴턴(Isaac Newton, 1643–1727)이 사과나무 아래에서 졸고 있다가 사과가 떨어지는 것을 보고 만유인력 법칙을 발견했다는 일화는 너무나 유명해서 초등학생도 안다. 뉴턴은 이 자연법칙에서 운동의 세 가지 법칙을 발견했을 뿐 아니라 망원경도 제작했다. 자연법칙이지만 해석에 약간은 까다로운 현상도 있다. 예를 들면 코로나바이러스감염증–19와 같은 현상이다. 2020년은 코로나19로 전 세계인이 공포에 떨어야만 했다. 백신이 개발되었다고 하지만, 이게 얼마나 효과가 있고 또 지금보다 훨씬 독한 변종 바이러스가 생길까봐 세계인은 두려움에 떨며 전전긍긍하고 있다. 신종 코로나 바이러스는 독감처럼 인간의 호흡기를 타고 몸속에 깊숙이 침투한다. 그러고는 급속도로 폐 세포를 파괴해 사망에 이르게 한다. 이 때문에 정부는 사람들이 많이 모이지 않도록 하고, 모이더라도 마스크를 쓰고 적당한 사회적 거리두기를 하도록 하는 등 방역지침을 만들어 국민들이 지키도록 했다.

하지만 몇몇 교회들에서 집단 감염이 발생해 교회가 사회로부터 지탄을 받았다. 일부 교회들은 "예배는 생명"이라며 주일 공예배를 강행했다. 하지만 예배라 할지라도 많은 사람들이 한데 모이면 바이러스에 감염될 가능성은 많아지는 법이다. 이것은 상식이다. 그런데도 적지 않은 기독교인들은 "그들의 예배를 받으시는 하나님이" 예배의 현장에 임재하시어 나쁜 바이러스가 침투하지 못하도록 막아주실 것이라는 신념이 있었다. 이러한 무모한 행위를 믿음이라고 한다면 옳지 않지만, 아무튼 그들은 "믿음으로" 위험을 무릅쓰고 예배를 강행했던 것이다. 그런데 많은 사람들이 밀폐된 공간에서 오랜 시간 함께 있으면 아무리 철저한 방역지침을 지키더라도 바이러스에 감염될 위험성은 커지게 마련이다. 다시 말하지만 이것은 상식이다. 상식이 반드시 과학이라고 할 수 없지만, 쉽게 생각해 상식은 모든 사물과 지식에 대해 과학적 연구를 전제로 하는 과학에서 나온 것이다. 그래서 '과학적 상식'이란 말도 있잖은가?

그럼에도 기독교인들의 공예배는 상식으로만 접근할 수 없는 어떤 신비한 측면이 있다. 그것에는 복잡한 신학적인 함의들이 내포되어 있다. 나는 방금 공중에 던진 돌멩이가 땅에 떨어지는 것은 상식이라고 말했다. 코로나 바이러스 상황에서 많은 사람들이 교회에서 예배를 드리면 제아무리 철저한 방역지침에 따른다고 하더라도 감염의 위험에 노출되는 것도 상식이라고 밝혔다. 하지만 이것은 신학적인 문제가 뒤따라 상식선에서 접근하기에는 매우 복잡한 문제들이 뒤따른다는 것이다.

## 인간과 인간생활에 가장 밀접한 두 분야—과학 그리고 종교

그런데 코로나 바이러스보다 훨씬 더 복잡한 현상이 있다. 우주의 출현과 생명체의 등장이 그것이다. 우주가 언제 생겼고 생명체가 언제부터 등장했느냐 하는 문제는 왜 그러한 것들이 생겼고(존재론), 무엇을 위해 그러한 것들이 존재하느냐 하는 물음(목적론)과 결부되면 굉장히 까다롭다. 과학과 종교와의 관계를 생각할 때 우리는 평소 수많이 들어온 '과학'이 무엇인지를 새삼스럽게 머리에 떠올린다. 과학이란 무엇인가? 과학은 자연 현상과 인간 사회의 사물과 그 생성 과정의 구조와 성질 등을 체계적으로 관찰해 그 관찰 결과를 바탕으로 객관적. 보편적인 원리와 법칙을 발견하고 발전시키는 행위를 말한다. 관찰과 실험의 대상을 과학적으로 행한다고 해서 이러한 방법을 과학적 방법론이라고 하며, 이로부터 축적된 이론적인 개념이나 가설이나 법칙을 체계적인 지식이라고 말한다. 우리가 보통 '과학'이라고 말할 때 이 과학은 과학방법론상 경험과학이다. 과학의 역사를 과학사라 하며, 과학이 무엇인가에 관해 논하는 학문을 과학철학이라 부른다.

과학은 어떤 대상을 연구하느냐에 따라 크게 세 가지, 즉 자연과학, 사회과학, 인문과학으로 나뉜다. 자연과학은 물리학, 화학, 생물학, 지질학, 지구과학 등 자연 현상을 다룬다. 사회과학은 과학적인 방법으로 인간들의 행동과 인간들이 이루는 사회를 연구한다. 인문과학은 과학적인 방법으로 인간과 인간의 문화를 연구하는 학문이다.

과학을 자연과학과 정신과학 둘로 나누는 학자도 있다. 이 경우 인간 사회의 역사와 사회적 현실을 다루는 정치학, 법학, 인간학, 심리학은 물론, 역사, 문학, 예술과 심지어 신학까지도 정신과학의 범주에 들어 있다. 신학이 과학의 범주에 들어 있다는 것은 그야말로 파격이다. 신학은 수학 공식처럼 인식론적 토대 구축이 쉽지 않은 형이상학이기 때문이다. 그럼에도 어떤 과학자들은 신학도 인간의 정신세계에서 경험할 수 있는 현상으로 보고, 그 현상에 정당성을 부여해 인식론적 토대를 구축하려고 시도하고 있다. 자연과학은 자연의 원리를 발견해 깨달은 이해를 조직화한 지식의 체계를 설명한다는 점에서 어떤 학자는 그것을 '설명적 과학'이라고 부르고, 역사나 문화 등 사회과학은 현상을 단지 기술한다는 점에서 '기술적 과학'이라고 부르기도 한다. 이 때문에 어떤 학자는 자연과학을 체계적 과학, 정신과학을 현상론적 과학으로 분류하기도 한다.

과학은 또 무엇을 추구하느냐에 따라 크게 순수과학과 응용과학으로 나뉜다. 순수과학은 자연을 탐구해 그 원리를 체계화시키는 학문이고,

응용과학은 순수과학의 연구 결과로 얻은 발견을 인류의 실생활에 적용해 인간 생활을 윤택하게 만드는 학문이다. 농학, 의학, 법학, 공학, 건축학, 신문방송학, 통계학, 군사학 등은 응용과학에 속한 학문이다.

이렇듯 과학은 자연과 생명체로부터 아무도 발견하지 못한 사실을 관찰 · 실험 · 연구하여 그로부터 발견된 객관적. 보편적인 이론과 근거를 제시해 법칙과 진리를 얻어 내는 학문을 말한다. 이런 점에서 과학은 이성, 경험, 상식과 밀접한 관련이 있다. 다시 말해 과학은 이성과 경험의 산물로서, 그것으로부터 얻은 법칙은 상식이 된다는 것이다. 사람들이 과학 분야에 대해 보통 알고 있거나 알아야 하는 지식을 그래서 '과학 상식'科學常識이라고 부르는 것은 이 때문이다.

과학이 인간 및 인간생활과 떼려야 뗄 수 없는 관계에 있는 것처럼 종교도 인간 및 인간생활과 떼려야 뗄 수 없는 관계에 있다. 어쩌면 인간은 나면서부터 과학적이고 종교적이다. 이 둘은 인간 삶의 가장 두드러진 특질이다. 인간의 본질이 얼마나 종교적이기에 인간을 '호모 렐리기오수스'(Homo religiosus)라고 했을까?

인간은 절대적이고 초월적 존재와의 만남을 통해 인생의 참다운 목적을 발견한다. 성스러운 존재와의 만남은 인간에게 더없이 귀한 경험이다. 인간은 이를 통해 자기 존재를 확인하고 삶에 의미를 부여한다. 과학이 사물 속에 감추어져 있는 보편적 법칙을 발견해 진리를 자각하는 일련의 지적 활동이라면, 종교는 절대적이고 초월적인 실재인 신과의 교통을 통해 인생의 목적과 의미를 깨달아 진리 안에서 살려는 영적 활동이다. 이렇게 과학과 종교는 진리를 추구한다는 면에서 인간생활에 없어서는 안되는 중요한 가치이다.

## 과학의 역사—그리스 철학에서부터 근대과학까지

인류 역사는 과학의 역사다. 역사는 과학과 함께 시작했다. 인류 문명을 과학 문명이라고 하며, 인류사를 과학사로 부르는 까닭은 이 때문이다. 이 세상이 신의 창조로 만들어졌다는 구약성서의 창세기 1-2장도 전체적인 틀을 보면 지구 위 생명체들을 위한 환경 조성과 생명 창조의 과정이 매우 치밀하고 단계적이어서, 그것은 어떤 의미에선 '과학적'이다. 이것은 인류 문명이 과학에, 그 반대로 과학이 문명에 서로 어떻게 영향을 주고받았는지를 말해주고 있다. 곧 인류 문명은 과학이라는 학문에 영향을 주고, 과학의 발전은 인류 문명의 운명을 바꾸며 서로 영향을 주고받는 가운데 역사는 전개되어 온 것이다.

초기 인류의 과학은 보잘 것 없었고, 그 발전 속도도 더뎠다. 과학의 기원은 기원전 5세기경 탈레스를 비롯한 그리스 자연 철학자에게서 나타났다. 그리스 철학자들은 인간이 눈으로는 볼 수 없는 자연계의 복잡한 현상 너머에 어떤 일정한 원리가 존재할 것이라고 가정하고 그 가정을 물질에서 찾아내려고 하였다. 그리스 철학자들의 이러한 시도는 가설과 실험, 그리고 경험으로 관찰되는 현대 과학의 방법론과 본질적으로 같다. 이런 점에서 그리스 자연철학자들은 과학 정신의 선구자들이다.

과학은 우리가 사는 대자연의 질서와 신비를 탐구하는 과정에서 탄생했다. 고대로부터 우주의 기원과 생명의 기원은 과학뿐만 아니라 종교와 철학에서도 중요한 관심사였다. 고대인들도 우리들 현대인처럼 우주는 언제 생겨났고 어떻게 생겼는지 궁금해했다. 고대인들은 또 인간을 포함한 생명이 언제부터 있었고 어떻게 출현했는지도 궁금해했다. 고대인들은 나아가 인간의 의식 활동에 대해서도 궁금해했다.

현대 과학의 발전으로 우리는 이 우주와 자연, 인간의 신체와 의식 현상에 대해 아주 많은 것들을 알게 되었다. 하지만 과학이 발전할수록 종교와의 갈등은 커지고 여러 분야에서 자주 충돌해 우리 마음을 불편하게 한다. 과학과 종교가 충돌하는 지점들은 많다. 뇌과학과 영혼은 종종 과학자들과 종교학자들의 신경을 건드리는 예민한 분야다. 인간복제와 같은 생명공학 문제는 더욱 양 진영을 더욱 예민하게 만든다. 진화와 창조의 대립은 끝이 없다. 과학과 종교의 충돌의 한 복판에는 진화와 창조가 있다. 이것을 다루는 분야는 과학철학 · 과학사학 · 인류학 · 종교학 · 사회학 등이다.

과학과 종교의 갈등은 르네상스 시대부터 싹트기 시작했다. 르네상스란 14세기부터 16세기 말까지 유럽에서 일어난 문예 부흥을 말한다. 문예 부흥이란 고대 그리스와 로마의 문학, 사상, 예술을 회복해 신 중심이 아닌 인간 중심의 정신을 되살려 인류 문화를 혁신하자는 시대적 정신운동이다. 유럽은 르네상스의 시작과 더불어 길고 어두운 중세시대의 막을 내리게 되었고, 근세 시대로 접어들게 되었다. 근세는 서양의 중세와 영국의 산업혁명으로부터 제1차 세계대전이 일어난 20세기 초반까지의 근대 사이의 시기를 가리킨다.

근세 시대의 가장 큰 특징은 근대 과학의 토대가 되는 과학혁명의 등장이다. 고대 그리스의 플라톤의 수학적 과학 전통이 신플라톤주의로 재현되면서 수학적인 세계관이 과학 혁명의 촉매가 되었다. 인문주의의 등장, 인쇄술의 발견, 종교 개혁 운동, 코페르니쿠스의 지동설은 과학 혁명의 중요한 배경이 되었다. 고대 그리스 시대, 헬레니즘 시대, 로마 시대의 문예와 사상이 유럽 세계에 소개되면서 르네상스인들은 과학에 대해 새로운 눈을 뜨게 되었던 것이다. 르네상스 정신은 17세기에 들어서 자연과학 사상을 더욱 찬란하게 꽃피우게 했다. 17세기는 현대 과학의 기초를 놓는 시기였다고 해도 과언은 아니다. 갈릴레오, 뉴턴 등 과학자와 데카르트, 베이컨, 흄 등 대륙의 합리주의와 영국의 경험주의 등 근대철학자들이 대거 배출되었던 세기가 17세기다. 유럽 세계에서는 이렇게 16, 17세기를 거치는 동안 현대 과학의 토대가 형성되는 과학혁명이 일어났다.

17세기 과학혁명의 횃불은 18세기에 들어와 더욱 활활 타올랐다. 18세기 유럽 전역에 불어닥친 계몽주의는 인류를 과학의 시대로 접어들게 했다. "계몽주의란 북유럽에서 풍미한 지적 운동으로서 현대 지성을 지배한 세계관을 말한다. 그것은 개인과 사회를 전통과 과거라는 낡은 신화로부터 해방시켜 합리와 이성에 의해 인간 스스로 자신의 운명과 환경을 통제하고 개척하려는 일련의 사상과 태도다. 종교 개혁의 후유증과 상처가 채 아물기도 전에 영국과 독일을 휩쓴 이 새롭고 급진적인 운동은 과학 기술의 혁신적 발전과 철학 사상의 획기적 발전을 가져왔지만, 기독교 신앙의 본질에 파괴적인 도전과 변화를 일으켰다."[31]

## 과학과 종교, 기어코 외나무다리에서 만나다

이렇게 과학과 종교의 갈등의 역사는 근대과학이 싹트기 전부터 있었다. 그 갈등의 구심점에는 항시 과학자들의 발견과 철학자들의 진취적인 사상이 있었다. 1543년 코페르니쿠스의 태양 중심의 지동설 주장은 90년 후 이탈리아의 천문학자이자 수학자인 갈릴레이의 지지 선언으로 이어져 유럽을 발칵 뒤집어 놓았다. 유럽인들은 그때부터 성서에 의심의 눈초리를 보이기 시작했다.

기독교는 17세기 후반부터 약 1세기 동안 유럽과 미국을 풍미한 계몽주의로 인해 더욱 벼랑 끝에 몰리는 위협을 받게 되었다. 과학과 종교는 어느 한 곳이 손을 들어야만 끝나는 전쟁처럼 서로 날카롭게 대치

했다. 마침내 양 진영은 사활을 걸고 한판 승부를 벌여 자웅을 겨루지 않으면 안 되는 검객처럼 외나무다리에서 만나게 되었다. 찰스 다윈의 진화론이 양 진영의 피 터지는 싸움을 촉발시켰기 때문이다. 다윈은 1859년 **종의 기원**(On the Origin of Species)이란 책을 발간해 생물의 모든 종이 공통의 조상으로부터 이어졌으며, 인간을 포함한 현존하는 생물들은 생존경쟁을 거쳐 이루어지는 자연 선택에 의해 진화하는 과정에 있다고 주장하고 나섰다.

다윈의 생물 진화론은 코페르니쿠스의 지동설만큼이나 세상을 놀라게 했다. 과학계는 물론 대중은 진화를 기정사실로 받아들였다. 기독교는 크게 동요했고 신학은 변절하기 시작했다. 상당수 신학자들은 진화론을 열광하는 사회 분위기에 편승했고, 역사비평가들은 대놓고 성경의 초자연적인 현상과 초월의 언어를 거부했다. 신의 언어가 자유로운 생각에서 나온 인간의 언어를 방해한다고 여겼기 때문이다.

계몽주의 시대부터 신학계에 깊이 뿌리 내린 자유주의 신학은 하나의 전통으로 굳어져 오늘날까지 신학 전반에 막강한 위세를 떨치고 있다. 진화론이 인류사회에 미친 영향력은 실로 엄청나다. 진화론은 유전학, 진화생물학, 계통학 등 인접학문에 큰 영향을 주었을 뿐만 아니라, 철학과 과학에도 막대한 영향을 주었다. 진화론은 또한 기독교와 정면으로 충돌을 일으켰다. 기독교의 중요한 가르침인 창조와 부딪혔기 때문이다.

이처럼 "인간과 원숭이는 공통 조상을 갖는다"는 다윈의 주장은 당시 유럽인들에게 충격을 주었고, 진화론과 창조설 간 논쟁에 불을 지폈다. 다윈은 인간이 진화했다는 주장은 하지 않았다. 그는 인간과 원숭이의 조상이 같다고 주장했을 뿐이다. 그럼에도 다윈의 진화론에는 인간도 진화했을 것이란 생각을 자연스럽게 유추하게 한다. 이러니 인간 창조를 믿어 왔던 유럽인들은 얼마나 큰 충격을 받았겠나? 유럽인에게 진화론은 반기독교적 신념이고 종교 현상의 하나로 받아들여졌다. 어떤 면에서는 창조론도 믿음을 요구하고 진화론도 믿음을 요구한다. 어쩌면 진화론은 창조론보다 더 큰 믿음을 요구할지도 모르기 때문에 그것은 창조론보다도 더욱 더 종교적이라고 할 수 있다. 그런 점에서 다윈의 진화론은 과학적이기보다는 철학적이었고, 철학적이었기보다는 종교적이었다.

진화론은 종교적인 믿음의 요소가 있다. 진화와 창조를 조화시켜보려는 이론들이 나온다는 사실은 진화론이 종교에서 요구하는 믿음의 요소가 있다는 것을 보여준다. '유신론적 진화론', '진화론적 유신론'이 이러한 학문적 시도들이다. 진화론의 자연선택설은 자본주의의 원리와 맞아떨어지면서 진화론은 자본주의의 발전에 기여했다. 이렇게 진화론의 영향력이 커지면서 기존의 신 중심주의적인 사고에 지배된 유럽인들은 인간 중심적 사고로 이 세계를 이해하려고 하였으며, 그럴수록 과학과 종교의 갈등은 커져갔다. 하지만 진화에 대한 확신이 강하면 강할수록 이런 질문이 제기된다.

'인간 존재의 의미와 목적은 무엇인가?'

'과연 인간은 진화의 산물이란 말인가?'

'인간이 살아왔고 살아가야 할 지구는 우연히 생긴 것인가?'

이런 질문을 계속해서 하다 보면 과학과 종교는 무관하지 않은 게 분명하다는 생각이 든다. 과학과 종교는 어느 하나의 완승으로 끝나지 않으면 안 되는 무한 충돌의 관계일까? 과학과 종교는 서로 협력해 인류의 미래를 아름답게 건설해야 하는 보완 관계일까? 과학과 종교의 이상적인 접근 방식은 과연 무엇인가? 현대인은 이에 대해 답해야 한다.

## 과학과 종교의 네 가지 관계 유형

### 가장 격렬한 충돌 지점—진화와 창조

과학과 종교의 네 가지 유형을 설명하기에 앞서 한 어설픈 창조과학자에 관한 에피소드를 소개하려고 한다. 이 에피소드는 앞장에서 살짝 언급했는데, 과학과 종교의 관계가 무엇인지를 파악하는 데 유익한 자료여서 여기서 좀 자세하게 살펴보려고 한다.

벌써 3년이 훨씬 넘은 일이다. 2017년 8월 문재인 대통령은 중소벤처기업부 초대 장관 후보로 한 이색적인 젊은 교수를 지명했다. 박성

진 포항공대 교수가 후보였다. 박 후보는 문재인 정부가 야심차게 새로 만든 부처의 초대 수장인데다, 정부조직법 개편으로 가장 늦게 출범한 부처였던 만큼 내각의 마지막 퍼즐을 맞추는 인사여서 세간의 주목을 받았다. 그런데 이러한 이유들보다 박 후보자에 대한 국회 인사청문회가 화제가 된 것은 '한국창조과학회의 이사'라는 그의 특별한 이력 때문이었다. 그런 만큼 국민의 눈은 국회 인사청문회에 쏠렸다. 뉴라이트 역사관과 창조과학론 논란이 불거지자 장관 후보자는 한 발 물러서면서 이렇게 말했다.

> "저는 창조론은 아니고 창조신앙을 믿습니다. 과학적 방법론에 입각한
> 진화론을 존중합니다."

박 장관 후보의 이러한 입장 표명은 창조과학의 전통적 입장과는 크게 다른 것이다. 창조과학은 진화를 전면 부정하는 단체다. 박 장관 후보의 이런 입장 표명은 장관에 임명되기 위해 일단 말 많은 국회 청문회를 통과하고나 보자는 '작선상 일보 후퇴'인지, 아니면 진심에서 우러나온 것인지는 확실하지는 않지만, 결과적으로 그는 장관도 되지 못하고 기독교에서도 지탄을 받는 꼴이 되고 말았다.

이 사건은 현대사회에서 과학과 종교의 경계란 과연 무엇이고, 사상과 이념 그리고 삶의 실천 영역에서 현대인은 과연 어떤 선택을 해야 하는지를 여실히 보여준 사례다. 대부분 사람들은 과학과 종교를 깊이

생각하지 않는다. 그리고 이 둘의 관계를 어떻게 조정해야 할지 문제를 놓고도 깊이 고민하지 않는다. 왜냐하면 두 개념이 너무나 복잡하고 심오하기 때문에 이런 문제를 생각하다보면 으레 답은 안 나오고 골치만 아프기 때문일 것이다. 21세기를 사는 현대인들의 뇌 속에는 다음과 같은 의식으로 절어있다. 바로 이것이다.

'생물은 진화하는 게 틀림없어. 인간도 예외는 아니지. 지구는 아주 오래전, 최소한 1억 년 전에 생겨났을 거야.'

과학과 종교는 인류 문화의 대표적인 두 가지 두드러진 현상이다. 과학은 눈부시게 발전했다. 오늘날 과학은 존재와 생명의 비밀을 거머쥐고 인간의 운명과 자연 질서를 바꿔놓을 만큼 절대적 힘과 영향력을 가진 '신적 존재'로 비치고 있다. 자연과 인간의 대부분의 문제는 일차적으로 과학이 열쇠를 쥐고 있는 듯이 보인다. 하지만 이 우주와 인간이 언제 어떻게 생겨나게 되었고, 그 존재 목적이 무엇인지에 대한 문제에 접근하면 과학은 정답을 내놓는 데 한계에 봉착한다. 천문학은 천체 망원경으로 천체를 살필 수 있을 만큼 발전했다. 천문학의 발전으로 우리는 지금까지 몰랐던 이 신비한 우주에 대해 놀라울 만큼 많은 지식을 얻게 되었지만, 우리는 아직도 모르는 것들이 너무 많다. 어쩌면 우리가 알고 있는 지식은 백만 분의 1밖에 되지 않는지도 모른다.

빅뱅 이론은 우주 기원을 알려 주는 가장 그럴듯한 이론으로 소개되고 있지만, 아직도 풀리지 않은 수수께끼들이 많다. 그럴수록 우주의 기원은 더욱 오리무중에 빠져드는 느낌이다. 영국의 이론물리학자인 스티븐 윌리엄 호킹은 우주와 생명의 기원과 존재에 대해 "신이 우주를 창조하지 않았다."고 주장한 현대의 대표적인 무신론적 과학자다. 그는 우주와 생명의 기원과 존재에 대해 끊임없이 질문을 던지는 인간 이성이 궁극적인 승리를 가져다줄 것이라고 확신했다. 그는 자신의 저서인 **위대한 설계**(The Great Design, 2010)에서 "우주는 어디에서 나왔을까?" "우주는 창조자가 필요했을까?" "우주는 어떻게 작동할까?" 등의 8가지 질문을 제기해 많은 사람들의 주목을 끌었다. 하지만 그런 그조차 "우주는 어떻게 작동할까?"를 빼놓고는 나머지 7가지 질문은 과학의 영역이 아니라 철학과 종교의 영역이라고 토로했다. 스티븐 호킹의 이러한 견해는 역설적으로 이 세계에 대한 해석이 과학의 몫뿐만이 아닌 종교도 있다는 것을 말해준다. 다시 말하면, 과학과 종교는 적대적인 관계가 아니라 서로 협력하고 보완해 선을 이루는 관계에 있다는 것을 웅변해주고 있다.

과학과 종교의 관계는 복잡하고 미묘하다. 주로 양자가 충돌하는 쟁점은 영혼과 뇌과학, 영혼과 인간 복제 생명공학, 진화와 창조다. 이렇게 과학과 종교의 충돌 지점은 많지만, 가장 격렬한 충돌 지점은 '진화와 창조'라고 하겠다. 진화와 창조는 현대 과학과 기독교 신앙의 대표적인 주제다. "진화냐 창조냐' 하는 쟁점은 과학과 종교의 대립과 갈등을 일으키는 원초적인 출발점이다. 과학과 종교 간에 일어나는 대부분의 갈등과 충돌은 여기서부터 생겨 다른 곁가지 주제들로 논쟁의 불길이 일파만파 옮겨 붙고 있다.

과학과 종교는 인류의 행복한 미래를 위해 서로 존중하고 협력해야 한다. 그러기 위해서는 독립적인 두 영역은 서로 다름을 인정하면서 열린 자세로 대화를 해야 한다. 이런 측면에서 볼 때 최근 과학과 종교의 관계가 무엇인지 규명하고, 이상적인 관계가 어떤 것인지를 성찰하려는 학문적 움직임이 있다는 것은 인류 미래를 위해 반가운 신호가 아닐 수 없다.

## 과학과 종교의 관계에 대한 네 가지 유형론

이런 예민한 분야에서 일생을 바쳐 학문에 정진해 과학과 종교 양 진영으로부터 "과학과 종교 연구의 개척자"라는 찬사를 받는 사람이 있다. 미국의 핵물리학자인 이안 바버(Ian Barbour, 1923 - 2013)라는 학자다. 이안 바버는 과학과 종교의 관계 모델과 바람직한 방향을 모색하는 **과학과 종교**(Science & Religion, 1968)라는 책에서 과학과 종교의 유형을 충돌 · 독립 · 대화 · 통합 네 가지로 분류했다.

과학과 종교의 관계를 심층적으로 연구해 과학과 종교의 화합을 제창한 이안 바버의 견해는 과학과 종교 양 진영으로부터 상당한 호응을 얻고 있다. 이안 바버가 제시한 네 가지 유형론은 지금까지 과학과 종교의 관계를 고찰할 때 가장 널리 사용되는 분류체계다. 네 가지 유형 중 대화와 통합을 하나로 묶어 설명하는 학자들도 있지만, 여기에서는 이안 바버의 분류대로 네 가지 유형론으로 살펴보려고 한다. 네 가지 유형은 다음과 같다.

> **충돌**: 과학과 종교는 충돌하는 관계다.
> **독립**: 과학과 종교는 무관한 관계다.
> **대화**: 과학과 종교는 대화를 통해 보완하는 관계다.
> **통합**: 과학과 종교는 궁극적으로 통합되는 관계다.

과학과 종교의 네 가지 유형을 설명하기 전, 이안 바버에 대해 좀 더 알아보면 좋겠다. 이안 바버는 우주의 기원과 존재를 진화와 양자물리학에 기초해 밝히려 했다. 그는 이 세계가 뉴턴과 데카르트의 기계론적[32], 결정론적[33] 세계가 아닌 총체적이면서 유기적인 세계라고 보았다. 이안 바버는 독특한 물리학자다. 예일대학교에서 신학을 공부한 그는 화이트헤드의 급진적 경험론에 영향을 받아 세속 신학에 심취했다. 그의 학문적 관심은 과학과 종교 간 대화였다. 그는 이 공로로 1999년 템플턴상을 수상했다. 이안 바버는 과학과 종교 간 대화에 관한 많은 저서들을 남겼다. 그가 평생을 얼마나 치열하게 이 분야에 헌신적으로 일했는지는 80세 생일을 맞아 출간한 그의 자전적 에세이집인 **과학이 종교를 만날 때**(When Science Meets Religion, 2000)에서 잘 드러난다. 그는 이 책에서 자신의 삶을 이렇게 회고했다.

"나는 20대는 물리학을 공부하는데 바쳤고, 30대는 종교학을 가르치는데 보냈으며, 40대는 과학과 종교를 연결하는 일을 하며 보냈고, 50대에는 기술과 윤리를 공부했고, 60대에는 과학과 종교 그리고 기술과 윤리를 연결하는 일을 했으며, 70대에는 진화, 인간의 본성, 환경윤리, 종교 다원주의를 공부하며 보냈습니다."

평생을 과학과 종교 간 대화에 이바지한 이안 바버의 이 같은 회고는 마치 공자孔子가 자신의 일생을 돌아보며 나이가 들면서 스스로의 학문이 어떻게 심화되었는지를 밝힌 술회를 생각나게 한다. 공자의 이 유명한 말은 논어論語 위정爲政편에 나온다.

이안 바버(Ian Barbour). 핵물리학 박사인 이안 바버는 아서 피콕, 존 폴킹혼과 함께 종교 과학 분야의 거장으로 손꼽히는 학자다. 과학과 종교의 지식과 가치 통합을 위해 독창적이고 지속적인 노력을 펼친 그는 과학과 신학 양쪽을 섭렵했다. 그는 과학과 종교를 연결하기 위해 과학계와 신학계에서 맨 처음으로 '비판적 사실주의'라는 용어를 쓰기 시작했다. 과학과 종교의 관계 모델을 통해 과학과 종교 간 대화의 필요성을 넘어 통합을 제안하는 이안 바버는 과학과 종교의 통합을 제창하는 우리 시대의 선구자다.

"나는 열다섯에 학문에 뜻을 두었고志學, 서른 살에 섰으며而立, 마흔 살에 미혹되지 않았고不惑, 쉰 살에 천명을 알았으며知天命, 예순 살에 귀가 순했고耳順, 일흔 살에 마음이 하고자 하는 바를 따랐지만從心, 법도에 넘지 않았다."

공자가 나이 마흔에 복잡한 세상사에 미혹됨이 없어 진리를 붙들려는 마음을 바로 세웠다면, 이안 바버 또한 나이 마흔에 물리학과 신학을 융합한 과학과 종교 간 대화의 물꼬를 트기 위한 학문을 바로 세웠다는 뜻일 게다.

### 첫째 유형 : 충돌

과학과 종교의 첫 번째 관계 방식은 충돌이다. 대화할 가치도 없고 화해할 필요도 없고 공존할 수 없는 적대적인 갈등 관계라는 것이다. 이것은 과학과 종교 양 진영의 극단적인 입장이 한 치 물러서지 않고 각자의 주장과 입장을 강경하게 고수함으로써 마주쳐 달려오는 기관차처럼 배타적으로 대립해 충돌하는 관계다. 어느 하나가 죽어야만 끝나는 전쟁 같은 관계 말이다. 물질적 환원주의와 과학만능주의를 고집하는 과학 진영과 성경 문자주의와 종교 근본주의를 고집하는 종교 진영 간 반목과 대립이 이 관계의 특징이다. 양 진영은 총칼을 들고 전쟁을 안 해서 그렇지, 펜을 들고 전쟁을 하고 있다. 갈릴레오의 지동설, 다윈의 진화론은 역사적인 실례들이다.

자연과학적 유물론자들은 모든 지식은 과학이 제공하며 초자연적인 것에 대한 지식을 추구하는 종교는 허상이라고 주장한다. 과학적 유물론은 흔히 과학주의라고 불린다. 과학자들은 오직 물질만이 우주의 모든 존재와 현상에 대한 근본적인 실재이며, 그것은 궁극적으로 물질로 환원될 수 있다고 주장한다. 즉, 진리를 탐구하는 유일하고 유효한 방법은 더 이상 쪼갤 수 없는 원자와 같이 가장 근원적인 단일한 존재를 찾아 그것이 운동하는 원리를 밝혀내 궁극적 진리에 도달하게 되는 물질적 환원주의라는 것이다.

과학자들은 이 문제를 해결하는 유일한 방법은 오직 과학에 의해서만 가능하다고 함으로써 과학만능주의만이 진리에 이르는 길이라고 주장한다. 그러기에 이들 극단적인 과학주의자들은 정신, 영적 존재, 신이라는 개념은 단지 인간의 뇌 속에서 뉴런과 시냅스, 그리고 신경화학 물질이 복합적으로 작용해서 만들어 내는 물질의 부수적 현상에 불과할 따름이라고 정의한다. 극단적 과학주의자들은 종교란 인간의 상상력의 산물이므로 애당초 신의 존재란 있을 수 없다고 생각한다. 따라서 그들은 종교는 과학 시대 이전의 구시대적 유물이므로 과학 시대에는 폐기처분해야 마땅하다고 주장하고 있다. 자크 모노[34], 에드워드 윌슨[35], 칼 세이건[36], 리차드 도킨스[37] 등이 그러한 과학자들이다.

'진화'와 '창조'의 대립은 과학이 고도로 발달한 오늘날에만 있는 게 아니고 150년 가까이 되는 동안 계속되어 온 해묵은 싸움이다. 양자가 서로 갈등하고 긴장하고 적대시하면서 충돌하는 것은 과학과 창조가 서로 확고한 신념이 있기 때문이다. 과학 진영은 중력의 이론이 사실인 것처럼 진화도 증거가 확실한 사실이라고 주장한다. 창조 진영은 진화론이 본질적으로 무신론이며 가설에 불과한 것으로 기독교 신앙을 저해하고 적대하는 기독교 최대의 적이라고 주장한다.

창조 진영이 이렇게 완강하게 진화를 거부하고 배척하는 까닭은 신이 이 세상을 창조했다는 성서의 기록을 믿기 때문이다. 성서의 기록을 문자 그대로 받아들이는 경향을 '성경 문자주의'라고 한다. 성경 문자주의는 축자영감설逐字靈感說에 토대를 두고 있는 근본주의적인 성경 해석이다. 성경 문자주의는 성경이 인류 구원을 위한 완전하고 오류가 없다는 의미에서 축자영감설에 근거한 성경 무오설과 깊은 관련이 있으며, 현대 문화의 이해와 진보적 신학 운동에 반대하면서 다른 종교를 배타하는 개신교 근본주의와 깊은 관련이 있다.

성경을 문자적인 관점에서 보려는 경향은 가톨릭보다는 개신교가 훨씬 강하다. 진화론과 빅뱅 이론에 대해 개신교보다는 덜 거부감을 보여 온 로마 가톨릭은 2014년 교황청 과학위원회 검토를 거쳐 진화론과 빅뱅이론이 가톨릭 가르침에 위배되지 않는다고 공식으로 발표했다. 20세기에 들어와 성경 문자주의를 고수하는 일부 개신교는 무오한 성경의 기록이 자연과학적 증명에도 어울릴 수 있다고 주장하면서 과학 진영과 잦은 충돌이 일어났다.

한편, 과학적 창조주의와 함께 성경 문자주의의 태도의 하나인 교권적 권위주의는 교회의 권위가 자연과학에 우선한다는 것을 강조한다. 교권적 권위주의는 개신교보다는 교황은 무오하다는 가톨릭에서 강하게 나타나고 있다. 로마 가톨릭에서 교황 무오설은 교회의 최고 권위자인 교황이 신앙과 도덕에 관해 결정을 내리면 그 결정은 성령의 특별한 은총으로 인한 것이기 때문에 어떠한 오류도 있을 수 없다는 가톨릭의 교리를 말한다. 개신교는 이 교리를 부정하고 있지만, 아이러니하게도 오늘날 개신교도 성직자 중심의 권위적인 교권주의가 교회 세속화를 부채질하는 한 원인이 되고 있다는 비판을 받고 있다.

위와 같이 과학과 종교의 충돌 관계란 물질적 환원주의를 토대로 과학만능주의를 고집하는 과학 진영과, 성경 문자주의를 토대로 근본주의를 고집하는 종교 진영 간 한 치 양보 없는 끝없는 반목과 대립을 의미한다. 단 한 발도 물러설 기색이 없는 양 진영은 서로를 적으로 규정, 전쟁을 방불케 하는 치열한 논쟁을 벌이고 있다. 양 진영은 자기 것만이 진리라고 주장한다는 점에서 세계관의 주도권 싸움이라고 할 것이고, 과학도 종교적 성격을 띤다는 점에서 종교전쟁이라고 말할 수 있다.

### 둘째 유형 : 독립

과학과 종교의 두 번째 관계 방식은 독립이다. 이 유형은 과학과 종교가 서로 다른 영역이기 때문에 분리해서 접근하는 게 좋다는 입장이다. 이런 입장을 보이는 학자들은 과학과 종교를 서로 완전히 다른 독립적이고 자율적인 영역으로 간주하고 두 진영이 교류는 하되, 피차 쓸데없이 간섭하지 않고 각자의 영역에서 자기 문법에 따라 활동해 인류의 안녕과 번영, 그리고 진보를 위해 공동의 책무를 수행해가면 충분하다고 본다. 그렇다면 양자는 상대의 개성을 서로 최대한 존중, 불

필요한 충돌을 피하고 각자의 영역에서 최선을 다하면 된다는 게 이 유형의 골자다.

이것을 스포츠로 비유하자면, 한 운동장에서 두 팀이 격렬히 몸을 부딪쳐 승리를 쟁취하는 럭비나 축구 경기가 아닌, 경기장 한 가운데 네트를 쳐서 처음부터 서로 영역을 구분해놓고 경기에 임하는 테니스나 배구처럼 각기 자기 일에 충실하는 게 최선이라는 것이다. 과학과 종교는 추구하는 목적과 원리가 근본부터 다르고 삶의 방식에 있어서도 다른 기능을 가진 언어이기 때문에 서로 고유한 영역을 침범할 필요도 없고, 인접 학문을 무시할 필요도 없으며, 또한 구태여 융합을 시도할 필요도 없는 독립적인 별개의 두 영역이라는 점에서 이 둘은 분리의 관계다.

이런 견해를 가진 신학자들과 과학자들로는 미국의 복음주의 신학자인 랭던 길키, '진화의 신학'으로 종교계와 과학계 양 진영에서 신망이 있는 미국의 존 호트, 20세기 가장 위대한 신학자 중 한 사람으로 불리는 독일의 개신교 조직신학자인 볼프하르트 판넨베르크, 미국의 저명한 진화생물학자인 스티븐 제이 굴드[38], 그리고 알버트 아인슈타인 등이 있다.

이분들의 견해를 일일이 소개하면 좋겠지만, 지면 관계상 아인슈타인에 관한 이야기만 해보려고 한다. 천재 물리학자인 아인슈타인을 모르는 사람은 없을 것이다. 그는 인류의 과학문명에 영향을 끼친 20세기 가장 위대한 사람이다. 아인슈타인은 1921년 처음으로 미국을 방문해 프린스턴 대학에서 상대성 이론에 관해 강연하면서 이런 말을 남겼다.

"종교 없는 과학은 절름발이고, 과학 없는 종교는 장님이다."

(Science without religion is lame, religion without science is blind.)

아인슈타인의 이 유명한 말은 아직도 프리스턴대학 파인홀의 교수 휴게실에 새겨져 있다고 한다. 아인슈타인은 자신이 내뱉은 이 말을 멋있게 느껴서인지 1954년 출간한 에세이집 **과학과 종교**에서 이 말을 또 한 번 했다. 그때부터 과학과 종교의 상호의존적인 관계에 대해 말을 할 때는 약방의 감초처럼 이 말이 곧잘 등장하곤 했다. 아인슈타인의 이 명언은 과학계에서보다는 종교계에서 훨씬 더 많이 인용한다. 아무래도 수세에 몰린 쪽은 종교계이기 때문일 것이다. 신심이 깊은 기독교인들은 경이로운 천재 물리학자인 아인슈타인이 신앙심은 깊지 않더라도 최소한 부정하지는 않는 유신론자이기를 희망할 것이다. 그러나 유감스럽게도 아인슈타인은 불가지론자다. 아인슈타인도 자신이 불가지론자라는 것을 천명했다. 기독교인의 입장에서는 그가 불가지론자라는 게 그나마 다행으로 여길 일이다. 그가 자신을 무신론자라고 내세우고 걸핏하면 기독교와 기독교 신앙을 무시하고 다녔더라면 기독교인들의 신경을 엄청 건드렸을 것이기 때문이다.

아인슈타인은 기독교에 독설을 퍼붓지는 않았지만 결코 호의적이지는 않았다. 이는 그가 무신론자도 유신론자도 아닌 사람이었기 때문이기보다는 그의 종교가 '우주'였기 때문이다. 아인슈타인은 실제로 인류에게 유익한 종교가 있다면 그것은 "우주적 종교"라고 말할 정도였다. 그는 종교의 교리가 이성과 합리에 의해 과학적으로 뒷받침되고 과학자와 예술가에게 영감을 줄 수 있어야 바람직한 종교라고 보았다. 그는 이러한 조건을 만족시키는 미래의 종교를 "우주적 종교"라고 불렀다. 흥미로운 것은, 아인슈타인은 "현대 과학의 요구에 부합하는 종교가 있다면 그것은 곧 불교가 될 것"이라면서 불교를 "우주적 종교"에 가장 근접한 종교로 꼽았다는 점이다. 불교계는 아인슈타인의 우주적 종교 이론이 불교의 가르침과 상응한다면서 미래의 종교는 불교가 될 것이라고 아전인수격으로 해석하고 있지만, 이것은 두고 볼 일이다.

아무튼 아인슈타인이 가지고 있던 신에 대한 개념은 모호하다. 전체적으로 그는 신을 인정하지도 부정하지도 않았다. 그는 자연현상이 놀라운 질서체계 안에 있는 것을 보며 신이 존재하지 않을까 막연히 생각한 사람이다. "신은 교묘하지만, 심술궂지는 않다."라든가, "신은 주사위 놀이를 하지 않는다."는 발언은 천재 과학자인 그가 신비로운 대우주와 자연의 질서정연한 법칙에 대한 일종의 경외감의 표현으로서 종교와는 결이 다른 형태의 믿음이 있었다는 것을 방증해 준다.

## 셋째 유형 : 대화

과학과 종교의 세 번째 관계 방식은 대화다. 독립 모델과 통합 모델의 가운데 있는 이 유형은 신학자들에게 선호도가 가장 높다. 이 유형은 과학과 종교가 서로 충돌하거나 분리된 게 아니라, 인류의 공동선을 위해 서로 허심탄회한 대화를 함으로써 두 영역 사이에 놓인 거대한 간격을 메워나가 궁극적인 진리에 다가가려는 시도다. "종교 없는 과학은 절름발이고, 과학 없는 종교는 장님이다."라고 말한 아인슈타인의 속내도 실은 과학과 종교의 대화였을지도 모른다. 이 말은 결국 과학과 종교는 인류 사회에서 없어서는 아니 되는 두 가지 중요한 가치이므로 둘은 서로 보완해야 완벽해진다는 뜻이 아닐까?

서로 다른 영역인 과학과 종교는 어떻게 대화할 수 있을까? 이안 바버는 대화의 필요성을 두 용어를 들어 설명하고 있다. 하나는 '경계질문'(boundary questions), 또 하나는 '방법론적 평행'(methodological parallels). 경계 질문이란 진리 탐구를 위한 과학이 과학으로써만 그 진리에 답을 할 수 없는 경계를 넘어서게 되는데, 바로 이럴 때 종교에 손을 내밀어 대화의 관계를 맺게 되는 것을 뜻한다. 과학과 종교 간 대화가 필요한 또 하나의 요인은 '방법론적 평행'이라는 개념이다. 이것은 과학과 종교가 방법론적으로 매우 유사하다는 사실에 주목해 서로를 긍정하며 대화에 임하자는 취지에서 관심을 사고 있다. 과학이 발달하면서 일반 대중은 과학은 객관적이고 종교는 주관적이라고 여기며 이러한 이분법 접근이 옳은 줄로만 생각해왔다. 하지만 20세기 중반부터 이것은 선입견에서 비롯되었다는 것을 과학 진영에서 깨닫기 시작했다. 과학자들은 과학적인 연구와 그 연구 결과가 반드시 객관적이고 가치 중립적인 것이 아니라, 개인과 시대 상황에 영향을 받는 것이라는 사실을 밝혀내기 시작했다.

여기서 잠시 토마스 쿤(Thomas Kuhn, 1922-1996)에 대해 이야기를 해보고 싶다. 하바드대학교의 물리학 박사였던 토머스 쿤은 현대 자연과학은 물론 철학, 심리학, 언어학, 사회학 등 여러 분야에 큰 영향을 주었던 미국의 과학사학자이자 과학철학자다. 쿤은 1957년 **코페르니쿠스 혁명**(The Copernican Revolution)이라는 책을 출간해 과학계의 주목을 받기 시작했다.

이 책에서 쿤이 부각시키고자 하는 키워드는 '과학혁명'과 '구조'다. 쿤은 과학의 발전은 점진적으로 이루어지는 것이 아니라 패러다임의 전환에 의해 혁명적으로 이루어진다고 주장하고, 이 변화를 "과학혁명"이라고 불렀다. 토마스 쿤은 과학이 결코 순수하게 객관적이거나 중립적인 것이 아니라 패러다임 의존적이라는 사실을 밝혀냈다. 쿤은 그때까지 알려진 과학의 진보에 대한 일반적인 인식에 도전했다. 일반적인 과학적 진보는 이미 수용된 사실과 이론의 축적에 의한 발전으로 인식되었다.

쿤은 정상 과학에서의 이러한 개념적인 연속성의 시기가 혁명적인 과학의 시기에 의해 방해되는 불연속적인 모델임을 주장하고, 이 혁명의 시기 동안에 발견된 이상 현상이 새로운 패러다임을 일으킨다고 보았다. 이 새로운 패러다임이 곧 과학 공동체의 탐구행위를 규율하는 개념적, 형이상학적, 방법론적 전제들의 집합이다. 새로운 과학적 관측 데이터 등이 당대의 지배적인 과학 공동체가 공유하는 이론적 틀에 영향을 받아 해석이나 검열의 과정을 거친다는 것이다.

쿤은 이렇게 과학구조의 발전을 정상과학→위기→과학혁명→새로운 정상과학으로 순차적으로 이어지는 4단계의 불연속적인 것으로 보았고, 과학이 절대 진리를 향한 인류 문화의 진보를 이룬다는 기존의 인식은 틀린 것이라고 주장했다. 쿤이 주장하는 과학혁명은 왕정이 붕괴하고 공화정이 세워지는 것 같은 사회적 혁명과 유사한 것이라서 보수적인 과학계의 반발을 샀다. 하지만 기독교는 과학의 발전이 완벽한 진리를 향해 서서히 나아간다는 전통적인 과학의 진보 개념을 부정한 쿤의 주장에 대해 환영했다. 토마스 쿤처럼 종교와 과학이 서로의 영역을 존중해 주면서 비판적 성찰에 참여해 창조적으로 협력한다면 인류 문화는 진보해 나갈 것이다. 그러므로 과학과 종교의 대화는 공명, 일치, 조화의 정신을 요구한다고 하겠다.

### 넷째 유형 : 통합

마지막으로, 과학과 종교의 네 번째 관계 방식은 통합이다. 과학과 종교를 통합의 차원에서 바라보는 이 관점은 과학과 종교가 인류문화의 두 축을 이루고 있으며, 미래의 진보를 위해 이바지할 것이고, 진리에 이르는 데 손을 맞잡고 걸어가는 친구 같은 관계여서 양자는 처음부터 조화의 관계라는 전제 위에서 출발한다. 이 관점은 과학자들의 진화를 인정하면서 동시에 신학자들의 창조도 인정한다. 진화를 창조의 한 방식으로 생각할 뿐만 아니라, 창조를 진화의 한 방식으로 나타난 것으로 받아들인다. 대체로 전자의 입장은 유신진화론에서, 후자의 입장은 진화론적 창조론에서 나타난다. 기독교 근본주의를 제외한 대부분의 복음주의 신학자들과 기독교인들은 이러한 입장을 취하면서 과학과 충돌하지 않고 고유한 신앙을 지켜나가려고 하고 있다.

이안 바버는 과학과 종교의 통합의 방식을 세 가지 형태로 제시했다. 첫 번째 형태는 "자연신학", 두 번째 형태는 "자연의 신학", 그리고 세 번째 형태는 "체계적 종합"이다. 바버는 이 세 가지 방식을 통해 과학과 신앙은 각각의 정체성과 자율성을 가지고 서로 긴밀히 침투가 가능하다고 보았다. 이 세 가지 방식이 실현될 때 비로소 신앙은 현대인들에게 이성적으로 받아들일 만한 것으로 이해되고, 과학은 과학주의로 인해 신앙에서 멀어진 삶의 의미를 신앙에 되돌려 줄 수 있게 된다는 것이다.

이안 바버가 과학과 종교의 통합을 위해 첫 번째로 제시한 "자연신학"이란 인간의 이성이나 자연 속에서 얻은 경험을 기초로 신의 존재를 증명하거나 믿음을 정당화하려는 신학의 한 분야다. 이것은 문화적·교리적 차이와 상관없이 모두가 공유하는 과학 데이터를 기반으로 한다. 자연신학은 데이터에 의해 신앙에 방해가 되는 요소들을 제거하고 종교의 존재 이유와 종교적 경험에 마음을 활짝 열어 참여하는 데 도움을 준다.

과학과 종교가 동일한 실재에 대한 서로 다른 표현 방식으로 받아들이고 과학적 사실에서 신학적 의미를 찾으려는 움직임은 토마스 아퀴나스가 활동했던 13세기로 거슬러 올라간다. 토마스 아퀴나스는 자연신학의 선구자다. 아퀴나스는 자연에서 창조의 증거들을 찾아내 신 존재를 입증하려고 했다. 과학의 체계적인 서술을 신학 안에 수용해 그것을 형이상학적인 용어로 구성해 신 존재를 증명하려고 했던 것이다. 자연계시를 가지고 신학을 전개한 토마스 아퀴나스의 자연신학은 중세의 신학자들에게 전폭적인 지지를 받았다.

그러나 250년 후 시작된 종교개혁 시대에 들어와 자연신학은 마틴 루터, 존 칼빈 등 종교 개혁가들의 비판을 받게 되었다. 자연신학이 다시 관심을 사기 시작한 것은 유럽에 불어 닥친 사회 진보적, 지적 운동인 17, 18세기 계몽주의 시대였다. 특히 18세기는 위대한 천재들이 배출된 세기였다. 그런 천재들 가운데서도 아이작 뉴턴은 인류가 낳은 불세출의 천재였다. 뉴턴은 이 우주를 완벽한 시계처럼 정해진 질서와 법칙에 따라 정확하게 운행하는 완벽한 시계처럼 보고, 완전한 우주를 고안한 설계자가 존재한다고 생각했다. 뉴턴은 그 설계자가 신이라고 확신했다.

　18세기 자연신학자들 가운데 영국의 성공회 신부였던 윌리엄 페일리는 '시계공 논증'(Watchmaker analogy)을 통해 하나님의 존재를 목적론적으로 설명하려고 했다. 페일리에 따르면 시계가 무엇인지 모르고 처음 보는 사람이라도 일단 시계를 한 번 보면 누구나 그 시계가 저절로 만들어진 게 아니라 정교한 지능을 가진 누군가가 시계를 만들었다고 추측할 수 있다는 것이다. 신이 창조한 이 우주도 매우 복잡한 과학적 원리와 법칙에 따라 움직이고, 우주에서 일어나는 모든 현상은 시계의 침들이 움직이는 것처럼 정교하게 일어난다는 것이다. 그렇다면 우주는 저절로 나타난 게 아니라 어떤 지적인 존재가 창조한 게 분명하고, 그 창조주는 바로 기독교에서 말하는 신이라는 것이다. 페일리의 생각은 오늘날 지적 설계 이론의 모태가 되었다.

　이안 바버가 두 번째로 제시한 과학과 종교의 통합 방식은 "자연의 신학"이다. "자연신학"이 인간의 이성과 자연에서 얻은 경험을 기초로 신의 존재를 과학적으로 증명하는 신학의 한 현상이라면, "자연의 신학"은 종교적 경험과 역사적 계시를 현대의 과학적 지식에 비추어 재구성함으로써 종교적인 것들을 설명하는 신학의 한 현상이다. "자연의 신학"의 대표적인 학자는 영국의 신학자요 생화학자이자 성공회 신부인 아서 피콕(Arthur R. Peacocke, 1924-2006)과 프랑스의 관념주의 철학자인 피에르 테야르 드 샤르댕(Pierre Teilhard de Chaedin, 1881-1955)이다.

아서 피콕은 신은 과학이 밝혀내는 자연세계의 과정 안에서와 자연세계의 과정을 통해 창조한다고 생각했다. 즉, 신은 법칙과 우연의 종합적 과정을 통해 세상을 총체적으로 창조하지 그 과정 사이의 틈새에 끼어들어 중재하는 방식으로 존재하는 분이 아니라는 것이다. 테야르 드 샤르댕은 진화론적 도식으로 인간의 본성, 예수 그리스도, 역사의 종말과 같은 종교적 언어를 얼마든지 서술할 수 있다고 주장했다. 그는 오메가 포인트(Omega Point)라는 활력주의 이념을 고안해 우주는 그곳을 향해서 진화해가는 최고수준의 복잡성과 의식이라고 말했다. 그는 역사가 오메가 포인트를 향해 나선형으로 진화한다고 하며, 예수 그리스도는 인간 의식이 광물에서 출발해 생

피에르 테야르 드 샤르댕(Pierre Teilhard de Chardin, 1881–1955). 프랑스 가톨릭 신부이자 관념주의 철학자로 유신 진화론의 대표적 학자이다. 고생물학과 지질학에 조예가 깊었던 그는 창세기의 창조가 시대에 뒤떨어지는 비과학적인 것으로 생각하고, 신학이 현대의 진화이론을 받아들여 종교와 과학이 조화를 꾀해야 한다고 주장해 가톨릭교회에 파문을 일으켰다. 테야르 드 샤르댕의 평생의 학문적 관심은 지질학과 고생학물학에 함축된 인간 의미였다. 그는 역사가 오메가 포인트를 향해 나선형으로 진화해, 그 진화의 맨 끝자락에서 예수 그리스도를 인간의식의 최종적인 성취라고 하였다. 2005년 유엔은 '인류의 미래―테야르의 현대적 의의'라는 주제로 심포지엄을 열어 인류 발전에 공헌한 그를 기렸다.

물과 정신적 존재를 거쳐 진화의 맨 끝자락에서 성취되는 최종적인 모습이라고 주장했다.

마지막으로, 이안 바버가 세 번째로 제시한 과학과 종교의 통합의 방식은 "체계적 종합"이다. 바버가 분류한 체계적 종합이란 과학과 종

교를 하나의 종합적인 형이상학의 구도로 체계적으로 결합시켜 일관된 하나의 세계관을 구성하는 것이다. 체계적 종합의 대표적인 예로는 과정신학을 들 수 있다. 과정신학은 알프레드 화이트헤드(Alfred Whitehead, 1861-1947)의 한 강연에서 유래된 말로서, 미국 시카고 대학 신학부를 중심으로 형성된 특정한 신학 운동을 가리킨다. '과정'이라는 용어에서 얼핏 알 수 있듯이 '과정'이란 단순히 고정된 것이 아닌, 그 존재의 변화성과 새로운 존재로의 끊임없는 움직임을 포착하는 것을 뜻한다. 전통 서양 사상에서 발견되는 존재론적 사고와는 달리, 이 존재의 형성이 마지막을 향해 끊임없이 변해간다는 의미가 과정이라는 말 속에 담겨 있다. 그러므로 과정신학(Process theology)이란 과정을 중시하는 신학을 의미한다.

과정신학은 만물의 근본 질서, 곧 실재의 근본 성질은 존재 또는 실체가 아니라 과정이라고 하며, 실재를 이해하는 데 있어서 사건, 되어감(형성), 유기체적 관계성을 실체나 존재보다 더 본래적 양태로 보는 신학이다. 과정신학은 단순히 물질적인 성분보다는 현실의 과정에서 경험하는 계속적인 관계와 진행에 공헌하는 사건의 연속으로 신을 감지하려고 한다. 과정신학이 상정하는 신은 존재론적인 전통적인 신의 개념이 아니라, 자기 존재에 대해 강압적이지 않고 오히려 관계성을 중시하는 설득의 의미로 다가오는 과정 중에 있는 신(神) 개념이다. 그러기에 과정신학은 신은 변화하는 모든 우주와 만물에 관련하는 신이며, 우주에서 일어나는 모든 사건들에 관여하는 신이므로 시간의 진행에 따라 변화하고 있다고 본다.

　이들 과정신학자들은 인간과 세계를 이해하는 데 있어 진화론적 성격을 강조하여 신도 변화해가는 세계와의 영적인 교류를 통해 발전해 가는 과정에 있다고 주장한다. 과정신학자들은 다른 급진적인 신학자들과는 다르게 유신론을 지향하고 있으면서 신과 창조와의 관련성, 신의 초월성, 신의 양극성, 사랑이라는 신의 근원적인 속성 등을 신학의 본령으로 삼고 있다. 과정신학자들은 신이 세계를 초월하지만 동시에 그 안에 내재한다고 보고 있다. 과정신학자들이 보는 신은 전지전능한 통치자이기보다 새로움과 질서의 원천으로서 사건들 속에 내재하며, 피조물들의 고통과 함께하면서 피조물들이 지닌 원초적 본성이 진화를 통해 귀결적 본성으로 발전해 가도록 설득하는 존재다.

## 필자의 고언

### 과학은 신의 창조에, 종교는 과학의 진화에 마음을 열어야

　과학과 종교의 관계를 독자 여러분은 잘 이해하셨는지? 어렵지는 않았는지? 여러분의 지성으로는 충분히 이해하였으리라 믿는다. 서로 다른 인간 사고의 영역인 과학과 종교는 인류 역사와 더불어 발전해 왔다. 인류는 과학과 종교를 진리의 제공자라고 믿어왔다. 하지만 고도로 발달한 과학 시대에 사는 현대인들은 과학과 종교를 어떻게 받아들여야 할지 혼란을 겪고 있다.

혼란의 중심에는 늘 진화냐 창조냐 하는 골치 아픈 문제가 가로놓여 있다. 기독교인이라면 웬만하면 창조를 믿고 싶지만, 어린 시절부터 진화를 배워왔고 성인이 되어서도 온통 진화론적 문화에 익숙해 있는 현실이다. 하지만 성경을 보거나 예배시간에 설교를 들으면 이 세상은 하나님이 창조했다고 한다. 이러니 혼란스럽다. 과학과 종교 중 어느 하나가 진실인가? 둘 다 진실이라면 모순 아닌가? 어느 하나는 진실이고 어느 하나는 진실이 아니지 않겠는가? 그렇다면 어떻게 해야 하나? 어느 하나를 포기해야 한다는 것인가? 아니면 과학은 과학으로 받아들이고 창조는 그냥 믿음으로 받아들이면 된다는 것인가?

아담의 역사성을 규명하는 문제는 지질학, 생물학. 우주학. 인류학 등 현대과학과 충돌하고 있기 때문에 보수 신학자들을 굉장히 곤혹스럽게 하는 분야이다. 신은 아담을 만들어놓고 왜 타락하도록 내버려두었는가 하는 의문은 무슨 말로도 설명하기 어려운 게 사실이다. 정직하게 살려고 노력하는 지적인 현대인들은 '아담이 지은 원죄를 왜 내가 뒤집어써야 한다는 것인가?'라고 불평하며 아담과 선을 그어놓으려고 한다. 아담이 친숙하게 다가오면서도 불편한 마음이 드는 것은 이 때문이다.

그러기에 아담은 종종 신학의 아킬레스건으로 인식되어왔다. '아담은 실제로 존재했는가? 그가 실제로 존재했다면 모자라고 우스꽝스러운 원숭이 같은 모습이 아니라 의젓하고 지적인 현대인인 우리와 같은 모습을 가졌을까?'라는 생각은 신학자이건 신학의 문외한이건 풀리지 않는 수수께끼다.

과학이 발달하기 이전 중세까지만 하더라도 사람들은 막연히 아담은 지구의 어느 한 귀퉁이에서 살았고, 품격 있는 존재였을 것이라고 상상했다. 그러나 합리주의가 태동하고 다윈의 진화론이 나타나면서부터는 아담의 실존은 의심을 받기 시작하더니 급기야는 픽션에서 나오는 인물로 치부되었다. 그리하여 어느 신학자의 말처럼, 지금 아담은 고대의 상상 속에서나 나오는 가상의 인물이며 그의 망령은 여전히 원죄를 따라붙게 한다. 그에 대한 어거스틴의 사상 체계는 산산조각 깨어졌고, 허물어졌으며, 바람과 함께 사라졌다.

신이 이 세상을 창조하고 정교한 질서로 유지한다는 믿음은 기독교에서는 굉장히 중요한 주제다. 구약성서의 맨 처음 시작은 신이 이 세상을 창조했다고 말한다. 그것도 손으로 만드신 게 아니라 말씀으로! 신이 천지 만물을 존재하게 하신 유일한 근원이라는 이 창조 기사는 전능한 신은 창조 이전부터 존재하였고 창조의 능력으로 피조세계를 다스리시는 분이라는 것을 천명한 것이다. 과학이 성서의 창조를 과학적 사실로 증명하고 받아들이면 좋으련만, 문제는 과학이 창조를 거부하고 있다는 데서 신실한 기독교인들의 고민은 커져간다. 과학이 맞는다고 생각하니, 그렇다고 신앙을 버릴 수는 없는 노릇이다. 많은 기독교인들에게는 신앙이 생명과도 같은 것이니까. 하지만 그렇게 생각할수록 마음은 개운치가 않다. 그때마다 마음속에 파고드는 의문거리가 있다.

'진화! 혹시 이 세상은 진화한 게 아닐까? 아니, 창조되었을 거야…. 창조되었다면 진화는 뭐지? 혹시 하나님이 세상을 창조하셨지만 진화에도 관여하신 건 아닌가? 그렇다면 내가 믿는 신앙은 뭔가?'

우리의 마음이 과학과 종교가 부딪치는 것은 은연 중 우리 마음에 과학과 종교는 전혀 다른 영역이라는 이분법적 생각이 자리하고 있기 때문이라고 나는 본다. 과학은 객관적 영역을 다루는 것이고, 종교는 주관적 영역을 다룬다는 생각이다. 이 때문에 감정적, 주관적, 사적 영역인 종교가 이성적, 객관적, 공적 영역인 과학의 영역을 침범하면 안된다는 생각이 현대인의 마음에 짙게 깔려 있다.

과학자들은 과학적 세계관과 종교적 세계관이 크게 다르다고 생각한다. 과학자들은 종교가 과학을 넘보지 말라며 종교를 멸시하려 한다. 과격한 과학만능주의자들은 "왜 종교는 과학이 되려 하는가?"[39]라면서 다윈주의의 과학 정신이야말로 현세적 인간이 인간답게 살며 세계를 바로 세울 수 있다고 주장한다. 반면에 기독교는 성경 문자주의와 근본주의에 빠져 과학의 세계를 좀처럼 인정하지 않으려 한다. 상당수 기독교인들은 21세기를 살면서도 고대인의 세계관에 머물러 있다. 스스로 두꺼운 수건으로 얼굴을 덧씌워 완고한 프레임에서 빠져나오지 못하고 있다. 안타깝게도, 많은 기독교인들은 세계관을 바로 세울 수 있는 지성의 도움, 인문학의 도움 없이 맹목적인 믿음을 강요받으며 신앙생활을 해왔다. 그러다 보니 진화를 수용하면 애써 쌓은 신앙이 무너지고 기독교가 붕괴될지 모른다는 두려움에 저들은 사로잡혀 있다.

그렇다면 하나의 실재를 각기 다른 눈으로 본다면 두 세계가 있다는 건가? 그것은 이분법적 구도가 아닌가? 그렇다. 바로 이 이분법적 구도가 과학과 종교를 끊임없이 충돌하게 하는 '원흉'이다. 세계를 바라보는 뿌리 깊은 이 이분법을 극복하지 않으면 과학과 종교는 적대 관계를 멈출 수 없다. 과학자들은 유물적 진화론에 강하게 영향을 받은 사람들이다. 기독교 신앙인들은 과학을 배제하지 않으면서 창조를 믿으려 하는 사람들이다. 자연주의적 전제 위에 세워진 과학과, 신이 존재하고 있다는 전제 위에 세워진 종교가 부딪히는 것은 자연스럽고 어쩌면 당연한 것인지도 모른다.

그럼에도 과학 진영은 현대 과학을 내세워 종교를 멸시하거나 공격해서는 안 되고, 종교 진영은 종교만이 진리라고 하면서 과학을 조롱하거나 비방해서는 안 된다. 세계관은 다를 수 있다. 그러나 세계의 존재와 목적은 본래적으로 하나다. 우리가 경험하는 이 세계는 결국 하나의 실재인 것이다. 그것은 과거로부터 우리에게 다가오고 있으며,

현재 다가오고 있고, 미래에도 다가오는 세계이다. 과학과 종교는 우리 삶에 가장 많이 영향을 주는 세계관이다. 이 두 개의 세계관은 역사의 종말에 결국 한 지점에서 만나게 될 것이다. 그렇다면 과학과 종교는 서로 비방하고 반목하는 대립구도를 화해와 용납, 협력과 상생의 구도로 전환해 인류문화를 아름답게 보호하고 번영시켜 나가야 한다.

크리스천은 하나님이 이 세계와 우주를 창조하셨다고 믿는 신앙인이다. 크리스천의 신앙은 존중받아야 하겠지만, 자기들의 신앙적인 신념으로 진화론 등 과학적인 관찰과 주장들을 무조건 거부하는 태도를 고집해서는 안 된다. 눈부시게 발달한 과학의 시대에 과학적인 발견들을 신앙이라는 명목으로 무조건 거부하고 배타하는 반지성적인 행태는 이제는 버려야 한다. 왜냐하면, 자연은 성경과 마찬가지로 하나님이 자기를 계시하시는 활동 공간이기 때문이다.

갈릴레이는 "하나님이 우리에게 두 권의 책을 주셨는데, 하나는 성경이고 다른 하나는 자연"이라고 말했다지 않나? 종교재판을 받고 나오면서 "그래도 지구는 돈다."고 중얼거렸다는 갈릴레이는 "내게 망원경을 주면 그걸 갖고 우선 무신론자들을 격파하겠다."고 말했다고 한다. 그는 과학자였지만 과학과 종교가 충돌했을 때 어느 한 극단으로 치우치지 않고 중심을 잡으려고 했다. 많은 사람들이 갈릴레이를 존경하는 이유는 그가 이 광대하고 신비로운 세계를 과학이나 신앙 어느 하나에만 가두어놓지 않고 균형을 잡으려 했기 때문이다. 20세기의 대표적인 신학자인 칼 바르트도 기독교인들에게 과학과 종교의 균형과 조화를 통해 건강한 세계관을 가질 것을 촉구했다. 그는 "한 손에는 성경을, 한 손에는 신문을"이라는 말을 남겼다. 신앙인은 성경적인 지식도 필요하지만, 그것 못지않게 이 세상에 대한 올바른 이해도 필요하다는 뜻 아니겠나?

### 이상적 인간—과학적 인간, 종교적 인간

과학과 종교를 한 영역에 묶어 과학적 인간과 종교적 인간을 결합한 형태가 이상적 인간임을 밝히려고 노력한 학자들 가운데 프란시스 콜린스(Prancis Collins, 1950–)라는 미국의 저명한 생물학자이자 의사가 있다. 프란시스 콜린스는 미시간 대학의 인간유전학 교수로 재직할 당시 게놈 프로젝트를 이끌어 인류 최초로 31억 개의 유전자 서열을 해독, 우리 몸의 지도를 완성한 세계적 유전학자다. 그는 현재 미국국립보건원 원장으로 일하고 있다.

프란시스 콜린스는 종교와 과학 간 대화의 통로를 열어 후기 포스트모던 시대를 사는 현대 기독교인들의 신앙을 어떻게 지키면 좋을지 고민했다. 그는 진화론적 창조의 관점으로서만 모든 생명체의 실체가 존재하는 원리를 규명할 수 있다고 생각했다. 그가 내놓은 이론은 '바이오로고스'(BioLogos)다. '바이오로고스'란 우리말로 번역하면 '생물학과 신의 언어'이다. 프란시스 콜린스는 신이 창조한 인간 안에는 창조적 인간만이 가질 수 있는 DNA가 있다고 보았다. 이 DNA가 수많은 인구를 증식시킴으로써 인류는 지구 곳곳에 퍼지며 신의 창조적 능력과 섭리 안에서 진화를 거듭해왔다고 그는 주장했다. 그는 진화, 창조, 지적 설계가 어떻게 다른지를 설명하는 유일무이한 이론은 '바이오로고스'라고 하면서, 오직 이 이론만이 모든 생명체의 존재 원리를 규명하고 우주의 지적 설계자요 유지자인 신에 대한 튼튼한 신학적 이해를 보충할 수 있다고 주장했다.

프란시스 콜린스는 이런 주장을 담은 책을 2006년 **신의 언어**(the Language of God)라는 제목으로 내놨다. 불가지론자였던 콜린스가 자신이 어떻게 유신론자가 됐는지를 밝히는 일종의 경위서인 이 책에서 콜린스는 '과학자가 어떻게 초월적 신을 믿는가?'라는 질문을 하고, '과학적 세계관과 종교적 믿음이 어떻게 공존할 수 있는가?'라고 질문하면서 과학과 기독교 신앙 사이에서 젊은 시절 방황해 왔던 자신의 인생 편력을 고백하고 있다.

콜린스는 어렸을 때 교회를 다녔지만, 청년이 되면서부터는 이 세계는 아무런 목적도 없이 저절로 굴러간다고 생각하는 회의론에 빠져 무신론자가 되었다. 그러던 그는 신의 존재와 우주의 목적에 대해 생각하면서 조금씩 영적인 눈이 열리게 되었다. 그때의 자신을 콜린스는 불가지론자였다고 고백한다. 불가지론은 신의 존재는 알 수도 없고 입증할 수도 없다는 견해다. 그는 이 시기의 특징을 "과학이 신앙을 이겼을 때"라고 말하고 있다. 과학자가 된 그는 27세 때 마침내 하나님을 믿게 되었고 창조론을 받아들이게 되었다. 그는 이 시기를 "신앙이 과학을 이겼을 때"라고 말하고 있다.

하지만 과학자인 콜린스는 창조론의 결함을 발견하고 과학과 신앙 사이에서 고민했다. 신앙과 지성의 탐색 끝에 그는 지적 설계론에 심취했다. 콜린스는 이 시기를 "과학에 신의 도움이 필요할 때"라고 말했다. 그런데 콜린스는 지적 설계론도 생명체의 존재 원리와 신의 창조를 설명하기에는 한계가 있는 이론이라는 결론에 도달했다. 그가 마지막으로 선택하고 두 번 다시는 바꿀 수 없다고 선택한 것은 '바이오로고스'다. 진정한 과학자로서 그리고 진정한 신앙인으로서 바이오로고스는 충돌하는 과학과 신앙을 조화롭게 설명할 수 있으며 당혹해하는 과학자들과 신앙인들을 이해시키는 이론이라는 확신이 생겼다. 그는 이 시기를 "과학과 신앙이 조화를 이룰 때"라고 말한다. 콜린스는 바이오로고스를 깨닫고 비로소 안도할 수 있게 되었다. 그는 바이오로고스로써 과학도 인정하게 되고, 흔들리던 자신의 신앙과 신께 대한 믿음도 더욱 강하게 될 수 있었다고 고백한다.

프란시스 콜린스에 관한 이야기를 이처럼 길게 설명하는 것은 이유가 있다. 그의 신선한 '바이오로고스' 이론이 도무지 풀리지 않는 과학과 종교의 두 충돌하는 영역을 조화시키고, 대화를 가능하게 해주며, 인류 번영과 행복을 위한 해결책을 제시해주고 있다고 생각하기 때문이다. 물론 나는 현대의 과학적 진화론이 우주의 기원과 발전을 설명하는 데 가장 적합한 이론이라고는 생각하지 않는다. 정통 다윈이즘 가설에 많은 허점들이 드러난 지 오래 되었고, 진화론으로는 자연과 생명 현상에 대해 충분히 설명하지 못하는 한계가 있다.

창세기에 나오는 창조가 과학 이론보다 더 합리적이라고 생각하는 생명과학자들과 우주과학자들도 많다는 사실은 과학의 위세에 눌린 신앙인들을 고무시키는 반가운 현상이다. 과학이 고도로 발달한 21세기 상황에서도 신이 우주를 창조했다고 믿는 사람들이 굉장히 많다는 사실은 경이롭기까지 하다. 이것은 찰스 다윈의 매혹적인 생물 진화론의 괴력에 압도되어 공룡처럼 사라져버릴 운명에 처한 창조론의 끈질긴 생명력과 잠재적 영향력을 생생하게 보여주는 것이다. 보일의 법칙(Boyle's law)을 발견한 영국의 천재 물리학자이자 자연철학자인 로버트 보일(Robert Boyle)의 말을 귀담아 들어보자.

"과학은 하나님께 대한 경배의 마음을 향상시킨다."

현대인은 위대한 과학자인 보일처럼 과학은 과학적이고 신앙은 비과학적이라는 생각은 편견이거나 성경을 바로 이해하지 못한 데서 온 것임을 알아야 한다. 인간은 참으로 알다가도 모를 존재다. 동물과 달리 그에게 영혼이 있기에 그럴 것이다. 그래서 때론 과학이 미신적이고, 신앙이 과학적일 수도 있다. 인공위성을 쏘아 올리기 전 고사상에 돼지

머리를 올려놓고 제사를 지내는 과학자들을 어떻게 이해해야 할까?

## 과학과 종교, 양립 가능한 두 세계

과학과 종교는 전적으로 다른 고유의 실재 영역을 갖고 있다. 과학은 물리적 사물들의 규칙을 다루고, 종교는 도덕과 영적인 것들을 다룬다. 과학이 수행하지 못하는 영역이 있다. 과학은 이 세계와 인류의 분명한 과거와 미래에 대한 답변을 하지 못한다. 그것은 전적으로 종교의 역할이다. 그 반대로 종교가 하지 못하는 영역이 있다. 그것은 줄기찬 실험과 관찰로부터 얻어 낸 과학적 탐구 결과이다.

지금까지 과학과 종교는 양립할 수 없는 "두 세계"였다. 하지만 과학과 종교의 관계를 동료 관계로 인식하고 "두 세계"를 "하나의 세계"에 대한 서로 다른 설명으로 보는 학자들이 신학계에 많이 배출되는 것은 인류의 미래를 위해 환영할 일이다. 필자는 그런 분들 가운데 이안 바버와 그의 견해를 독자들께 소개했다. 이안 바버의 과학과 종교에 관한 견해는 전통적인 기독교인이 들으면 놀라 자빠질 만큼 파격적이다. 마음을 활짝 열어젖혀 그의 견해를 경청한다면 종교와 과학의 관계를 이해하는 데 큰 도움을 얻으리라 본다.

과학과 종교의 다양한 관계에 관해 네 가지 모델을 제시하고 그중 "통합"을 가장 이상적인 모델로 제시한 이안 바버의 견해는 과학과 신앙 사이에서 우물쭈물하는 우리 모두에게 통찰력을 준다는 점에서 깊게 음미할 만하다. 바버는 과학과 신앙의 갈등이 근거 없다는 것을 밝히고 두 실재가 대화와 통합의 노력으로 상호 적대적 관계를 청산해 인류사회가 나아갈 올바른 길을 제시했다는 점에서 과학 진영과 종교 진영 양쪽에 통찰력을 주었다.

하지만 이안 바버의 네 가지 분류법은 과학과 종교의 복잡성을 제대로 다루기에는 다소 미흡하다는 생각이 든다. 사회적, 문화적, 경험적, 심리적 현상까지를 감안하면 네 가지 모델보다 훨씬 많은 유형들이 있을 것이다. 게다가 이안 바버의 분류법은 불교와 힌두교 등 동양 종교는 고려하지 못한 측면도 있다. 그럼에도 불구하고 단순성이 약점인 이안 바버의 네 가지 모델은 그 단순성이 오히려 강점이다. 과학과 종교의 통합 이론은 두 영역의 '대화' 모델에서 한발 더 나아가 양자 간 폭넓은 동반자 관계와 밀접한 연관성을 모색하는 '통합' 모델을 추구해 나감으로써 인류 사회는 안녕과 번영이 약속될 것이다.

**여담**

이 책을 마치면서 여담을 하고 싶다. 코로나19와 관련한 이야기다. 2020년은 코로나19로 전 세계가 큰 고통을 겪었다. 많은 나라들이 사회적 거리두기를 실천하고 방역도 열심히 했다. 하지만 바이러스를 쉽게 잠재울 수 없었다. 그럴수록 세계인들은 바이러스를 근본적으로 예방할 백신이 하루빨리 나오기를 학수고대했다.

마침내 영국에서 세계 처음으로 화이자 백신 접종이 시작되었다. 언론 보도에 따르면, 세계 최초 접종자는 마거릿 키넌이란 이름의 90살 할머니였다. 할머니는 2020년 12월 9일 새벽에 휠체어를 타고 대학병원에 와서 백신 주사를 맞았다. 소감을 묻는 기자들의 질문에 마거릿 키넌은 "코로나19 백신을 맨 처음 맞는 사람이 돼 정말 영광스럽다."라면서 "내가 바라던 최고의 생일 선물이다. 올해 대부분을 혼자보낸 끝에 드디어 새해에는 가족, 친구들과 시간을 보낼 수 있길 기대하고 있다."고 밝혔다. 이날 보리스 존슨 총리는 감격 어린 어조로 "영국은 코로나19와 싸우기 위한 첫 백신 접종을 시작했다."며 "우리는 함께 이길 것"이라고 말했다. 보리스 총리는 코로나19에 걸려 죽을 고비를 넘겼던 사람이다.

유럽연합(EU) 소속 27개 회원국 4억5천만 명도 12월 27일에 맞춰 접종을 시작했는데, 독일에서는 요양원에 거주하는 에디트 크보이잘라가 첫 번째로 백신을 맞았다. 그도 영국의 마거릿 키넌처럼 연로한 101세 할머니다. 옌스 슈판 독일 보건부 장관은 이날 "백신이 전염병을 퇴치하고 일상을 되찾아 줄 열쇠가 될 것"이라면서 기뻐했다. 스페인에서는 아라셀리 로사리오 아달고가 첫 접종자가 되었다. 그 또한 장기 요양원에 거주하는 96세 할머니다. 보행기에 몸을 의지하며 요양원에서 백신을 맞은 뒤 그의 입에서 나온 첫마디는 "하나님 감사합니다."였다고 한다.

## 코로나 방역은 신앙의 영역인가, 과학의 영역인가?

2020년 8월 27일 문재인 대통령은 청와대에서 기독교 지도자들과 만났다. 문 대통령은 "특정 교회가 정부의 방역 방침을 거부하고 오히려 방해를 하면서 지금까지 확진자가 1,000명에 육박했다."며 "8월부터 시작된 코로나 재확산의 절반이 교회에서 일어났다."고 기독교계 지도자들이 들으란 듯이 경고조로 말했다고 한다. 문 대통령은 또 "방역은 신앙의 영역이 아니고 과학과 의학의 영역이라는 것을 모든 종교가 받아들여야만 한다."면서 "예배를 정상적으로 드리지 못하는 고통을 감수하면서도 오히려 함께 힘을 모아서 빨리 방역을 하고 종식시켜야 한다."라며 교회들이 협조해줄 것을 당부했다는 것이다.

필자가 코로나19를 놓고 유럽 사람들과 문재인 대통령의 말을 비교하는 것은 과학과 종교에 대한 서구인들과 우리네 한국인들의 의식 차이를 말하고 싶어서다. 코로나가 유행하지 않도록 막는 일과 백신 개발과 그리고 접종은 과학이다. 즉 이것은 과학의 영역에 속한다. 하지만 그것은 또한 신앙의 영역이기도 하다.

신앙의 영역이란 창조자요 구원자이신 하나님이 인간 역사의 배후에서 자신의 선하시고 기뻐하시고 온전하신 뜻에 따라 활동하시고 통치하신다는 것을 믿고 확신하는 영역이다. 이것은 꼭 기독교인이 아니더라고 함부로 부인할 수 없는 어떤 신비한 영역인 것이다. 문 대통령이 이것을 조금이라도 이해했다면 "방역은 신앙의 영역이 아니고 과학과 의학의 영역이다."고 말하지 않았을 것이다. "방역은 신앙과 과학이 힘을 합해야 하는 영역이다."라고 말했어야 옳았을 것이다. 그런 점에서 나는 스페인에서 맨 처음으로 백신 주사를 맞은 할머니가 "하나님 감사합니다."라고 했다는 말이 복잡한 생각들로 머릿속이 복잡해진 현대인들의 영혼을 정화하고 그들 마음속에 인간과 세계에 대한 무한한 신뢰감을 갖게 되기를 진심으로 바란다. 두 단어로 된 할머니의 짧은 그 말에 경이로운 과학과 헌신적인 과학자들에 대한 찬사와, 그 과학을 통해 인간과 자연에게 복을 주시는 하나님께 대한 신앙고백이 녹아 있기 때문이다.

그렇다! 과학과 종교, 이 둘은 인류를 위해 있는 것이다. 그것은 신이 인류에게 주신 축복이요 선물이다. 두 진영은 서로 자기만 옳다고 주장하면서 상대방을 비방하거나 적대시해서는 안 된다. 내가 생각하는 세계관이 옳다고 하는 협량한 세계관을 버릴 때 새로운 세계가 보인다. 과학과 종교를 하나로 통합하는 세계관이 절실하다. 그럴 때 우리가 사는 이 세계는 더욱 행복과 번영이 기약될 것이라고 믿는다.

### 투키디데스의 함정과 비판적 사실주의

나는 과학자들과 신학자들과 과학의 시대에 사는 모든 현대인들과 신앙인들, 특히 기독교인들에게 그레이엄 앨리슨(Graham Allison) 교수의 말을 빌려 간절히 당부하고 싶다. 하바드대학교 석좌교수인 그레이엄 앨리슨은 세계적인 정치과학자다. 그는 역사적으로 패권을 둘러싼 나라들 간 갈등과 대립이 대규모 전쟁으로 치닫게 된다면서 미국과 중국이 충돌할 가능성을 진단하고, 아울러 제3차 세계전쟁을 막기 위한 견해를 제시한 학자로 유명하다. 그의 이러한 생각을 담은 책은 2017년 **예정된 전쟁**

그레이엄 앨리슨 미 하바드대학교 석좌교수. 패권을 둘러싼 국제관계의 질서를 '투키디데스의 함정'이란 관점에서 바라본 《예정된 전쟁》(Destined For War)이란 책으로 한국인에게도 낯익은 세계적인 정치과학자이다. 바이든 행정부 출범으로 미국이 중국을 상대로 어떤 정책을 펼쳐야 할지 "5R"이란 개념으로 2021년 1월 21일 중앙일보에 기고했다.

(Destined For War)이란 제목으로 출간됐다.

앨리슨 교수의 대전쟁 갈등의 중심에 있는 키워드는 '투키디데스의 함정'(Thucydides Trap)이다. 투키디데스의 함정은 패권 국가와 부상하는 신흥 강대국이 서로 견제하는 과정에서 결국에는 부딪쳐 큰 전쟁이 날 수밖에 없는 상황을 의미한다. 그는 2021년 1월 21일자 중앙일보 기고를 통해 바로 전날 출범한 미국 바이든 행정부가 트럼프 행정부와는 다른 대중접근법인 "5R"[40]을 근간으로 정책을 펴 나갈 것이라고 전망했다. 이 기조 위에서 바이든 행정부는 "중국은 단순히 강대국이 아니라 '투키디데스 라이벌'이라는 점을 인정하고, 미국과 중국의 힘만으로는 해결할 수 없는 실존적 지구에 살고 있다는 벗어날 수 없는 현실을 현실적으로

(Realism) 이해할 것"이라고 그는 내다 봤다.

나는 이 기고문에서 제일 관심 있게 눈여겨 본 말이 "Realism"(현실주의)이다. 앨리슨 교수는 이 말을 "미국과 중국이 기후 붕괴와 핵무기가 상호 확증파괴라는 심각한 위협을 낳을 수 있는 작은 지구에 살고 있다는 벗어날 수 없는 사실을 현실적으로 받아들인다면 두 나라는 협력의 필요성을 느낄 것이다. 이런 환경에서 살아남기 위한 4C가 바로 그것이다."라고 하면서 그 "4C"를 다음과 같이 피력했다.

"우선, 오해와 착오를 줄이기 위해 매우 긴밀하게 커뮤니케이션 (communication)해야 한다. 원치 않는 갈등을 촉발할 수 있는 이니셔티브를 억제(constraints)해야 한다. 제3자의 도발 또는 우연한 사고가 미·중 양국을 원치 않는 전쟁으로 이끌지 않도록 조율(coordination)하고, 나아가 협력(cooperation)해야 한다. 온실가스 세계 1,2위 배출국인 두 나라가 살기 좋은 지구환경을 유지하기 위해 배출량을 줄일 방법을 찾기 위해 협력해야 한다."

조 바이든 미국 제46대 대통령. 2021년 1월 20일 대통령직에 취임함으로써 4년 동안 말도 많고 탈도 많았던 도널드 트럼프 시대가 막을 내렸다. 트럼프의 끊임없는 말실수와 막말로 찢기고 분열된 미국은 빠르게 치유될 것으로 보이고, 어질러진 국제사회 질서도 차츰 안정을 찾을 것으로 세계인들의 기대가 크다.

조 바이든 미국 제46대 대통령. 2021년 1월 20일 대통령직에 취임함으로써 4년 동안 말도 많고 탈도 많았던 도널드 트럼프 시대가 막을 내렸다. 그의 취임으로 분열되고 찢긴 세계는 달라질 것으로 세계인들은 기대가 크다.

그레이엄 앨리슨 미 하바드대학교 석좌교수. 패권을 둘러싼 국제 관계의 질서를 '투키디데스의 함정'이란 관점에서 바라본 **예정된 전쟁**(Destined For War)이란 책으로 한국인에게도 낯익은 세계적인 정치과학자이다. 바이든 행정부 출범으로 미국이 중국을 상대로 어떤 정책을 펼쳐야 할지 "5R"이란 개념으로 2021년 1월 21일 중앙일보에 기고했다.

바이든 미국 대통령의 취임을 계기로 앞으로 국제 질서가 미국과 중국의 뉴 투키디데스 경쟁 시대로 들어가게 될 것이라는 그레이엄 앨리슨 교수의 견해가 과학과 종교로 갈등의 골이 깊은 과학 진영과 종교 진영에도 충분히 같은 원리로 적용된다고 생각한다. 왜냐하면 사실주의란 '현실은 무엇인가?'라는 의문을 푸는 데 목적을 두는 게 아니고 우리들 인간들이 살고 있는 사회의 현실을 있는 그대로 묘사하는 것이기 때문이다. 그런 점에서 사실주의는 일체의 고정관념과 편견, 그리고 낭만과 방종과 같은 공상적이고 비현실적인 상상력을 통제하고 인간 삶과 인간들로 이뤄진 공동체의 실제적인 모습을 관찰하고 그 본질을 파악하는 철학 사상이라고 하겠다.

사실주의는 현실주의, 실재주의와 같은 말이다. 이안 바버의 "비판적 사실주의"은 바로 이 사실주의애서 출발한 사상이다. 이안 바버는 사실주의에서 한 걸음 더 나아가 인간의 한정된 지식으로는 실재를 완전히 이해할 수 없고 단지 부분적으로만 이해할 수 있다고 주장했다. 그는 자연과학과 신학이 메타 이론적 특징을 가지고 있다고 보고, 과학과 신학 두 학문의 대화를 위한 방법론으로서 메타이론을 제안했다. 메타이론이란 과거의 이론들의 한계를 검증하고, 그 과정에서 새로운 구조를 도출하는 이론이다.

이안 바버는 메타이론을 신학에 적용, 신학을 과정철학의 입장에서 과학 등 다른 학문과 대화를 시도하려고 했다. 바로 이 지점에서 자연과학의 한계와 추상적 종교의 한계는 만나게 된다. 그렇다면 종교는 과학적 패러다임에 비교될 수 있으며, 종교와 과학은 생산적인 방향을 모색할 수 있게 된다. 곧 자연의 객관적 특징과 종교의 주관적 가치가 만나 사회의 대다수 사람들이 공감하는 차원으로까지 진짜의 모습이 발견되는 것, 바로 이 수준이 과학과 종교가 통합되는 차원인 것이다.

과학이 아무리 발달하더라도 그것은 부분적인 지식에 불과하다는 것을 우리는 깨달아야 한다. 그와는 반대로, 아무리 신앙이 소중하더라도 그 또한 부분적인 지식에 불과하다는 것을 우리는 깨달을 필요가 있다. 기독교를 세운 사도 바울은 이 사실을 잘 알고 있었다. 그는 신비하고 수수께끼 같은 이 의문투성이의 세계의 현상과 인류의 미래에 대해 "온전한 것이 올 때에는 부분적으로 하던 것이 폐하리라"고 하면서 이렇게 말했다.

"우리가 지금은 거울로 보는 것 같이 희미하나 그 때에는 얼굴과 얼굴을
대하여 볼 것이요, 지금은 내가 부분적으로 아나 그 때에는 주께서 나
를 아신 것같이 내가 온전히 알리라."

# Note

1 '이브'(Eve)는 인류 최초의 여자이자 아담의 아내로, '하와'의 영어식 번역이다. 우리말 성서는 히브리 성서를 직역해 '하와'라고 번역했지만, 영어 성서들은 라틴어 번역인 벌게이트에 영향을 받은 듯 '이브'라고 번역했다. 그러므로 이브와 하와는 번역상 차이에서 비롯된 것이다.

2 희년(49년)을 단위로 창세기에 벌어졌던 일을 자세히 풀이한 구약성경의 위경을 말한다. '소 창세기'(Little Genesis)라고 불리는 이 책은 헤브라이즘과 헬레니즘이 교차한 기원전 2세기경에 완성되었다. 에티오피아 정교회와 에티오피아의 흑인공동체인 베타 유대인 등 극히 일부 교회만 이 경전을 정경으로 간주, 사용하고 있다.

3 원문에는 5,433 규빗으로 나와 있다. '규빗'(cubit)은 고대 근동지방에서 쓰던 길이의 단위를 말한다. 규빗의 길이는 시대마다, 지역마다 조금씩 다른데 성인의 팔뚝 길이만큼인 45cm쯤 된다. 성서에 나타난 노아의 방주의 크기는 길이 300규빗(약 135m), 폭 50규빗(약 22.5m), 높이 30규빗(약 13.5m)이었다.

4 이 말은 영국의 역사학자 리챠드 베르스테간이 바벨탑의 구조에 대해 설명하면서 1세기 유대인 작가인 플라비우스 요세푸스의 말을 인용한 것이다. 바벨탑에 대한 요세푸스의 견해에 대해 좀 더 알고 싶거든 《유대 고대사》(Antiquities of the Jews)를 참고.

5 시날 평지란 인류 문명의 발상지인 메소포타미아 남부 지역을 가리킨다. 오늘날 지리적으로는 북쪽의 바그다드로부터 남쪽의 페르시아 만까지에 이르는 일대다. 기원전 3000년 전 무렵 이 지역에서 인류 최고의 문명인 수메르 문명이 꽃피웠다.

6 프랑스의 역사학자이자 과학협회 교수로, 《낙원의 언어: 19세기의 민족, 종교, 철학》(The Languages of Paradise: Race, Religion, and Philology in the Nineteenth Century)의 저자다. 이 탁월한 에세이는 종교와 과학의 본질을 인종과 언어 측면에서 접근해 양자를 조화시키려는 데 초점을 맞췄다.

7 박트리아는 힌두쿠시 산맥과 아무다리야 강 사이에 있는 역사적 지역이다. 박트리아인들은 현재 아프가니스탄 북부와 타지키스탄에 거주하고 있는 중앙아시아 선조들의 일파이다.

8 젠드어는 이란 동부의 조로아스터교도들이 사용한 언어로 아베스탄어라고 불렸다.

9 오늘날 대부분의 아일랜드인들은 영어를 사용하고 있다. 하지만 게일어와 영어는 인도유럽어족에 속하지만 계통적으로는 다르다. 게일어는 켈트어파에 속한 데 반해, 영어는 게르만어파에 속해 있기 때문이다. 아일랜드인들이 토착어 대신 영어를 많이 쓰는 이유는 12세기부터 영국으로부터 장기간 지배를 받아왔기 때문이다. 아일랜드는 1949년 영국 연방에서 탈퇴한 후 아일랜드공화국으로 독립했다.

10 토라는 구약성서의 첫 다섯 편인 창세기·출애굽기·레위기·민수기·신명기를 일컫는다. 이 다섯 편의 책을 모세가 썼다고 해서 '모세율법'이라고 한다. 유대교는 토라를 구약성서에서 권위 면에서 으뜸으로 여기고 있다.

11 출애굽 연대에 대해 좀 더 공부하기를 원하거든 필자의 저서 《모세오경: 구약신학의 저수지》(킹덤북스, 2017), 420-452쪽 참고.

12 '갈대아'의 '우르'라는 말로서 오늘날의 이라크 남부도시에 있는 고대 도시를 말한다. '갈대아'는 유프라테스 강과 티그리스 강 사이에 주변의 늪지대나 호수 지역에 거주했던 유목민들을 가리키

는데, 후에는 아람족의 한 분파인 바벨론 제국 백성을 가리키는 말로 쓰였다. '우르'는 유프라테스 강과 티그리스 강이 페르시아 만으로 흘러 들어가는 하구에 위치한 메소포타미아 남부 도시로, 기원전 3000년경 수메르 문명 때 세워진 도시이다. 우르는 현재 이라크의 수도 바그다드에서 남쪽으로 약 350km 떨어진 곳에 위치해 있다. 구약성서는 이스라엘 제1대 족장인 아브라함의 고향이 갈대아 우르라고 말한다.

**13** 나일 강 동안에 자리 잡은 지금의 아마르나(Amarna)로, 이집트 제18왕조의 파라오였던 아크나톤 시대의 수도다. 아케타톤은 '아톤의 지평선'이란 뜻을 지녔다. 아케타톤은 아크나텐(Akhnaten)이나 아케나텐(Akhenaten)이라는 이름으로도 불린다.

**14** 오늘날 서남아시아 반도에 자리 잡은 터키를 말한다. 이전에는 이 일대를 소아시아라고 불렀다.

**15** 중동의 유프라테스 강과 티그리스 강의 주변 지역으로 오늘날 이라크를 말한다. 땅이 비옥해서 기원전 6000년경부터 인간이 정착하기 시작해 찬란한 문명을 일으킨 인류 4대 문명 발상지 중 하나다.

**16** 타나크(Tanak)는 유대교 경전에 대한 세 가지 전통적인 분류법인 율법서 토라(Torah), 예언서인 네빔(Neviim), 성문서인 케투빔(Ketuvim)의 앞머리 글자인 T, N, K에 모음을 붙여 만든 말이다. 타나크는 모두 24권으로 구성되어 있다.

**17** 아카드(Akkad)는 기원전 2600년경부터 현재의 이라크 북쪽 지역에 정착한 유목민으로, 메소포타미아가 아닌 다른 지역에서는 최초로 셈족 문화를 이루며 번영한 민족이다. 구약성서 창세기는 '악갓'이라는 이름으로 역사의 무대에 등장한다. 아카드는 수메르를 정복하고 수메르의 문화와 종교를 거의 그대로 답습했다.

**18** '앗시리아'는 구약성서에는 '앗수르'로 나온다. 앗수르는 메소포타미아의 상류 지역에서 발흥해 북쪽의 강력한 히타이트 제국을 물리치고 세운 고대 중동의 강력한 제국(기원전 2450–609)으로, 수도를 니네베(성서의 '니느웨')로 삼았다. 앗수르는 인접 제국들과 겨루며 세 차례에 걸쳐 대제국(고대 앗수르, 중기 앗수르, 신앗수르)을 형성했는데, 그중 가장 강력한 제국은 기원전 911–612년까지 존재하며 메소포타미아 전지역과, 팔레스타인, 아나톨리아, 이집트까지 지배하는 대제국으로 성장한 신앗수르 제국이었다.

**19** 일반사에서 '바빌로니아'는 성서에는 '바벨론'으로 나온다. 바벨론은 아모리인들이 기원전 1895년 고대 메소포타미아의 수메르 제국의 후신인 이신(Isin)을 물리친 후 수도를 바벨론으로 삼고 주변국가들을 정복하며 성장한 강력한 제국이다. 바벨론은 고바벨론제국과 신바벨론제국으로 나뉜다. 강력한 중앙집권적 체제인 고바벨론은 약 300년 동안 지속되며 메소포타미아 전역을 장악했다. 고바벨론은 제6대 함무라비 왕 때 가장 부흥했는데, 함무라비 왕이 죽은 후에는 국력이 쇠퇴해 기원전 1531년 히타이트의 침입으로 멸망했다. 바벨론의 신은 마르둑(Marduk)이었고, 수도는 바벨론이었다. 신바벨론은 기원전 626년 갈대아인들이 앗수르를 멸망시키고 세운 제국으로, 기원전 538년까지 지속되며 고대 근동 전역에 위력을 떨친 강력한 제국이다. 아모리인들이 주축이 되어 세운 고바벨론과는 달리, 신바벨론은 갈대아인들(옛 수메르인들의 후예들을 일컫는 말)이 주축이 되어 세운 제국이다. 신바벨론은 동쪽 페르시아에서 발흥한 아케메네스 제국(오늘날의 이란)의 키루스 2세(구약성서에서 '고레스')에게 기원전 539년 멸망했다. 신바벨론은 아람어를 일상 언어로 사용했음에도 불구하고 고바벨론의 공용어인 아카드어를 행정과 문화의 언어로 유지했다.

**20** '달리다굼'은 '소녀야 일어나라'는 뜻이다.

**21** '엘리 엘리 라마 사박다니'는 '나의 하나님, 나의 하나님, 어찌하여 나를 버리셨나이까'라는 뜻이다.

**22** 유신적 진화론을 대표하는 학자들로는 핫지(A. Hodge), 스트롱(A. Strong), 워필드(B. Warfield), 아사 그레이(Asa Grey), 제임스 오르(J. Orr), 라이트(G. Wright), 벌코프(Berkhof), 가이슬러(Geisler), 피터 엔스(Peter Enns), 존 콜린스(C. John Collins) 등이 포진해 있다. 한편, 진

화론적 창조론의 견해를 대표하는 학자들로는 반틸(Van Till), 라뮈르(Lamoureux), 알리스터 맥
그래스(Alister McGrath) 등이 포진해 있다.

23 영어 제목은 《Mapping The Origins Debate: Six Models of the Beginning of Everything》. 2012
년 출판사 킨들(Kindle)이 출간했다.

24 자연주의 진화론을 지지하는 학자들로는 영국의 리처드 도킨스(Richard Dawkins)를 비롯, 대니
얼 데닛(Daniel Dennett), 스티븐 굴드(Stephen J. Gould), 에드워드 윌슨(Edward O. Wilson),
어니스트 메이어(Ernst Mayr), 유지니 스콧(Eugenie Scott) 등이 있다.

25 이러한 학자들로는 크리스티앙 드 뒤브(Christian de Dube), 이안 바버(Ian Barbour), 존 호트
(John Haught) 등이 있다. 불교와 힌두교 등 고등종교들은 대체로 이러한 견해를 취하고 있으며,
심지어 기독교 안에서도 자유주의 개신교, 과정신학, 뉴에지 신학이 이러한 견해에 동조하고 있다.

26 이러한 학자들로는 하워드 반틸(Howard Vantill), 케네스 밀러(Kenneth Miller), 프랜시스 콜린
스(Francis Collins), 데니스 라무르(Dennis O. Lamoureux) 등이 있다.

27 헨리 쉐퍼(Henry Schaefer), 데보라 하스마(Deborah Haarsma), 로렌 하스마(Loren Haarsma) 등
이 대표적인 지지된 진화론자들이다. 이들의 특징은 창조 기사를 현대과학과 일치시키려고 하
지 않는다는 공통점이 있다. 성경과 일반 계시(과학)의 상호관계인 '과학적 일치주의'(scientific
concordism)가 아니더라도 우주와 인류의 기원을 얼마든지 설명할 수 있다는 것이다.

28 스티븐 메이어(Stephen C. Meyer), 윌리엄 뎀스키(William A. Dembski), 폴 넬슨(Paul Nelson),
조나단 웰스(Jonathan Wells), 필립 존슨(Phillip Johnson), 마이클 비히(Michael Behe), 존 콜린
스(C. J. Collins) 등이 이러한 학자들이다.

29 이러한 견해를 가진 학자들로는 켄 햄(Ken Ham), 조나단 사르파티(Jonathan Sarfati), 존 모
리스(John D. Morris), 월트 브라운(Walt Brown), 폴 넬슨(Paul Nelson), 제리 버그먼(Jerry
Bergman), 러셀 험프리즈(Russell Humphreys), 마이클 오드(Michael Oard), 존 샌포드(John
Sanford), 커트 와이즈(Kurt Wise) 등이 포진하고 있다.

30 폴 틸리히(Paul Tillich, 1886-1965)의 《문화의 신학》(Theology of Culture, 1959)에 나오는 말이
다. 폴리히는 이 책에서 "종교란 궁극적 진지함, 혹은 궁극적으로 관심을 가지게 되는 상태 그 자
체다."라고 말해, 종교가 문화의 기저에 있는 인간 정신의 기능의 실체이자 모든 궁극적 의미의
원천이라고 보았다. 폴리히의 신학적 관심은 기독교가 세속문화와 관계를 맺는 방식을 규명하는
것이었다. 틸리히는 리처드 니버(Richard Niebuhr, 1894-1963)와 함께 기독교를 문화의 관점으
로 접근한 20세기 대표적 신학자다.

31 김준수, 《모세오경: 구약신학의 저수지》(킹덤북스, 2017), 1021-1022쪽.

32 기계론((mechanism)이란 이 세계에서 일어나는 모든 일들을 원인과 결과의 역학적 인과관계로
관찰·설명할 수 있다고 보는 사상을 말한다. 기계론적인 철학사상은 이 세계가 자신의 의지로
써 신이 정한 목적의 실현을 위해 움직이고 있다는 목적론이나, 세계의 근저에 있으면서 세계를
움직이는 원천은 힘이라고 보는 역본설(力本說, Dynamism)과 출발부터 다르다. 자연과 우주,
심지어 인간 존재와 활동까지를 인과를 수반하는 기계적 원리로 설명하는 이 학설은 베이컨, 데
카르트, 스피노자, 버클리 등 근세의 철학자들이 이론의 초석을 놓았다. 기계론은 결정론에 강력
한 영향을 끼쳤다.

33 결정론(determinism)은 이 우주에서 일어나는 일들은 미리 정해져 있는 법칙에 따라 합리적으로
움직인다는 이론이다. 결정론은 물리학과 천체역학의 발전에 크게 기여했다. 19세기까지 각광을
받아 온 이 이론은 20세기에 들어와 양자역학 이론이 출현하면서 급속히 영향력이 떨어졌다. 우
주의 모든 사건이 이미 결정되어 있다는 결정론의 핵심 이론에 의문이 생겼기 때문이다. 결정론
자들은 인간이 자유의지가 있다고 본다. 결정론은 세계의 현상과 그 안에서 일어나는 모든 일들

은 인과관계로 말미암아 필연적으로 일어난다고 본다는 점에서 모든 사건이 인과관계와 상관없이 이미 정해진 곳에서 정해진 때에 이루어지게 되어 있다는 숙명론과는 다르다.

**34**  자크 모노(Jacques Monod)는 프랑스의 생화학자로 1965년 노벨 생리학 · 의학상을 수상한 20세기 대표적인 과학자 중 한 사람이다. 자크 모노는 "어떤 것이라도 단순하고 분명한 기계적 상호작용으로 환원될 수 있다. 세포나 동물이나 사람이나 모두 하나의 기계일 뿐이다."고 주장했다. 물질적 환원주의자인 그는 1970년 펴낸 《우연과 필연》(Chance and Necessity)이란 책에서 "인간은 우주에서 우연의 산물"이라고 말했다.

**35**  에드워드 윌슨(Edward Wilson)은 인간은 생물의 한 종에 불과하므로 생물학에 의해 연구돼야 한다고 주장하는 미국 하버드 대학의 생물학 교수다. 에드워드 윌슨은 사회현상을 설명할 수 있는 사회생물학이 모든 학문의 중심에 있는 최상위 과학이므로 생물학으로 모든 학문을 통합해야 한다는 이른바 '통섭'(consilience)을 제창하고, 종교 · 신학 · 철학 · 윤리 같은 비과학적인 형이상학들은 퇴출되어야 마땅하다고 강변했다.

**36**  칼 세이건(Carl Sagan)은 미국의 저명한 천체물리학자이자 과학 대중서 작가다. 대중에게 우주를 창조하고 주관하는 신의 존재를 완전히 부인하려면 "무신론자가 되어야 한다."고 말한 것으로 유명하다. 1997년 국내에서 상영된 《콘택트》는 칼 세이건의 소설을 원작으로 만든 SF영화다.

**37**  영국의 리처드 도킨스(Richard Dawkins)는 과학적 합리주의의 '끝판왕'이라고 할 만큼 철저한 전투적 무신론자다. 옥스퍼드대학교의 생물학 교수였던 도킨스는 기독교와 기독교의 신에 대한 독설가로 우리나라 사람들에게 잘 알려진 대중과학 저술가다. 도킨스는 성경의 창조를 허구라고 보고 창조를 믿음으로 해석하는 창조과학을 혹독하게 비판했다. 그는 우주와 지구 위에 사는 생물들은 기독교인들이 믿는 인격적이고 지적인 신의 창조로 말미암은 것이 아니라, 맹목적으로 작동하는 자동 시계 제작자처럼 진화론의 자연선택에 의한 우연한 산물에 불과하다고 주장했다. 그의 이러한 날선 견해는 1986년에 나온 책 《눈 먼 시계공》(The Blind Watchmaker, 1986), 《만들어진 신》(The God Delusion, 2006), '밈'(Meme)이라고 불리는 유전자를 설명하는 〈이기적 유전자〉(The Selfish Gene, 1976) 등 저서들에 잘 나타나 있다.

**38**  스티븐 제이 굴드(Stephen Jay Gould, 1941~2002)는 '겹치지 않는 교도권'(NOMA: Non-Overlapping Magisterium)이란 용어를 빌려와 과학과 종교의 관계를 설명하려고 하였다. 교도권이란 가톨릭에서 신앙 전통의 대표자이며 최고 권위자인 교황에게 주어진 진리에 대한 유권해석의 권한을 뜻한다. 굴드에 따르면, 종교는 종교의 영역에서, 또 과학은 과학의 영역에서 고유한 진리 해석의 권위를 갖고 있으므로 과학과 종교는 가르치는 영역에서 각각 크게 겹치지 않는 교도권을 가지고 있다고 한다. 즉, 과학은 자연의 실재적인 영역에 대한 교도권을 가지고 있고, 종교는 인간의 삶과 행동에 도덕적 의미를 부여하고 규명하는 교도권을 가지고 있다는 것이다. 이 때문에 그는, 과학은 종교를, 종교는 과학을 서로 건드리거나 오해를 하지 않고 각자의 본분에 충실하고 자신의 길을 올바로 간다면 피차 적대감을 불러일으키거나 싸울 일은 없다고 주장했다.

**39**  이 말은 《왜 종교는 과학이 되려 하는가》라는 책 제목에서 따온 말이다. 리처드 도킨스, 대니얼 데닛 등 우리 시대 가장 대중적인 과학자 16인은 공동으로 집필한 이 책에서 지적설계 등 창조론의 허구를 맹공하고 과학 정신의 승리를 외쳤다

**40**  그레이엄 앨리슨 교수가 말하는 "5R"이란 1)Restoration(트럼프 행정부의 일반적인 외교정책 관행을 복원함), 2)Reversal(국익에 해로운 트럼프 이니셔티브를 뒤집음), 3)Review(미 국익의 관점에서 트럼프가 주장하는 중국 관련 159개 업적을 재검토함), 4)Recognition(중국은 단순히 강대국이 아니라 '투키디데스 라이벌'이라는 점을 깨달음), 5)Realism(미국과 중국만의 힘으로는 해결할 수 없는 실존적 위기에 직면한 작은 지구에 살고 있다는 벗어날 수 없는 사실을 현실적으로 이해하고 받아들임)이라는 다섯 개의 첫머리 글자 'R'을 따서 만든 말이다.